어쩌면 아름다운 마디

어쩌면
아름다운
마디

조수행 수필집

도화

차례

은둔하는 문장에서 맑은 기억으로

친정 부모님 집에는 은둔하길 좋아하는 도마뱀이 있다. 이름이 '똘이'. 여섯 살이 넘은 레오파드 게코종으로 특기가 숨어버리는 비상한 능력이 있다. 이번에도 약 4개월 만에 어머니의 장롱 서랍에서 발견되었다. 그동안 비축해둔 자기 안의 영양분을 소모해가면서 오랫동안 은둔 생활을 해온 탓에 통통하던 배와 꼬리는 살이 쏙 빠졌다고 한다. 이전에는 며칠씩 짧게, 길게는 9개월가량 그렇게 사라졌다가 온 식구가 이제 죽었겠구나, 하며 포기했을 때, 집 안 끝방에서 발견되기도 했다. 살아있는 것이 기적이라며 모두 놀라워했는데, 그때부터 똘이는 장기간 은둔을 심심찮게 저질러서 식구들의 애간장을 태워왔다.

똘이를 찾았다는 소식과 함께 보내온 당시 사진을 본 이후, 나는 계속 똘이에게 묻고 싶어졌다. 똘아, 너는 왜 그렇게 자꾸 숨으려고 하니? 그렇게 오래도록 숨어 있으면 힘들지 않니? 다시 나오고 싶었던 적은 없었니? 식구들에게 들켜서 네 집으로 돌아오면 너는 어떤 마음이니? 너는 소리도 없이 사는데, 그렇게 사는

것이 답답하지는 않니? 식구들이 영영 못 찾는 날도 올 수 있을
텐데, 두렵지 않니? 등등.

어머니는 소리 없이 다니는 똘이에게 아주 작은 방울을 달아
볼까, 웃지 못 할 말씀까지 하셨다. 그 웃지 못 할 말씀에 나조차
어디선가 그럴만한 방울이 있으면 똘이에게 달아줘 봐야겠다는
생각을 했다. 그만큼 똘이는 우리의 식구로서 당당한 자리매김을
하고 있다.

비록 비자발적으로 똘이의 은둔이 끝나긴 했으나, 언제나 똘이
의 은둔은 열려 있다. 은둔에 대한 열망이라도 있는 것처럼 은근
슬쩍 똘이의 은둔을 응원하게도 되는 모순된 심리가 있는데, 은
둔을 선호하는 나의 속성 때문이지 싶다. 그렇다고 하여 내가 아
주 사회와 동떨어진 생활을 하는 인물은 아니다. 오히려 올해는
적극적으로 사회생활을 하고 있어서 그 반작용으로 은둔에 대한
열망이 커졌는지도 모를 일이다. 하지만 본래 나는 숨기를 좋아
하는 어쩌면 숨어 있는 것을 더 편안해 하는 성향이었는데, 몇 년
사이에 조금의 변화가 생긴 것이 사실이다. 그래서 똘이에게 묻
고 싶은 질문들은 실은 내게 했던 것들이기도 했다.

그런 점에서 이 책에 실린 글들은 상당한 은둔의 시간을 가졌
던 이력이 있다. 글을 쓰기 시작한지 15년 만에 책으로 엮게 되었
다면, 먼저 나의 게으름을 고백할 수밖에 없겠다. 다음으로 핑계
를 찾자면, 세상 밖으로 글을 내놓을 만큼 자신감이 없었던 탓이
컸다. 그러다 보니 세월은 흐르는데, 글은 은둔하는 처지에서 벗

어나지 못했다. 혼자 쓰고 즐기는 것이라는 뚜렷한 가치관이나 의지가 있었던 것이 아니었기 때문에 마치 알을 부화시키지 못한 어미새처럼 조급해지고 이윽고 불안해지기도 했다.

결국 사회생활을 왕성하게 하고 있는 올해에서야 숨어 있던 나의 문장들을 세상 속으로 끄집어낼 용기를 가졌다. 다시 깊숙이 넣어버리고 싶은 마음이 몇 번씩 찾아오기도 했는데, 그럴 때 일수록 마음을 다잡았다.

되돌아보니 2017년에서 2022년 약 5년 동안에는 글을 쓰지도 심지어 책을 읽지도 못했다. 간절할수록 나는 아무 것도 할 수 없었다. 써지지도 읽어지지도 않는 시간들이 있었다. 그렇게 문장에서 점점 거리가 멀어지면서 비로소 나는 알게 되었다. 내가 바라는 것이 무엇인지를. 조심스럽고 서두르지 않으면서 천천히 문장에게 다가갔다. 그리고 어느덧 글을 쓰고 있는 나를 보게 되었고, 나는 이러한 내 모습이 흐뭇했다. 글을 잘 쓰고 부족하고를 떠나서 문장으로 다가간 스스로가 고마웠고 자랑스러웠으며 사랑스러웠다.

뒤늦게 써둔 글들을 정리하면서, 글 내용이 지금 나의 사정과 또는 지금 나의 생각과 거리가 있는 것들을 발견했다. 십오 년 세월을 은둔한 문장이었으니 당연한 노릇이다. 그럼에도 수록에서 빼놓지 않았다. 모든 나의 이야기들이 기억의 창이 된다는 걸 알았기 때문이다. 옛글들을 읽으면서 맞아, 그때 그랬지, 하며 한달음에 기억의 고개를 넘어서 그때로 돌아갔다. 은둔하는 나의 문장들은 더불어 기억마저 꽁꽁 숨겨두었다. 그것들을 여는 시간이 행복했다. 당시 힘들고 아팠던 기억들조차 맑게 갈무리되었다. 그동안 생각이 바뀐 예도 더러 있었는데, 그럴 때는 지금의 마음으로 글을 재구성하여 다시 썼다. 어떤 글들은 고스란히 남기도 했다. 까마득하게 잊고 지냈던 기억들이 새살 돋듯이 서서히 아물면서 내 마음도 따뜻하게 두터워지는 시간이었다. 바뀐 생각이나 가치관의 흐름을 발견하면서 그동안 나의 마음과 내 삶의 행보를 따라 올 수 있었던 것도 의미가 컸다. 글의 기술에서는 비록 부족함이 많을지라도 스스로 내 삶을 가꾸어가는데 정성스러운 나에게 감사했다. 이 모든 것이 어쩌면 내 삶에서 아름다운 마디로 기억될 것이라고 생각하면 이대로 충분하다.

은둔하던 나의 문장들을 끄집어내는데 적극 응원해주신 아버지와 어머니 그리고 남편에게 감사의 인사와 사랑을 전한다. 한눈파는 엄마를 둔 까닭에 스스로 제 길을 씩씩하게 가고 있는 큰딸과 작은딸에게도 고맙다는 말과 함께 나의 사랑을 전한다. 내가 다시 글을 쓰게 되고 책으로 엮어보고 싶다는 뜻을 전했을 때 이제 철이 드나 보다며 기뻐하신 정수남 선생님께도 감사의 인사를 올린다. 모두 내 문장 속에서 살아 있는 주인공들이다. 나의 영웅들을 오랫동안 문장과 함께 은둔하게 만들어서 미안하고, 오랫동안 기다려 주어서 고맙다고 전하고 싶다. 그리고 사랑한다는 말도 함께 전한다.

2024년 늦가을 한밤에
조수행

1부

—그 **마디를 거쳐서야** 한 편의 글이 완성되는 기쁨을 얻을 수
있었다. 그러나 그러기까지 마디는 섞이는 둘 또는 그 이상의
것들이 혼돈의 시간을 지나야 하는 것이었다.

남은 마흔

철없다는 것은 세상 물정 모른다는 말과 다르지 않을 것이다. 철이 든다는 것은 때를 알고 움직이는 것이 아닐까. 얼마 전 때를 놓치고 핀 11월의 장미들에 대해서 담소를 나누면서 생각한 것이었다. 서재 인문학 강좌에서 수강생 중 제일 연장자이신 분이 늦게 핀 장미를 본 소감을 밝혔는데, 때를 놓치고 핀 장미를 보면서 왜 이렇게 늦었느냐며 탓할 수 있겠느냐고 말했다. 그러면서 뒤늦게 꽃피는 아이들을 빗대어 그들을 기다려주는 것이 우리의 올바른 태도가 아니겠느냐며 덧붙였다.

11월의 햇볕이 따스하면 얼마나 따스할까. 추위를 유별스럽게 타는 나에겐 11월이면 이미 겨울이 시작되는 달이다. 그래서 아파트 단지의 울타리 위에 내려앉은 햇빛이 어떤 우울 같은 무늬로 느껴진다. 그런데 그 우울을 깨트린 것이 구렁이 담을 타듯 얽히고설킨 가시 줄기 속에서 햇빛을 그러쥐고 있는 장미 네 송이었다. 햇빛을 쥐고서 창백하게 피어 있는 꽃송이들이 오히려 순수하게 다가와 가슴이 찡했다. 제 계절에 피질 않고 뭣하고 있다가 지금 피었는지 모를 일이나, 세상 일이 어디 정해진 대로 움직이기만 하는 것은 아니니, 꽃들을 탓할 일도 아니었다. 세상과 동떨어진 꽃들이라 함은 사람들의 이목을 받지 못한다는 것과도 통하리라. 하물며 때 아닌 나비와 벌을 만날 일은 없을 것이다.

세상에는 그렇게 시류에 맞춰 자신을 저울질 하면서 살지 않는 사람들도 있다. 나비와 벌이 찾지 않으면 어떠한가. 예쁘다고 눈길 주는 사람들의 찬사가 없으면 어떠한가. 자신이 피고 싶을 때 꽃필 수 있다면 그것 또한 멋진 일이라고 말한다면 철없는 소리라는 일침이라도 들을까.

그러나 때를 알고 피는 게 또 세상 이치일 것이다. 우리나라가 고령화 사회가 되어서 평균 나이가 40이 넘었다고 하니 어린 아이들이 얼마나 적으면, 노인층이 얼마나 많으면, 그럴까 싶다. 평생의 반을 살았고, 남은 반평생을 살고 있는 나도 늦장미라고 말하기가 무색할 만큼 쉰을 넘은 내 나이에도 사회에서 왕성하게 활동을 하는 사람들이 많다. 오히려 제때라는 것이 따로 없는 세상이랄까. 시류도 변하기 마련이므로.

누구도 시간으로부터 자유롭지 못하다. 책갈피처럼 원하는 곳에 갈피를 꽂아두고 머무르기도, 음미하기도, 돌이키기도 할 수 있다면 얼마나 좋을까. 그러나 시간은 그저 무심히 나를 관조할 뿐 내가 시간을 임의로 넘기는 것을 용납하지 않는다.

시간이 밖에서 맴돌 때가 있었다. 바깥에 있는 시간을 쳐다보긴 쉬웠지만, 그 시간을 나의 것으로 끌어안지는 못했다. 철없었다고 해야 하나. 그저 게으름 피우지 않고 부지런하게 살면 되는 줄 알았다. 열심히 산다고 했지만, 지나온 시간이 무의미해지는 때가 왔다. 앞으로 새롭고 자유로운 시간을 누리고 싶다는 욕심이 생겼다. 쉰을 넘어서면서 아이들을 가르치는 수업이 줄어들었고 결정적으로 지인의 일을 도와주기로 하면서, 모든 수업을 정리했더랬다. 설상가상 코로나 팬데믹 상황이 계속되면서 예전처럼 수업하는 여건으로 되돌리지 못했다. 드디어 나만의 시간이 내 안으로 비집고 들어섰다.

남은 마흔을 자유롭고 조화롭게 가꾸고 싶다는 생각이 의미심장하게 다가왔다. 친정 부모님이나 시부모님이 늙어가는 변화와 생활이 서글퍼 보이기도 하고, 어디가 아파 곧 죽어야겠다는 말씀을 종종 듣게 되면 덩달아 우울해지기도 했다. 가족과 일을 위해 자기를 희생했던 세월들이 남부끄럽지 않은 시간이었지만, 지금 어른들에게 남은 것은 늙은 몸과 삶의 피로와 허허로운 마음인 것 같다. 일생을 성실하게 살았고, 자식들 다 키운 후의 충만함이나 느긋함을 누릴 수도 있겠지만, 노년이 동반하는 허무와 쓸쓸함이 어른들의 낯빛을 더욱 창백하게 만드는 것 같다.

시간의 흐름은 비단 어른들의 모습에서뿐만 아니라 내게서도 드러나 깜짝 놀랄 때가 많다. 칙칙하고 푸석하게 낯빛이 생기를 잃었고, 탄력 있는 맵시는 옛날이야기가 되었다. 두세 시간을 자고도 거뜬히 다음 날을 보냈던 것이 엊그제 같은데, 이제는 정신이 몽롱해지고 그 피로가 얼굴에 확 드러난다. 이런 노화는 갱년기와 겹쳐서 자기연민의 수렁 속으로 밀어 넣기도 했다.

누구에게나 주어진 시간을 어떻게 써야 충만하게 누릴 수 있을까? 어떻게 남은 마흔을 만족한 삶으로 만들 수 있을까?

영화 〈밴자민 버튼의 시간은 거꾸로 간다〉에서 버튼은 80살로 태어나 시간을 거꾸로 살았고, 0살의 갓난아기로 죽었다. 남들이 성장하고 늙어갈 때, 그는 되레 젊어졌다. 점점 젊고 아름다워지는 그를 보고 첫사랑 그의 아내는 시들해가는 자신과 비교하며 불안해했다. 태어난 딸에게는 아버지의 역할을 제대로 할 수 있는 아버지가 필요하다며 그는 가족들을 떠나야 했다. 70살 무렵에는 주근깨 소년으로 어려졌고, 치매 증세를 보였다. 마침내 그는 첫사랑에게 돌아와서 점점 어려지는, 사실은 점점 늙어가는, 자신을 그녀에게 맡겼다. 거꾸로 가는 시간의 흐름 속에서 그는 고독한 삶을 살았다. 그는 시간을 가족과 함께 공유하지 못한 대가로 아내와 딸에게 이방인이 되었다. 그는 눈밭에 홀로 선 나무처럼 쓸쓸했다.

사랑하는 사람들과 함께 시간을 나누는 삶은 얼마나 소중한 것인가. 그래서 남은 마흔을 내 가족, 내 친구, 내 사람들에 대한 관심과 화합에만 전념하겠다는 얘기가 아니다. 무엇보다 혼자 있는 것을 좋아하고 즐기는 나로서는 나를 위한 시간과 그들과 함께 하는 시간을 분배하는데 지혜롭고 싶다. 영화는 시간을 거꾸로 사는 한 사람의 일생을 통해 사람들이 한 번쯤 상상해봄직한 이야기를 구체적으로 보여주면서, 현재 함께 살고 있는 당신이 행복하다는 말을 하고 싶었던 것은 아닐까.

그 영화 속 시간의 배경과 같은 시대에, 미국의 버몬트에는 헬렌 니어링과 스코트 니어링 부부가 살았다. 그들은 뉴욕에서 이사를 했다. 최대한 자급자족하며, 충분히 일하고, 충분히 놀고 사색하며, 자유로운 시간을 누렸다. 하루의 절반과 한 해의 절반은 먹고 살기 위한 노동을 하고, 절반의 시간에는 연구를 하거나, 책 읽기, 글쓰기, 여행, 대화를 하며 보냈다. 부부는 시산과 공간을 함께 공유하면서 밴자민 버튼과는 대조적으로 조화로운 삶을 살았다.

내가 남은 마흔을 시골에서 살게 될는지, 도시 생활이 계속될는지, 구체적인 계획이 있거나 준비가 있는 것은 아니다. 공간의 공유가 함께 하는 삶에서 중요한 부분을 차지하지만, 역시 더 중요한 것은 시간을 함께 하는 것이다. 어느 공간이 되더라도 니어링 부부처럼 시간을 공유하면서도 그 시간을 잘 써서 향기 있고 조화로운 남은 마흔으로 가꾸고 싶다.

허구의 영화 이야기와 니어링 부부의 실제 이야기를 접하면서 나는, 남은 마흔을 가족들과 함께 하는 시간, 충만하고 만족한 삶을 위해 나를 가꾸고 사색하는 시간으로 만들고 싶었다. 그러나 세상 일이 어디 내 마음대로 되는가. 쉰다섯 살이 된 지금 나는, 식구들과 떨어져서 지내고 있다. 남편이 지방에서 회사를 다니고, 딸들이 각자 주거지를 독립해서 나갔다. 그래서 때로는 외로움을 탈 때도 있다. 하지만 나는 그 시간들을 보다 온전히 쓸 수 있는 방법을 찾고 있다. 새로운 것에 도전하고, 해보고 싶은 일은 시도해 보고, 정말 내가 좋아하는 일은 더 이상 양보하지 않고 바로 하기.

바쁜 사회생활을 하던 이전과는 달리 많은 시간이 내게 주어졌다. 더 이상 바깥으로 맴돌기만 하지 않고, 내 안으로 들어와서 여유 있고 자유로운 시간을 누리고 있다. 제때가 온 것이라고 할 수 있을까? 만약 그런 것이라면, 나는 이때를 놓치고 싶지 않다. 늦게 피는 것을 부끄럽다거나 두려워하지 않고 11월의 장미처럼 햇빛을 쥐고서 살아보고 싶다. 무엇보다 좋은 글을 쓰고 싶다.

내가 다시 글을 쓰겠다고, 지금껏 써둔 글을 정리해서 책으로 엮어 보겠다고 했을 때, 정수남 선생님이 '언제 철이 드나, 했는데!', '기다리고 기다렸는데, 마침내 그날이 왔네.' 하고 넣으신 카톡을 보고, 눈물을 글썽였던 일이 생각난다. 그동안 선생님은 철없이 시간을 보내며 글쓰기를 놓았던 제자를 뒤늦게 꽃피는 아이를 기다려주는 마음으로 지켜봐 주신 것이 아니었을까. 선생님뿐만 아니라 주변의 많은 사랑하는 사람들이 내가 꿈을 펼치길 응원하고 있다. 나다운 꽃을 피우길 조용히 기다리고 있다. 누구보다도 나 자신이 가장 그때를 기다리며 노력하고 있다.

봄눈과 수필

싸라기눈 내리는 늦은 밤. 아무도 다니지 않는 아파트 단지는 그윽했다. 오렌지 가로등 불빛 속에서 밤새 한 편의 신화가 펼쳐질 것 같은 분위기였다. 때 아닌 눈이었지만, 봄눈이 오는 밤은 아늑하고 고요한 정취가 있었다. 눈은 완연한 봄이 되기 전에 서둘러 내리는 것 같았다. 봄기운을 어느 정도 품고 있다 보니 눈이 내린 세상은 더욱 포근하게 느껴졌다.

아름다운 풍경을 혼자 보기가 아까워 딸들을 불러냈다. 딸들은 가로등 불빛 아래로 내리는 눈을 가리키며, 우와, 저것 봐! 하고 감탄을 했다. 빛이 있는 곳이나 어두운 곳 어디든 눈은 한결같이 하얗고 고운 꽃잎으로 흩날렸다.

우리는 놀이터로 들어섰다. 폐타이어로 만든 바둑판 모양의 놀이터 바닥이 백설기를 줄 세워 놓은 것 같았다. 아이들은 마치 백설기 위를 구르는 대추처럼 발자국을 찍으며 통통 뛰어다녔다. 나도 손을 잡아끄는 작은딸에게 이끌려 둔한 몸짓으로 발 도장을 찍었다.

이윽고 큰딸은 아무도 밟지 않은 순백의 눈밭 위에 벌러덩 누워 팔다리를 휘저으며 눈 천사를 만들었다. 감기 걸리면 어쩌려고. 빨리 일어나! 목구멍까지 올라오는 말을 겨우 삼켰다. 딸의 놀이를 방해하고 싶지 않았다.

작은딸은 미끄럼틀에 뛰어올랐다. 주춤주춤 미끄럼을 타기 시작했다. 처음에는 엉덩이를 버리지 않을 작정이었겠지만, 생각보다 미끄러지는 속도가 빨랐기 때문에 엉덩이를 깔고 눈을 다 훑어내면서 내려왔다. 그때부터 체면을 포기한 작은딸은 쉼 없이 미끄럼틀을 오르내렸다. 나는 한참동안 그저 넋 놓고 딸들을 바라보았다. 그러다가 나를 부르며 손짓하는 딸들을 번갈아보며, 비로소 조심! 조심! 이라고 말하거나, 이제 다른 곳으로 갈까? 재촉했다. 그렇지만 딸들은 이런 나의 참견은 아랑곳하지 않고 자기들의 놀이에 흠뻑 빠져서 놀이터 곳곳을 마음대로 휘젓고 다녔다. 누군가 우리들의 모습을 보았다면, 너무나 잘 노는 아이들과 지지리도 못 노는 엄마의 모습이 대조적이었을 것이다.

나는 눈밭 위에 '수필'이라고 썼다. 알면 알수록 조심스러워지는 글쓰기. 간결하고 소박하게, 꾸밈없이 진술하게, 있는 그대로 쓰는 것이 좋은 수필이라는 가르침이 부족한 내 글을 두고 말하는 것 같아 부끄러웠다. 더불어 수필에 대해 늦게나마 깨닫게 된 인연에 감사했다.

어쩌면 나의 글쓰기가 봄눈을 닮았는지 모를 일이었다. 마흔이 되어 글을 쓰기 시작하고, 서툴고 부족한 글인데도 남들 앞에 내놓는데 서슴지 않는 뻔뻔함이 봄이면 어때, 하고 내리는 봄눈마냥 천연덕스럽지 않은가.

뒤늦게 시작한 공부였다. 평소 쓰고 싶을 때마다 글을 써온 터여서 큰 부담이 없었다. 그러나 이론을 공부하고 유명 작가들의 글을 읽으면서 부족한 것이 많다는 것을 깨달았다. 모르고 있었던 것이 너무 많았다. 그저 쓰고 싶은 대로 쓰면 되는 것인 줄 알았다. 그러나 수필의 '길' 같은 것이 있었다. 바로 그 길을 지금 내가 배우고 있는 것이었다.

하나씩 알아가는 과정은 때로 글쓰기를 주저하게도 만들었다. 쉽게 쓰는 글에 대한 반성과 쓴 글에 대한 책임감은 무게를 더했다. 그럼에도 불구하고 어김없이 연필을 잡게 되는 것은 무엇 때문일까? 자유롭게 표현하며 창조하는 노동이 거기 있기 때문이라면, 내면에 꾹꾹 눌러두었던 느낌과 생각의 조각들로 형상화하는 과정에서 내가 살아있음을 선연하게 느꼈기 때문이라면, 대답이 될 수 있을는지.

시절인연이 있다고 했던가. 내가 수필을 공부하고 글을 쓰게 된 것은 분명 시절인연이 닿은 것이리라. 비록 봄눈처럼 늦게 찾아온 것이어서 별안간 녹아버리지 않을까 하는 불안이 앞서지만, 그렇다고 물러설 순 없는 노릇이다. 오늘밤 봄눈이 내일이면 녹아 없어져 하룻밤으로 끝날지도 모를 운명이라고 하더라도, 나의 글쓰기가 희나리에 그치는 것을 경계한다. 특별한 정취를 가진 봄눈처럼 나의 글도 나만의 향기를 가질 수 있다면 좋겠다.

강아지처럼 뛰노는 딸아이들의 모습을 보다가 불현듯 지금 눈 속에서 놀지 않으면 내일 후회할 것 같다는 생각이 들었다.

"애들아, 간다!"

결국 나는 잘 뭉쳐지지 않는 눈을 그러모아 아이들에게 뿌리기 시작했다.

강릉 가는 길

내달리는 창밖의 풍경들에 시선을 둔 탓일까? 멀미가 날 것 같다. 가까운 곳에 있는 것들의 빠른 움직임이 나의 균형 감각을 흔들어 놓는다. 먼 곳을 바라보면 좀 낫겠지 싶어서 시선을 멀리 두지만 역시 오래 바라보기는 힘이 든다. 잠깐 산과 하늘의 경계가 만드는 아름다움에 감탄하다가도 곧 눈앞 사물들의 빠른 움직임을 따라 나도 달리는 착각에 속이 매슥거린다.

눈을 감는다. 문득 내가 움직이고 있는 것이 맞는 걸까 궁금해진다. 나는 분명히 6번 좌석에 앉아서 눈을 감고 있는데, 내가 있는 공간은 시간을 따라 이동하고 있다. 나는 몸을 움직이지 않는다. 그렇다면 움직이고 있는 것은 무엇일까? 버스다. 버스가 달리고 있다. 그리고 그 속에 있는 나는 공으로 공간 이동을 하고 있는 것이다. 내 몸의 움직임 없이도 공간 이동이 생기면 그것도 움직임을 나타내는 것일까. 아, 그래서 멀미가 나는 것인가? 내가 움직여서 공간 이동을 하는 것이었다면 멀미라는 것이 생기지 않

24

을 텐데, 내가 움직이지 않고 이동하고 있으니 내 안에서 지금의 상황을 부정하는 몸부림이 멀미로 나타나는 것인가? 아니나 다를까, 버스에 실려 이동할 때 심하게 느끼는 멀미는 내가 직접 운전을 할 때는 느끼지 못 한다. 운전을 할 때 나는 스스로 움직이고 있다는, 능동적으로 내가 주관하고 있다는 의식을 갖고 있다. 그러나 남이 운전을 해주는 버스에 앉아서 이동하고 있는 나는 실려 가는 느낌에 휘둘린다. 일체성을 잃은 것 같은 부유하는 느낌, 이방인과 같은 거리감이 멀미를 만들어내고 있다.

혼란스러워진 생각이 창밖을 바라보며 느꼈던 멀미보다 더 심한 어지럼증을 가져온다. 어떤 주의니 무슨 파니 하는 명확한 사상이 없다 보니 순간순간 생기는 의문들에 휘청댄다. 천재적 두뇌도 아니고 전문성 있는 학업도 없어서일까, 도대체 내 생각에 중심이란 것을 잡기가 어렵다. 썰물과 밀물처럼 밀려들었다가 물러가는 생각들이 나를 흐트러뜨리는 것처럼 장난을 하는 것 같다. 관념을 표현한 말과 글이 주는 어눌함과 한계가 참 맥 빠지게 하며, 너는 그 정도야, 자책하게 된다. 소통이 활발하지 못하고, 재능이 뛰어나지 못하다 보니, 말과 글의 빙벽 앞에 선 나는 얼어붙기 십상이다.

말이 내게 수레가 아니라 빙벽으로 느껴지는 것은 어쩌면 중학교 때 있었던 일주일의 침묵 때문일는지 모르겠다. 나는 아침 자습 시간에 학습 문제를 내고 풀이하는 학습 부장을 맡았었다. 그런데 쉬운 답을 말하지 못한 친구에게, 그것도 모릅니까? 하고 말하는 실수를 하고 말았다. 그 일을 두고 반 친구들에게 눈총이나 질책을 받지는 않았다. 천만다행히도 친구들은 대수롭지 않게 넘어갔는데, 정작 나는 순간 뱉은 내 말에 놀랐던 것이다. 일기에는 눈물을 뚝뚝 흘리며 자책하는 문장들을 남겼다. 일기 검사를 한 담임 선생님이 누구나 실수할 수 있다고, 스스로 반성한 것을 기특하게 생각한다는 메모를 남겼다. 하지만 그때 나는 자신을 용서하는 것이 쉽지 않았다.

며칠을 우울하게 보낸 나는 금언에 들어갔다. 말 자체와 말을 하는 내가 싫었다. 학교에서는 말을 하지 않으려고 친구들을 피해 다니고, 선생님과는 눈도 마주치지 않았다. 집에서는 엄마와 말할 기회를 만들지 않기 위해서 일부러 모든 일들을 미리미리 했다. 나를 부정했던 일주일이었다. 사실은 기한을 두고 침묵했던 것은 아니었다.

그러나 나는 일주일 만에 침묵을 풀어야 했다. 깊은 뜻이 있거나 어떤 목적이 있어서도 아니었다. 궁금하고 알아야 할 필요 때문에 내가 먼저 입을 열었다. 남들에게 나를 이해시키기 위해서, 그리고 다른 사람들의 뜻을 내가 이해하고 받아들이기 위해서 내가 먼저 말을 해야 했다. 그때 나는 말이 서로를 이어주는 끈이라는 사실을 깨달았다. 나의 일주일 침묵은 그렇게 막을 내렸다. 그러나 그 일을 통해 나는 죄책감을 배워버렸다. 그 후로 말 때문에 후회하는 일이 종종 생겼다. 참회하고 실수하고를 반복하면서 나는 아예 말에 엄격한 사람이 되고 말았다. 말에 대한 자격지심도 그때 만들어졌을 것이다. 방향이 뚜렷한 생각은 멀미를 사라지게 하는 힘도 있지 않을까. 옛일을 회상하는데 몰두하면서 수동적인 태도가 초래하는 멀미의 현기증을 잠시 잊을 수 있었다.

불현듯 의문이 생긴다. 언어가 문제인가? 언어를 사용하는 내가 문제인가?

언어를 탓할 수는 없는 노릇이다. 언어는 도구일 뿐. 주체인 나에게 문제가 있는 것이다. 나는, 생각과 느낌과 괴리가 있는 나의 표현들에 절망한다. 절망은 한계를 인식하는 데서 출발하고, 한계를 인정하는 것은 스스로를 비참하게 만든다. 내 힘으로 어쩔 수 없는 또 하나의 무력감.

그 무력감을 실감하는 나날을 보내고 있다. 사람들을 만나 이야기를 나누고, 글을 쓰면서 부딪치는 빙벽. 예상하지 못한 말이 뜬금없이 툭 튀어나오거나, 과장된 표현이 아니었을까, 턱없이 설명이 부족했던 것은 아닐까 하는 생각에 말과 글을 외면하고 싶을 때가 더러 있다. 말과 글의 사용은 종종 후회를 낳는다. 적절하게 사용하지 못하는 부족함이 커서 말을 많이 하고 글을 많이 쓴 날에는 우울함이 찾아오기도 한다. 그러나 때로 적절한 표현을 찾아 만족스런 소통을 했을 때의 희열도 있다. 그 느낌을 다시 찾고 싶어 더듬질하면서 말과 글의 벽 앞에 용기를 내어 다시 서지만, 곧 얼어버린 자신을 발견한다.

말과 글에 열등감이 크면서도 문학 공부를 시작했다. 수필과 소설을 배우면서 다시금 그 열등감에 매몰되기도 한다. 간신히 추스르고 빠져나와서는 더 큰 벽 앞에서 좌절한다. 며칠 잠 못 자며 쓴 글을 모조리 지우면서 내쉰 한숨으로 내 방을 채우고도 남을 것이다. 글을 쓸 자신이 생길 때까지 책을 읽거나 영화관을 기웃거리고 마냥 길을 걷는다. 활자 앞에 무력해지는 날이 오래갈수록 초조와 불안은 커진다. 이대로 포기하고 마는 것은 아닐까. 문학과의 인연이 고작 이 정도밖에 안 되는 걸까. 개탄한다. 평범한 사람들은 접근할 수 없는 열정과 상상력으로 이글거리는 태양을, 물결을 이루는 수수밭을, 이웃집 사람들을, 끊임없이 긍정과 부정을 오가는 심연을 참으로 절묘하게 형상화시키는 천재 작가들을 부러워하다 말까. 그렇게 자신과 싸우다가 다시 도전을 한다.

문학을 하는 것은 자신을 쟁기질하는 작업인 것 같다. 긁어내고 끌어 모은 관념에서 크고 작은 돌멩이를 골라내고, 부드러운 흙을 체에 내리면서 형상화를 위한 재료를 만든다. 그리고 도착점을 향해 달리는 버스처럼 말과 글은 주제를 향해 그릇으로 빚어진다. 버스는 이미 정해진 코스대로 강릉으로 달려가고 있지만, 문학은 그러나 주제를 향해 달려가는 길이 다양하고 다채롭다. 때로는 이론적인 논리로 설명하거나, 또 때로는 시적인 표현으로 감동을 주는 등 개성과 상황과 목적에 따라 선택할 수 있는 여지가 다분하다. 그래서 자유롭고 아름답다. 그 자유와 아름다움에 매혹된 사람들이 문학에 들어선 발길을 돌리지 못하는 것이 아닐까.

도자기를 만들었던 일이 기억난다. 밥그릇과 국그릇을 만들 것인지, 다기를 만들 것인지, 젓동이를 만들 것인지, 장식용 기둥을 만들 것인지를 결정하고 나면, 흙을 빚어 올려가면서 자기가 원하는 모양을 만들어낸다. 그릇의 질감은 만드는 사람 손의 온도와 섬세한 손길에 따라 더 건조해지기도 하고, 투박해지거나 매끈해지기도 한다. 그래서 물레로 만든 그릇과 달리 손으로 빚은 그릇은 똑같은 것이 하나도 없다. 한 사람이 만든 그릇이라고 하더라도 똑같은 작품은 나오지 않는다. 문학 작품도 별반 다르지 않은 것 같다. 같은 글감으로 쓰더라도 똑같은 글이 나오지 않는다. 주제까지 같더라도 다른 작품이 나온다. 글을 쓰는 사람이 하루가 다르게 변하기도 하고, 글을 쓰는 때와 상황이 다르기 때문일 것이다.

차창 밖으로 달리는 다른 길들이 눈에 들어온다. 국도, 기찻길, 논둑길, 마을로 접어드는 길……. 그 길들이 침묵하며 이어진다. 혼자 길을 떠나면, 침묵할 수 있어서 좋다. 침묵을 하게 되면 자신에게 말을 걸게 되고, 풍경이 말을 걸어온다. 인정스런 사람들과 나누는 대화도 물론 좋지만, 과거와 현재, 미래의 자신과 대화하고, 풍경들을 느끼는 기회를 갖는 것은 더 큰 즐거움이 된다. 그래서 나는 홀로 떠나는 길에서 되도록 사람이 있는 자리를 피해 앉는다. 길이 주는 신비를 누릴 수 있는 시간이 많지 않다보니 스스로 고독한 나그네가 되고 만다. 다른 사람들과 함께 있는 와중에도 돌연 나를 혼자이게 만드는 고독. 강릉 가는 길에서도 나는 홀로움에 만족한다. 글을 쓰는 데도 길을 가는 것처럼 침묵과 설친이 된다. 글을 쓰기 위해서는 그래야 한다. 침묵과 고독이 있는 길과 글은 신비를 품고 있다. 그 신비 속에서 감동하고 노력하면서 완전성을 꿈꾸게 된다.

그러나 완전함이 목표일 수는 없다. 강릉에 도착하는 기쁨이야 크겠지만 오히려 나는 가는 길 위에서 느끼는 행복이 크다. 침묵에 몰입하면서 멀미가 사라지고, 창밖 풍경이 내면으로 고스란히 들어오는 순간이라면 더할 나위없다. 그 순간 빛 한 줄기 같은 어떤 의미를 발견한다. 잊고 있었던 영혼 깊은 곳을 깨우고 들여다보는 감동이 있다. 심연에서 들려오는 목소리를 듣는다면 세상의 중심에서 사랑으로 가득한 나의 존재를 느낄 수 있다. 그리고 두려움이 사라진다. 세상으로 나아가는 힘을 얻는다.

이쯤에서 끝나면 좋을 것을, 아이러니하게도 나의 심연은 곧잘 변덕을 부린다. 부정적인 목소리가 엄습해온다. 창밖 풍경에 넋을 잃고 있다가도 이내 그것들이 창을 사이에 두고 거저 스쳐지나가는 구경거리에 지나지 않는다고 느끼면서 이방인으로 돌아서고 만다. 나의 뇌파를 그래프로 나타내면 긍정과 부정을 오가며 불규칙적으로 지그재그 운동을 하는 꺾은선이 나올 것이다. 그러나 이것은 내가 성장하는 변화와 규칙 같은 것이라고 받아들인다. 자기 부정은 나를 발견하는 또 다른 길이며, 그 길 위에서 나는 말과 글에 면벽하며 존재하고 있는 것이다.

수없이 자기만족과 자기부정을 오가면서 문학의 길을 걷게 될 것이다. 생각이 여기에 이르니 말과 글을 쓰는데, 문학을 하는데, 한계가 많은 나 자신에게 한결 너그러워질 수 있을 것 같다. 못난 벽도 마주치고 잘난 벽도 지나가면서 내 생의 바퀴를 걸어갈 참 이다. 그러다가 멀미로 힘들어지기라도 하면 이번 강릉행처럼 침묵과 면벽하면서 얼어붙은 벽을 녹여 보겠다. 벽도 녹고 나도 녹아 모든 것이 아름다운 순간을 만나면, 그것으로 더할 나위없을 것 같다.

가면

운전 중에 라디오를 들었다. 우울한 친구를 도와서 방 안에 변화를 주고 기분을 전환시킬 것을 제안하고자 할 때 분위기를 어떻게 바꾸라고 말할 것인가? 하나, 청소를 한다. 둘, 스탠드를 바꾼다. 셋, 카펫을 바꾼다. 넷, 벽지를 바꾼다.

나는 벽지를 바꾸겠다고 생각했다. 지금 생각해 보면 가장 일이 많고 돈도 많이 드는 선택이었다. 차라리 가구 배치를 바꾸고 청소하는 것을 선택했더라면 좋았을 것을.

그런데 벽지를 바꾸겠다는 선택이 다중인격을 갖고 있는 것이라고 한다. 재밌자고 만든 심리 테스트쯤일 수도 있겠지만, 나는 그 결과가 만족스러웠다. 내 안에 많은 내가 있다는 것, 그만큼 여러 가지 가능성과 잠재성을 갖고 있는 것이라는 해석 때문이었다. 나의 새로운 도전과 다채로운 행보를 두고 럭비공처럼 어디로 튈지 모르겠다고 말하는 오랜 벗의 표현이 매우 흡족한 것처럼.

영화나 책에서 다중인격은 여러 사람의 혼 같은 것이 함께 있는 것으로 형상화된다. 자기 이외에 다른 자아가 있는데, 서로의 존재를 인식하지 못 할 때는 병적 상태로 나타난다고 한다. 때로 기절을 하거나 정신 착란 같은 것에 빠져서는 한 인격이 표면화되어 행했던 행동을 다른 인격이 인식하지 못한다는 것이다. 그러나 자기 안의 여러 인격을 인지하고 있다면 큰 문제가 없다고 한다. 나도 라디오의 심리 테스트처럼 다중인격을 가벼운 관점으로 한번 생각해보고 싶었다.

글쓰기를 공부하는 모임에서 나는 '독일병정'으로 불렸다. 여러 가지 일을 묵묵히 하고 있다는 차원에서 붙여진 별명일 것이다. 말없고 무뚝뚝하기까지 한 나의 태도가 그 별명을 짓는데 한몫을 했을 것이었다. 이것은 내가 융통성 부족하고 재미없는 사람임을 가리키는 것이기도 했다. 사람들 속에서 자연스럽게 어울리는 구성원이 되고 싶었지만, 제대로 섞이지 못해서 답답할 때가 많았다. 그때마다 자문했던 것 같다. 나는 왜 가면을 쓰지 못할까.

가면은 의식적으로 만들어낸 또 다른 나의 모습이다. 조직 속에서 살아가며 부드러운 관계를 맺기 위해서 자신이 지닌 성격을 다 드러내지 못하고 사는 우리들이다. 저마다 필요한 가면을 쓰고 공존과 소통을 위해 자신을 화장하며 살고 있는 것이 현실이다.

사람들은 표면으로 나오는 나의 말과 행동을 통해 나를 판단한다. 그것은 내가 의식화한 가면일 수도 있을 텐데 나로서 인식한다. 그리고 사람들이 인식하는 나를 통해서 내가 쓰는 가면의 수정과 지속을 결정한다. 그러고 보면, 어쩌면 가면까지도 나의 정체성을 이루는 요소일 수 있겠다. 가만히 생각해 보면, 내가 나를 인식하는 느낌과 타자가 나를 인식하는 인격(가면)이 통합적으로 이루어짐으로써 나를 가리키는 것이 아닐는지. 그것을 정체성이라고 달리 부르면서.

다중인격이라고 함은 바로 여러 개의 정체성이 혼돈하고 있으니 자칫 위험할 수 있는 여지가 있다. 자아 속에서 자신을 찾는 정체성에 문제가 생기고 일탈이 일어날 수 있다. 하지만 자기 안의 여러 인격들을 인지한 채 경계하며 표현하면 건강한 자의식을 만들 수도 있지 않을까. 그래서 인식이 중요하다. 인지하고 인지한 것을 삶에서 외면하고 회피하지 않는다면 오히려 성숙한 인격으로 건강하고 풍성한 삶을 만들 수 있지 않을까. 마치 양파처럼, 많은 속살의 가면 하나하나를 벗기면 중심부에 가까이에 다가가게 되는데, 본래 그러한, 있는 그대로 온전한, 여여한 본성 그대로가 '무'로 혹은 '공'으로 존재한다. 또 그것은 우리들 모두가 공통분모로서 지니고 있는 것이다.

다중인격을 긍정적으로 보고 그런 성향을 잘 활용하면 다면적인 세계를 창조하는 마중물도 될 수 있을 것이다. 창조하는 삶이라면 다면성을 지닌 향기가 무한한 영감을 줄 테니까. 순수한 있음과는 차원이 다른 느낌들의 복합체 같은 것인데, 양파의 속살 하나하나를 겹쳐서 한 개의 양파가 완성되듯이, 한 사람을 위해 모인 결합이기 때문에 그 속에서 평화로운 소통과 상호작용이 이루어진다면 풍요는 당연하지 않을까. 다만 그것이 어려울 뿐.

도자기를 만든 적이 있었다. 그릇 하나가 만들어지기 위해서는 흙에 점성이 생기도록 치대는 데서 출발하여 그릇 모양 만들기, 유약 바르기, 무늬 넣기, 건조, 초벌 굽기, 다시 유약 바르기, 재벌 굽기 등의 과정을 거친다. 정체성을 이 도자기 만들기에 비유한다면, 느낌은 흙에 해당될 것이다. 거기에 덧붙여진 여러 공정은 이를테면 그 흙으로 어떤 모양을 만들고, 그 위에 어떤 그림을 그려 넣고 색을 칠하는 것은 내가 살아가면서 만드는 가면과 같을 것이다. 그런데 우리는 완성된 그릇을 보면서 너는 흙이야, 라고 말하지 않는다. 그릇이라는 사회적 가면을 쓰게 된다. 타고난 성품으로서의 흙과, 사회적으로 학습하고 스스로 터득하며 공들인 그릇. 나의 향기가 비로소 빚어진 것이다.

남편이 우리의 신혼 때를 떠올리며 한 말이 있었다. 그때 우리는 많이 싸웠는데, 우리가 간과했던 것이 있었다고 했다. 나는 백합의 향기를 지녔는데, 내게서 장미의 향기를 뿜으라고 했으니, 싸울 수밖에 없었다는 것이었다. 나도 마찬가지였다. 내가 살아오면서 옳다고 믿었던 것과 내가 바라는 것을 그에게 강요했다. 작은 습관에서부터 정치의식에 이르기까지 나와는 너무나 다른 그에게서 내가 원하는 향기를 욕심냈다. 서로를 자기에게 맞추도록 고치려고 했던 것이 그때 서로를 힘들게 하는 결과를 만들었다는 생각을 나눴다. 그렇지만 한편 그런 과정이 있었기 때문에 상대방을 이해하는 계기가 되었다는 것도 인정했다. 상대가 어떤 기대를 하고 있는지도 알게 되었다.

결국 신혼 때는 백합의 향기를 지녔던 나였지만, 지금은 백합의 향기만을 지니지는 않을 것이다. 정체성이란 변하지 않는 본질 같은 것이라는데 과연 변하지 않는 정체성이란 것이 있기나 할까? 그 사이 남편이 내게 바라는 모습이 들어 있기도 하겠고, 사회가 바라는 나를 덧붙이기도 했을 것이며, 내가 찾아가는 나의 모습도 있을 것이었다.

남편은 '여우야' 노래를 들을 때마다 내가 생각난다고 한다. 최근 바뀐 내 분위기와 많이 닮았다는 얘기다. 아마도 내가 의식하지 못하는 사이에 나는 변신 중일지도 모른다. 그것을 남편이 먼저 느꼈는지도 모를 일이다. 관계의 폭이 넓어지면서 발견하는 나의 다른 모습이 더 많아졌다. 만나는 사람에 따라서, 사회 성격에 따라서 달라지기도 하는 내가 있는 모양이다. 이것들이 모두 나의 향기를 만들어가고 있는 것은 아닐는지.

그러나 역설적이게도 나의 변화를 성숙이라고 긍정적으로 평가하면서도 나는 나 자신을 잃고 싶지 않다는 고민에 빠져 있다. 종종 가면을 쓴 내가 낯설게 느껴지고 어깨에 짐을 진 것처럼 부담스럽다. 외로울 때가 불쑥 생긴다. 무엇을 위한 가면인가. 누구를 위한 위장일까. 훌륭한 인격 만들기는 본성을 거스르고 자기를 상실한 위선으로 추락하기도 한다. 가면을 쓴 나의 모습이 짙은 분장을 한 피에로의 피로를 숨기고 있는 것 같아서 애처로울 때가 있다. 그래서 변덕스럽게도 애써 웃지도 말하지도 호들갑스럽게 맞장구치지도 않을 때가 있다. 나는 딜레마에 빠져 있다.

도마

첫째 날

도마를 새로 샀다. 그동안 썼던 것과 크기가 같은 나무도마를 찾았지만 구하지 못했다. 도마는 역시 뜨거운 물로 소독해야 개운하다는 생각에 다채로운 색깔과 모양을 한 플라스틱도마에 갔던 눈길을 거두었다. 결국 손가락 길이만큼 더 큰 나무도마를 장바구니에 담아왔다.

도마 두 개가 개수대 위에 나란히 서 있다. 가운데가 옴쑥 들어간 색 바랜 오래된 도마와 그 옆에 갓 세수한 얼굴처럼 말끔한 새 도마. 오래된 것과 새로운 것이 만드는 긴장이 팽팽하다.

둘째 날

간택되어 실력발휘 할 기회만을 기다리는 새 도마를 모르는 바 아니면서도 오늘 나는 새 도마를 애써 외면하며 오래된 도마를 고집하고 있다. 미안한 마음에 새 도마의 눈길을 피해 본다.

그러면서도 오래된 도마에 저절로 손이 가는 것은 왜일까. 함께 살아온 십오 년 세월이 짧은 시간은 아니었을 터. 요즘 유행하는 말로 내가 애정 하는 오래된 도마를 새 도마가 이기기란 쉽지 않을 것 같다.

셋째 날

신혼살림으로 장만한 이후 하루 세 차례씩 십오 년이니 만 육천 번 이상의 칼질을 받은 몸. 퇴색되고 원형이 변한 것은 당연한 일이다. 그럼에도 오래된 얼굴이 참, 곱다. 칠순을 넘은 어머니처럼 온후하고 정다우며 단단한 얼굴빛. 도마는 그 세월을 오롯이 흔적으로 남겨 놓았다.

넷째 날

흔적은 도마 위에 무늬를 만들었다. 칼자국과 얼룩들이 본래 지닌 나뭇결과 어울려서 만들어진 서사의 지층들. 상흔은 오랜 시간에 걸쳐서 독기를 빼고 이해와 용서의 이름이 되었다. 하루 또 하루가 내게도 흔적으로 남을까. 훗날 내 삶은 어떤 무늬의 이름으로 완성될까. 그 이름이 별 게 아닌 것일까 봐 조급해질 때가 있다. 불안할 때가 있다. 누가 그랬던가. 우리 사람은 별 거 아니든지 아니면 대단하든지 둘 중 하나라고. 오래된 도마를 씻어내고 손으로 물기를 훑어내며 중얼거린다. 평범한 하루더라도 하루 또 하루가 모여 한 사람의 생이 될 때에는 특별하지 않은 삶은 없다고. 우리 모두는 각각의 무늬를 가진 이름을 만드는 사람이 되는 것이라고.

하루 일을 끝낸 도마가 채 가시지 않은 물기를 머금고 서 있다. 밤새 말끔해져서도 내일 다시 얼룩질 것을 두려워하지 않는 당당한 모습으로.

다섯째 날

빠 빠라밤. 아침이에요. 이러다 늦겠어요. 일어나세요. 빠 빠라밤.

아침마다 들으며 일어나는 알람 소리. 이 소리를 들을 때마다 고향 옛집 부엌에서 들려오던 어머니의 도마 소리가 그리워진다. 아침이면 높으락낮으락 어머니의 도마 소리에 잠을 깨곤 하였다. 건넛방 너머 부엌에서 들려오는 도마 두드리는 소리. 툭툭, 톡톡, 툭탁툭탁, 토닥토닥······. 상극인 나무와 칼이 어머니를 만나서 만들어내는 상생의 소리. 세상 모든 일이 이 같으면 얼마나 평화로울까.

핸드폰 알람 소리를 듣고 일어난 오늘도 나는 뽀뽀를 하고 엉덩이를 두드리며 아이들을 깨운다. 이 기상 의식은 왠지 상상력이 부족하다. 옛날 건넛방을 건너 집 안팎을 가득 두드리는 어머니의 도마 소리를 들으며 나는 얼마나 많은 상상의 나래를 펼쳤던가. 에둘러 왔던 그 소리가 문득 그리워지는 아침이다.

여섯째 날

오래된 도마가 행여 부엌을 나와야 한대도 나는 도마를 곁에 둘 결심을 했다. 그 위에 읽고 있는 책들을 올려두거나, 작은 화분들을 놓아두는 것도 좋겠다. 광목을 깔고 찻잔을 올려도 멋스럽겠다. 이런 생각을 하게 되면서 새 도마에도 기회를 주는 넉넉함이 생겼다. 쓰지 않으면 버리기 일쑤인 나를 잘 알기 때문일까. 애써 오래된 도마를 붙잡고 있었다. 도마의 변신은 희망사항이 되었다. 부엌을 나와서도 할 일이 많은 몸이니 천덕꾸러기 신세를 면했다. 지금은 도마에 상상을 불어넣을 때. 도마 위 새겨진 무늬들이 상징과 은유로 쌓은 지층을 만들고 있다.

일곱째 날

몸에 밴 해묵은 습관을 하나의 통찰로 하루아침에 없애지는 못할 것이다. 시간 속에서 쌓이는 반복이 그 간극을 좁혀주겠지. 불현듯 나의 글쓰기가 정서의 문턱에 들어선 게 아닐까 생각을 하게 된다. 오래된 도마에 새겨진 칼자국처럼 수많은 습작이 이루어지는 때. 모진 칼질과 뜨거운 물도 당당하게 받아들이는 새 도마의 힘이 느껴진다. 내게도 새 도마에게도 서로의 작용과 반작용이 아직은 익숙하지 않은 때. 그러거나 말거나 세월은 흐른다며 회심의 미소를 띤 오래된 도마. 관성에 따라 움직이는 나의 칼질을 받아내는 새 도마여, 겨루어볼 만하구나. 나의 글쓰기도 차곡차곡 쌓인 지층 속에서 어느새 단단해지는 때가 올 것이다.

육천여 차례 이상 칼질 받은 몸이 되었을 때는 지층 같은 무늬를 만들고 있을 터. 그땐 아우라 빛나는 나의 글을 만날 수 있으면 좋겠다.

오래된 책상

오래된 시간일수록 차마 분리할 수 없는 지경에 이르는 것일까? 사람은 말할 것 없고, 사물도 예외 없이.

올해로 스물여덟 살 되는 책상 하나가 있다. 사람 나이로 치자면 마흔셋. 내 나이와 같다. 도시로 이사해서 나만의 방이 생긴 열다섯 살 이후 쭉 함께 해온 갈색 책상이다. 아니다. 중간쯤에 헤어져 있기도 했었다. 내가 배신했다고나 할까. 모두 새 것으로 장만했던 신혼살림에 한눈을 팔고 외면했던 시간이 있었다. 그 책상이 다시 내 곁에 온 지 6년이 되어간다.

올해 스스로 교재 만들기를 하면서 들여놓은 복합기, 자주 손 가는 책들을 꽂아둔 미니 책꽂이, 노트북이 책상 위에 놓여 있다. 중학생이었을 때에는 제법 넓어보였던 것이 지금은 물건 세 개 올려놓으니 꽉 차고 만다. 노트북을 사용할 때는 마우스 움직일 자리조차 없다. 그래서 아이디어를 냈다. 사용할 때마다 물건을 채워둔 한쪽 서랍을 열어서 패드를 놓고 마우스를 올려두고 쓰는 것이다. 다른 쪽 서랍은 이쪽 서랍의 두 배 크기이다. 부모님의 오래된 흑백 사진들, 만년필, 이동식 하드디스크 둘, 포스트잇 등을 넣어둔 서랍을 살짝 빼서는 독서대로 활용한다. 서랍 앞쪽에는 많은 포스트잇들이 도배를 하고 있다. 시선이 자주 머무는 복합기와 서랍 앞쪽을 활용해 메모를 붙여 놓은 것이다. 생각은 많고 돌아서면 잊어버리기 일쑤인 내가 공책에 써두면 일부러 찾아야 하는 수고가 번거로워 사용하는 방법이다. 생각을 발효시키는 장치의 하나로 책상이 장의 역할을 하고 있는 것이다. 이쯤 되면 내게 있어 책상이 얼마나 소중한지 알 수 있다. 내 마음의 수납공간이자 동시에 생각의 창이 되어주고 있는 오래된 책상.

책상의 이러한 소임은 올해 들어서야 비로소 얻게 된 것이다. 거실로 작업 공간을 바꾸면서 제 역할을 맡게 된 것이 책상으로서는 천만다행이랄까. 여전히 제 구실 못하고 한쪽에 우두커니 자리만 차지하고 있었다면 언제 또 버려질지 모를 일이었다. 6년 동안 버려질 찰나에 놓인 일이 어디 한두 번이었던가. 집은 좁고, 살림은 하나씩 늘고, 공간 활용이 늘 나의 숙제였다. 집안 대청소가 있었다 하면 책상은 어김없이 현관 앞까지 떠밀려 나왔다. 그리고는 내 결정만 기다리는 것이었다. 그렇지만 번번이 나는 마음을 돌이켜 책상을 어느 자리에 억지로라도 갖다 붙여놓곤 하였다.

차마 버릴 수가 없었다. 뭔가 할 일이 남은 것 같은 아쉬움과 함께 하는 운명 같은 것을 기대하고 있었던 것일까. 질긴 인연이었다.

아이들과 수업하기, 책읽기, 글쓰기. 책상 위에 있는 물건들은 그러한 내 욕망들이 물화된 것이다. 때로는 그것들에 대한 사랑이 지나쳐서 수면 부족과 신경과민을 일으키기도 한다. 그러나 이것들은 나와 떼려야 뗄 수 없는 것이 되었다. 억지로 잡아당기면 다함께 뿌리 뽑히고 마는 고구마 줄기처럼 한데 엮여서는 붙어 있는 것이다. 내 물화된 욕망을 이고 있는 책상은 이제 감히 분리를 감행할 수 없는 존재가 돼버린 것이 아닐까.

복합기와 책꽂이 사이에 먼지가 살비듬처럼 앉아 있는 것을 본 게 며칠째. 여러 차례 닦아야지 마음먹고도 미뤄두었던 청소를 한다.

먼저 책상 위 물건들을 내려놓는다. 혼자서는 힘이 부쳐 복합기는 남편의 손을 빌린다. 물건을 모두 내린 책상은 집터만 남은 땅처럼 보인다. 있어야 할 게 사라진 자리는 언제나 쓸쓸한 법. 채워졌을 땐 모르다가 빈 몸이 되고서야 한 줄기 바람처럼 마음을 두드리며 들어선다.

군데군데 홈집이 보인다. 모서리를 따라 깨진 자리, 파인 홈, 할퀸 자국들……. 그것들은 시간을 따라 흐르면서 또 하나의 결이 된 것 같다. 깨지고 패이고 할퀸 상흔마다 기억 하나씩 품고 있을 법하다. 그 기억의 주름살이 하나씩 늘 때마다 책상은 훼손되고, 내 마음도 변하고, 그에 따라 책상의 자리와 역할도 바뀌었을 것이다.

처음 만남은 중학교 2학년 때였다. 도시로 이사한 뒤 아파트에서 살게 된 것도 나만의 방이 생긴 것도 처음이었다. 창을 열면 파란 하늘이 보이는 방을 꿈꾸었지만, 하나밖에 없는 창을 열면 바로 다용도실이 있었다. 낮에도 불을 켜야 했던 어둡고 작은 방, 그곳에는 갈색 종이장판에 갈색 티크 옷장, 거기다가 갈색 책상과 책장이 있었다. 창공을 나는 소녀의 상상은커녕 사색으로 침잠하는 동굴 같은 곳이었다. 그때 내 나이 열다섯. 방안의 갈색들은 소녀의 감수성도 갈색으로 물들였다.

특별히 책상을 좋아하고 아꼈던 기억은 없다. 대학생이 되기까지 책상에 앉아 졸다가 공부하고, 또 졸았을 뿐이었다. 졸음에 겨워 안 되겠다 싶을 때는 방황의 흔적을 일기로 남기거나 대중가요의 노랫말을 바꿔 썼다. 어둠 속에 덩그러니 있다가 내가 들어와야 그 모습을 드러내던 책상이었다. 내가 있음으로 존재했던 5년을 우리는 단짝이 되어 한 자리를 지켰다.

줄곧 책과 함께 했던 책상이 그 정체성을 잃고 일탈 했던 시간도 있었다. 이층집으로 이사를 갔을 때였다. 대학생이 된 나는 책상 생활을 접고 엎드리거나 누워서 책을 읽었다. 대부분 공부는 학교에서 했기 때문에 방에는 소일거리로 읽는 책 몇 권이 굴러다녔다. 그때 책상은 책과 생이별하고 대신 이불을 항상 이고 있었다. 더 이상 어둡지 않은 이층 방에 있었지만 책상은 늘 혼자였다. 제 역할을 못하고 제 자리를 잃은 쓸쓸함은 사람이건 무엇이

든 마찬가지가 아닐까.

스물일곱에 나는 결혼을 했다. 그리고 책상을 잊었다. 친정을 다녀가도 책상에는 눈길 한 번 주지 않았다. 그 뒤 일산으로 이사를 하고서야 책상은 다시 내 생활공간으로 들어왔다. 친정 부모님이 오래도록 책상을 곁에 두고 있었기 때문에 가능한 일이었다. 만약 부모님이 일찌감치 책상을 버렸다면 그것으로 우리의 인연은 끝났을 것이었다. 무엇이 부모님 곁에 책상을 오랫동안 간직하도록 만들었을까. 어쩌면 딸이 떠난 빈자리에 일었던 바람이 부모님의 마음을 휘감았을는지도 모를 일이다.

나의 빈자리를 채우고 있다가 다시 내게 돌아온 지금 책상은 민낯이 되어 서 있다. 구르는 돌처럼 여러 지방을 돌아다니다가 마흔이 되어서야 정착해서는 내 일을 찾은 것처럼, 책상도 인고하며 보낸 세월 뒤에 자기 할 일을 얻게 된 것이다.

기억은 감각적이고 정서적인 느낌과 분위기의 이미지라고 한다. 그래서 같은 내용을 서로 다르게 기억하는 일이 벌어진다. 내가 기억하고 추억하고 있는 1만 일에 달하는 시간을, 책상은 과연 어떻게 기억하고 있을까. 우린 서로 다른 기억을 저장하면서 정체성을 견고하게 만들어 왔을 것이다. 28년을 재구성하고 창조한 기억이 오늘의 책상과 나를 만들었다.

여러 차례의 이사와 구박과 배신의 세월에도 그 모양새는 의연함을 잃지 않았다. 오히려 오랜 시간만이 지닐 수 있는 그윽함과 깊이를 더한다. 앞으로 또 얼마나 많은 시간을 풍화될는지, 그

기억이 아련하든 고스란히 남든, 그것을 추억하는 이는 내가 될
것이다.

　책상 위에 내 욕망들을 올려놓는다.

　다시 채워진 책상 위.

　첫 만남은 우연으로 시작되었으나, 기억의 결을 만드는 오늘이
있어야 인연이 되는 모양이다. 그 인연은 시간이 오래될수록 차
마 분리할 수 없는 지경에 이르는 것이다.

독감을 함께 건너는 방법

독감을 앓는 것은 태풍만큼 모질게 겪다가 이겨내야 한다. 태풍은 지구의 열적 불균형을 해소하기 위해 강한 바람과 많은 비를 동반해 일어나지만, 그 결과 지구의 에너지 및 물 순환을 일으켜 생명력을 불어넣어준다. 이 점에서 독감은 태풍을 닮았다. 그것이 세균이든 바이러스든 독감을 앓고 나선, 몸이 수척해지긴 하지만 정화된 것 같은 느낌이 드는 것은 비단 나만 그런 것일까.

흔히 일어나는 일은 아니지만 독감을 앓고 나면 나는 몸이 한층 가벼워지고 개운해지는 것 같다. 게다가 세상 속의 나마저 새롭게 느껴진다. 그리고 새 삶이 펼쳐진다. 부끄럽게도 이 점을 깨달은 것이 마흔을 얼마 앞둔 늦은 나이였는데, 독감을 안 죽을 만큼 앓고 나서 몸이 바뀌고, 세상이 다르게 보였으며, 삶이 호전되었다. 이후로 독감이 두렵지 않았고, 그때부터 독감 예방주사도 마다하고 겪을 거라면 대범하게 맞을 수 있었다.

가만히 생각해보면, 독감처럼 우리는 된통 삶을 앓는 때가 있다. 사랑에 빠졌을 때, 자아가 고개를 들 때, 미래가 불안하게 느껴질 때, 아끼던 사람을 상실했을 때, 사회에서 고립되었을 때……. 도대체 우리는 살면서 몇 번이나 독감에 걸리는 걸까. 어쨌든 우리 몸이나 사람살이는 한 번씩 환기가 필요한 것 같다. 누적된 피로가 몸 안에 독성을 쌓고 면역력을 떨어뜨리게 되는 것처럼, 변화를 외면한 삶은 결국에는 일이 터지는 순간에 맞닥뜨리게 마련이다. 그래서 일종의 경고성 메시지로 몸과 마음을 나아가 삶까지도 정화하는 힘이 있다면 애써 외면하거나 피할 이유가 없다. 그리고 잘 견디어내면 새로운 생명력을 얻게 될 것이므로 습생을 잘 하도록 애쓸 일이다.

그 경고의 메시지가 다시금 찾아왔다. 감기 기운이 오래 간다 싶었던 몸이 드디어 임계점에 도달했던 모양이었다. 목소리가 나오지 않았다. 요즘 감기가 보통 독한 게 아니다. 감기 걸린 지 일주일이 넘어도 좀체 떨어지질 않는다. 따뜻한 물 많이 마시고 아무 생각 말고 푹 자야 한다. 다들 나의 목 쉰 전화 소리에 놀라서는 당부를 거듭했다. 나는 아이들과 수업도 못한 채 집에서 보내야 했다. 일상이 일시중단 되었다.

그런데 웬걸? 모처럼 얻은 휴가에 신이 났다. 즐거웠다. 수업 준비는 말할 것 없고, 수업 없이 며칠을 보내게 되었다고 생각하니 저절로 웃음이 났다. 피곤하다며 수업을 못하겠다고 말할 수는 없었다. 피로가 쌓이고 제대로 쉬지 못해서 결국 일이 터진 것이었다. 온몸이 싸늘했고 쑤셨다. 목이 잠겨서는 뜻을 전할 수 있는 말만 겨우 뱉을 정도였다. 마흔 직전 이사를 하면서 앓았던 독감만큼이나 지독했다.

그때 나는 죽음을 생각했다. 목소리가 나오지 않고 온몸이 통나무처럼 무거우면서 둔중한 통증에 시달리며 소설小雪 추위에 맨몸 맨발로 바깥에 나와 있는 것처럼 몸이 얼음장 같은 끔찍한 독감에 걸렸을 때, 나는 죽음이란 여기서 딱 한 걸음 더 나간 것일 거라고 생각했다. 번지점프를 하면 죽음을 경험하리라는 말을 들었지만, 그것은 자의로 선택하는 방법이다. 그러나 독감은 자의와는 무관하게 불현듯 닥치는 것이어서 더욱 죽음을 체험하는 일이 되지 않을까. 평소에는 생각해보지 않는 죽음에 대해 사유하게 되면서 많은 것들이 새삼 소중해지고, 욕심은 줄고, 이 고통으로부터 자유로워지면 세상을 좀 더 맑게 살겠다는 기도를 하게 된다.

병원에 다녀오는 길에 머뭇거리다 결국 들른 곳이 있었다. 꼭 읽고 싶었던 책이 있었다. 수업과는 상관없이 읽고 싶은 책만 읽고 싶었던 마음을 따라서⋯⋯. 〈그리스인 조르바〉와 〈도올 김용옥의 금강경 강해〉였다. 조르바는 이윤기 번역을 골랐다. 신화를 풀어놓는 입담이라면 영화 못지않은 이야기를 엮어낼 것이라고 생각했다. 금강경은 오래 전에 읽다가 그만 둔 돈연 스님의 것을 얼마 전에 읽었는데, 도올 선생의 책을 읽고 감동했다는 한겨레

신문의 기사를 읽고 언젠간 읽으리라 마음먹고 있었던 것이었다.

아무것도 말고 잠 많이 자라고 다들 일렀지만, 내게 주어진 나만의 시간을 잠만 자면서 보낼 수는 없었다. 책 두 권을 들고 침대에 들어가 어깨를 높여 누운 채로 나는 마치 새로운 숲을 찾은 것처럼 미세한 소리에 귀 기울이며 조심스럽게 길을 걷듯이 나흘 동안 조르바와 금강경의 숲속을 깊숙이 걸어 들어갔다. 침대의 네 귀퉁이를 돌아누워 가며 책을 읽다가 까무룩 잠이 들었다가를 반복했다. 밤이라고 해서 잠자리에 들지도 않았다. 독감을 앓는 내겐 낮과 밤이 의미 없었다. 종일토록 책을 읽다가 어느새 잠이 들곤 했다. 식구들의 염려 따위는 귀에 들어오지도 않았다. 책에 대한 나의 상사병을 확인해줄 따름이었을 것이다. 아무런 생각 없이 책만 읽는 시간은 얼마나 큰 축복인가! 더군다나 조르바의 이야기와 금강경 독해는 '말씀'이었다. 그 '말씀'으로 피톤치드를 얻은 나는 면역력과 생명력으로 충만해지고 있는 나를 느꼈다.

조르바와 금강경은 기막힌 조합이었다. 도올 선생 특유의 '말짓'(도올 선생의 강한 몸짓과 함께 그 특유의 말 폼에 맞는 단어를 나는 못 찾겠다. 그래서 '말짓'이란 말을 감히 만들어보았다)으로 유불선을 넘나들며 풀이하는 금강경과 그 어떤 그물에도 걸리지 않고 사는 조르바의 자유와 니코스 카잔차키스의 사색은 인간과 삶에 대한 경탄으로 한 걸음 물러서서 나와 내 주변을 돌아보게 하였다. 금강경의 구절구절들이 종교적 담화의 시적인 깨달음이라면, 조르바의 말과 몸짓은 세상의 기준과 편견을 초월한 자유로운 인간의 신화였다. 도올 선생은 아라한을 최고의 성자로 보는 소승과 달리 대승은 누구나 불타가 될 수 있고 그 과정에 있는 보살을 중요하게 여긴다고 썼다. 보살은 깨달음으로 가는 사람이다. 그러나 조르바의 야생적 얼치기 같은 삶은 어리석음의 지혜와도 같았다. 어리석지 않되 어리석어 보이는 것, 그것은 조르바의 탓이 아니다. 깨닫는다, 깨달았다는 생각조차 없어야 한다고 탄허 스님이 말했듯이, 조르바는 그가 깨달은 것을 언어로 온전히 표현하지 못할 때는 춤을 추었다.

금강경에서 부처의 수제자 수보리가 물었다. 「부처님, 사람들이 깨달음을 얻기 위해서 어떤 생활태도와 어떤 마음의 태도를 지녀야 합니까?」

부처가 대답하시었다. 「아상我相, 인상人相, 중생상衆生相, 수자상壽者相의 네 가지 그릇된 견해를 없애면 깨달음이다. 아상은, 선악의 판단기준을 에고에만 의지하고 자신의 엄격한 인생지침만 주장하는 것이다. 자신의 재산, 학문, 문벌을 믿고 다른 사람을 가볍게 보는 것이다. 인상은, 타인의 뜻을 받아들이지 못하고 일상생활이 메말라 있는 것이다. 비록 예의와 절도가 있게 행동하나 자부심이 강해 겸손이 없으며 내적으로 인격의 결함이 있다. 중생상은, 자신의 내부에 부처가 완성되어 있다는 걸 믿으려 하지 않는 것이다. 수자상은, 일마다 자기 선호도에 따라 취사선택하고 분별한다. 자기 복업만을 부지런히 닦고 남을 위해 보시하지 못하는 것이다.」

말하자면 금강경은 생각[想]과 모습[相]을 부정한다. 일체 모든 색色을 부정한다. 이것이 공空으로 가는 깨달음의 길이다.

카잔차키스와 조르바도 그 길에 있었다. 카잔차키스는 상(想, 相)을 깨지 못했다. 펜을 들고 있는 지식인으로서의 한계를 보여 주었다. 조르바는 죽는 순간까지 새로 태어났다. 알렉키오스 신부, 조르베스쿠, 조르비크로 변신하면서 본래 없는 자기모습으로 자유로웠다. 삶은 머리로 이해되었을 때보다 온몸으로 실천했을 때가 더욱 값어치가 있다고 돈연 스님이 말했다. 읽고 이해하는 것은 인생 문제 해결의 시작이지, 보다 더 중요한 것은 믿고 행하는 것이다.

그런데도 나는 조르바보다 카잔차키스라는 인간에게 자꾸 마음이 가니 깨달음으로 가는 길에서 얼마나 멀리 있는 것일까. 벌써 아상我相에서 걸려 넘어지고 마는 나는 거대한 돌탑을 오르고 있는 한낱 벌레에 지나지 않는단 말인가. 여기서 인생은 끝까지 살아봐야 한다는 탄허 스님의 말씀이 위안이 된다. 그래서 내게 조금의 시간이라도 있을 때 나는 세상을 향해 질문을 던지고 부정해 보는 것이다. 그 첫걸음으로 책을 읽으면서 그 강을 건너려는 것이다. 그러다 보면 해탈, 도道, 진리, 깨달음, 해방…… 이런 것들을 깨닫게 되고, 존재의 둘레와 무게에 대한 글들을 읽으면서 독감을 앓고 있는 '나'도 잃게[吾喪我] 되는 순간이 올는지…….

〈그리스인 조르바〉와 〈도올 김용옥의 금강경 강해〉로 뗏목을 만들어 함께 독감을 건넜다. 휘몰아치는 비바람에서 벗어나 태풍의 눈으로 들어간 것처럼 고요할 수 있었던 이유였다. 비록 조르바와 카잔차키스, 부처와 수보리의 무게에 전진은 더뎠지만, 온몸을 앓는 통증을 잊고 축제처럼 보낼 수 있었다. 독감이나 삶을 앓을 때 내가 함께 건너는 방법. 죽음까지 가는 길에 언젠가 또다시 만날 날이 올 것이다. 그땐 지금보다 더 밝게 불을 비추고 독감 같은 삶의 옹이들을 함께 건너게 되기를 기대해본다.

어쩌면 아름다운 마디

"감기 조심 하세요~"

환절기 때면 버릇처럼 하게 되는 인사. 봄 여름 가을 겨울 사계절에 하는 것보다 시의성과 진정성이 있는 때가 바로 환절기다. 환절기에는 이도 저도 아닌 그 사이에서 몹시 흔들리며 감당하게 될까, 불안의 날을 세우게 된다. 이럴 때 감기 조심 하세요~ 한 마디는 날선 눈빛에 명랑 음표를 놓기에 충분하다. 말 한 마디가 날카로운 눈꼬리를 부드럽게 만든다. 소통은 이처럼 한 마디에서 그 진가를 발휘하는 것인지도 모를 일이다. 그런데 나는 왜 이 한 마디가 산을 넘는 일처럼 힘든 것일까?

어쩌면 마디야말로 계절의 완성을 가져오는 것이 아닐까? 봄. 여름. 가을. 겨울. 사계절이 분절된 그 계절로서만 존재한다면, 서로를 섞고 잇는 마디가 없다면, 곡선 없는 직선만 있는 세상일 것 같다. 나는 겨울, 너는 봄. 겨울과 봄이 따로따로가 아니라 서로 이어지며 섞이는 곳이 겨울과 봄의 사이, 마디가 아닐는지. 내 것, 네 것을 덜어서 섞어주면 그 이음도 자연스러워진다. 관계의 그라데이션이랄까. 그러기 위해서는 서로의 이름을 불러주고 낯빛을 살피는 게 먼저다. 내 것만 고집해서는 서로 통할 수 없다.

만나는 사람들마다 물어오는 MBTI. T와 F는 서로 다른 성향을 가진다. 이성적인 성향의 T를 가진 사람과 감정적인 성향의 F를 가진 사람은 대화의 방식이 다르다. T는 말도 짧은 편이며, 상대방의 감정을 고려하지 않고 진실과 납득에 가까운 대화를 하고자 한다. 하지만 F는 하나의 주제로 깊이 말하기를 즐기며, 상대방의 감정에 공감하는 태도를 취한다. 사고하고 표현하는 방식이 다르다 보니, 겨울과 봄처럼, 마디가 필요하다. 각자의 것만 고집하게 되면 서로에게 상처를 주기 십상이다. 그래서 서로 다른 극의 사람들이 만나게 되면 훨씬 파란만장한 이야깃거리가 생기는 것인가 보다.

가을이 성큼 다가오면서 환절기 알레르기 증세로 힘든 날들을 보냈다. 이번처럼 지독한 증세를 보였던 것은 처음이라서 나이를 못 속이는구나 싶었다. 정발산 맨발걷기를 했던 그날 평소보다 땀을 많이 흘린다고 생각했는데, 그 때문에 체온 변화가 컸던 것 같다. 걷기를 하는 내내 재채기를 쉴 없이 했고, 가져간 티슈를 다 쓸 정도로 코를 풀었다. 좀 나아진다 싶어서 방심하면 바로 증상이 나타났다. 병원에 가지 않고 지나가보겠다고 마음먹은 것이 이번에는 통하지 않을 것 같아서 일주일이 지난 뒤에야 병원을 찾았다. 재채기를 할 때마다 코만 푸는 정도에서 그친 게 아니라

눈까지 간지럽고 눈물도 났다. 의사가 처방한 약을 먹고서야 재채기는 가라앉았다. 그러나 여전히 코를 푸는 바람에 코 안이 헐어서 솜으로 막아놓은 것처럼 콧속이 묵직했다. 그로부터 일주일 후에는 입꼬리가 갈라지기 시작해서 입을 크게 벌리면 아팠다. 병원에서 처방해준 코에 넣는 약과 입가에 연고까지 바르면서 전반적인 알레르기 증세들이 줄어들기 시작했다.

환절기 때마다 이런 불편과 통증을 겪어야 한다면 어쩌나 하는 걱정이 앞섰다. 갱년기를 지나고 있는 시기여서 면역력이 많이 떨어져서 그렇단다. 낫지 않으면 면역 주사라도 맞아야 할 판이었는데, 이만하기 얼마나 다행스러운지 모른다. 너도 나도 갱년기 증세를 말하고자 하면 갱년기 여성 누구나 할 말이 산더미 같을 것이다. 몸과 마음으로 오는 이런저런 고통들을 친구삼아 지낸다는 말이 더 이상 남의 말이 아니게 되었다. 내 경우 하혈이 너무 심해서 산부인과 진료를 받았는데, 자궁내막 증식증이었다. 결국 전신마취를 하고 소파수술을 받았다. 그 후로 완경 되었다. 남들이 겪는 여러 증상들을 가볍게 다 치러본 것 같다. 누누이 들어서 아는 증세들이다 보니 굳이 병원을 찾지 않고 있을 뿐이다. 그러나 걷기를 게을리 한다 싶으면 그 증세들이 득달같이 달라붙는다. 그래서 내게 걷기는 갱년기란 친구와 어깨동무하는 놀이 같은 것이 되었다.

갱년기든 환절기든 잘 넘겨야 다음 계절을 무난하게 보낼 수 있게 되는 것 같다. 전환점이랄까. 다른 방향이나 다른 상태로 바뀌는 데는 완충지대가 필요하다. 그것 없이 갑자기 바뀌어 버리면 충격은 더욱 크고, 큰 혼란이 생길는지 모른다. 고맙게도 자연은 그걸 알아서, 충격을 완화시키기 위한 시기를 마디처럼 사이에 끼워 놓았다. 우리 몸에 있는 마디를 보면 모두 접히거나 구부릴 수 있는 기능을 갖고 있다. 마디사이와 마디사이를 이어주는 마디가 몸놀림을 유연하고 섬세하게 만들어준다. 놀라운 인체의 신비다. 식물에게도 마디의 신비가 있다. 대나무에 있는 마디는 성장이 잠깐 멈추는 시기라고 한다. 마디 없는 대나무는 잘 자라는 듯 보이지만 빨리 꺾이기도 한단다. 마디가 꺾이는 것을 막아주는 역할을 하는 것이다. 벼의 마디는 잎집에 싸여 있어서 겉으로는 보이지 않는데 잎집을 벗기면 마디로 이어져 있는 벼의 줄기를 볼 수 있다. 그런데 이 마디에서 벼의 잎이나 가지가 난다고 한다. 소통도 마디처럼 하면 어떨까? 유연하고 섬세하며 때로는 휴식하고 생명으로 이어지는 과정이라면 우리를 살리고도 남을 일이다.

마흔을 넘기는 마디, 어쩌면 그 마디는 지금껏 내 생에 가장 뜨거운 마디가 아니었을까? 국민건강보험공단에서 나온 생애전환기 건강검진 안내를 받고서야 마흔 줄에 들어선 내가 생애전환기에 들어섰다는 걸 알았다. 만 40세와 만 66세를 생애전환 시점으로 보고 건강 진단을 하는 것이었다. 내가 마흔 살을 넘어섰다는 것은 크게 놀랄 일이 아니었지만, 생애전환기라는 말은 의미심장하게 다가왔다. 건강검진 뿐만 아니라 삶에서도 점검이 필요한 시점일 거라고 생각했다. 왔던 길을 돌아보고 걷고 있는 길을 다시 살피라는 뜻으로 들렸다. 삶의 방향을 지금까지와는 다르게 설계해야 할 것 같았다. 앞으로 마흔 정도를 더 살 것이므로 남은 마흔을 어떻게 살 것인가? 그때 화두였다. 수필과 소설을 써보겠다며 저녁시간을 내어 공부한 것이 9개월이 되어가던 즈음이었다. 혼자서 글을 쓰기보다 함께 배우면서 글을 쓰게 되면 자극이 되고 쉽게 포기하지 않을 것 같아서 시작한 공부였다. 수필이나 소설, 문학이라는 것을 새롭게 배우는 기회였다.

생애전환기 건강검진을 받으면서 정작 내가 검진 받고 싶었던 것은 따로 있었다. 심한 가슴 통증은 내 몸이 심상치 않다는 경고를 하고 있었다. 식습관이나 체질을 보아서 협심증이나 심근경색 같은 병을 의심할 이유가 없었지만, 가슴뼈 부분이 조여 오는 느낌이나 심할 때는 숨쉬기조차 곤란하면서 새벽을 넘기는 날이 반복되었다. 심각한 병이라도 걸린 것은 아닌지 불안했다. 그래서 심전도 검사와 엑스레이 검사를 받았는데 별 이상한 점을 발견하지 못했다. 식도염일 가능성도 있다는 의사의 소견에 따라 위내시경 검사를 결심하면서 내친 김에 생애전환기 건강검진을 받기로 한 것이었다. 혈액검사를 하면서 검붉은 혈액이 바늘을 통과하여 주사기를 채워갈 때 별안간 서러워져선 눈물이 핑 돌았다. 유방암 검사는 고통스러웠다. 그동안 정기 검진을 받아왔지만 유방암 검사가 그렇게 아팠던 적은 없었다. 온몸을 쥐어짜는 아픔을 겪으면서 받았던 검사 결과는, 문제가 없었다. 며칠 뒤 위내시경을 했다. 입 안으로 들어가는 호스 길이가 그렇게 길 줄이야. 딱딱한 호스가 식도를 타고 위장 깊숙이 들어가서는 이리저리 움직였다. 능숙한 의사의 움직임과 설명을 들으며 참 사람 별 게 아니구나, 생각했다. 의사 앞에서 나는 실험쥐 마냥 말 잘 듣는 동물이 되어 있는 느낌이었다. 거북한 느낌이 치달았을 때 구역질이 나오려는 것을 꾹 참았다. 의사는 위하수에 위벽이 창백하다는 진단을 내렸다. 위염도 있다고 했다. 나의 가슴 통증은 스트레스 때문인 것 같다고 잠정 결론지어졌다.

검사 결과상으로는 아무 문제가 없지만 나는 통증을 느끼는 이상한 일이 벌어졌다. 의사는 스트레스로 예민해진 감각 기관이 통증을 느낄 수 있다고 설명했다. 그렇게 쓰고 있었던 소설을 다 쓰고 났을 때부터 그와 같은 통증은 다시 찾아오지 않았다. 세 번째 소설을 쓸 때는 위가 아팠다. 그리고 소설을 끝낸 이후 나는 다시 통증을 느끼지 않게 되었다. 고통이 따르는 창작 과정에 지레 겁먹다가도 써야 할 거리가 생기면 다시 그 고통으로 들어가게 되는 나 자신을 보았다.

그런 세월이 십오 년이 되면서 글을 쓰는 것 또한 내겐 마디 같은 것이었다는 걸 알게 되었다. 나 자신과 수많은 소재들을 잇는 마디. 사람들과 소통하는 마디. 나와 세상을 잇는 마디. 그리고 나와 또 다른 나의 다리가 되어주는 마디. 그 마디를 거쳐서야 한 편의 글이 완성되는 기쁨을 얻을 수 있었다. 그러나 그러기까지 마디는 섞이는 둘 또는 그 이상의 것들이 혼돈의 시간을 지나야 하는 것이었다.

그 뒤로도 나는 지독한 기관지염을 앓았다. 병원을 가지 않고 일주일 동안 약을 사먹으면서 콧물을 떨쳐내고, 기침을 잠재웠지만 잔기침이 사라지질 않았다. 기침에 효험 있다는 도라지, 배, 파뿌리를 달여서 마셨지만 크게 좋아지지 않았다. 스트레스 때문이었다. 낮에는 아이들을 가르쳤고, 잠을 줄여가며 기를 쓰고 공부하고 글을 썼던 것 같다. 몸이 성치 않다는 신호를 보낼 만한 생활이었다. 그 뒤로도 독감을 몹시 앓았던 적이 있었고, 구부린 허리를 펴지 못한 채 병원을 찾아서는 도스 치료를 받기도 했었다. 마흔 살의 생애전환기는 거창한 이름답게 굳은살 박인 음표들로 내 생의 노래를 만들어가는 마디 어디쯤이었다.

쉴 새 없이 일하고, 공부하고, 책 읽고, 글을 쓰면서 그 마디를 채웠던 것 같다. 어느새 나는 쉰다섯 살의 나이를 먹은 갱년기 여성이 되어 있었다. 갱년기라는 또 다른 마디를 지나면서, 비록 몸의 유연한 마디는 잃어가는 시기이지만, 연륜으로 쌓인 윤활유만큼은 아끼지 않고 배려하여 내 생의 계절을 완성해보고 싶다. 이 마디를 알차게 잘 보내는 것이 내가 잘 죽게 될 일이라는 생각도 하면서, 어떻게 살까? 고민하는 하루는 나름 철학자가 돼보기도 한다. 많이 가벼워진 것도 같다. 이전처럼 밤을 새워가면서 책을 읽고 교재와 수업 준비를 하지 않아도 된다. 가슴 통증이나 위경런 같은 고통을 겪으면서 글을 쓰지도 않는다. 때로는 허송세월하고 있는 나를 발견할 때도 있는데, 그럴 때는 대나무의 마디에서 배운다. 나도 대나무의 마디처럼 쉬기도 하고, 벼처럼 마디에서 잎과 줄기를 피게도 하면서, 다음으로 흘러가는 힘이 생긴 것은 아닐까.

새로운 도전을 할 의욕도 생겼다. 유튜브 영상을 만들 욕심에 바깥에 나갈 일이 많은 일상을 보내고 있다. 초반이어서 그런가. 꽤 내 것 같고 생기 있게 하루를 보내며 지낸다. 글을 쓰고, 사람들을 만나며, 여기저기 길을 걷는다.

한 달 30만 보를 걸으면서 문득 부르짖고 싶은 순간이 있었다. 우리는 모두, 마디다! 라고. 나는 겨울, 너는 봄. 내게서 네게로 흐르는 사이, 이름을 얻은 마디사이에서 이름을 얻지 못한 마디까지. 이 세상 모든 마디들에게 영광 있으라! 인사를 건넨다.

맨발의 나에게

평화롭고자 한다면 맨발로 걸어보라고 말하고 싶다. 맨발에는 평화의 날개가 있다. 맨살을 서로 맞대는 것이란 서로에게 호의를 가지고, 서로의 부족하거나 넘치는 성품을 너그럽게 포용하겠으며, 함께 가겠다는 뜻을 내포하고 있다. 나의 맨발이 땅을 딛고 걸으면 나는 땅과 손을 잡는 것이고, 볼을 부비는 것이며, 두 팔 벌려 서로를 끌어안는 것과 다를 게 없다. 새처럼 조심스러운 발길로 나누는 대화이니 찍히는 발자국마저 새의 것처럼 가벼운 것이리라. 땅을 살피면서 맨발로 걷는 태도는 고아하다. 거칠 리 없고, 시끄러울 수 없으며, 먼지를 일으킬 리 만무한 발걸음. 숲길과 들길과 둑길과 해변과 가로수 길을 맨발로 걷는 풍경을 본 적이 있다면 거기서 평화의 날개짓을 보았으리라.

하루를 보낸 나의 발은 위로가 필요하다. 그러면 나는 우선 따뜻한 물에 발을 꼼꼼하게 씻는 일부터 한다. 발의 아치 부분을 꾹꾹 눌러주면서 마사지하고, 발가락 사이사이도 뽀드득 씻고, 발뒤꿈치는 때를 벗기듯 빡 빡 문질러준다. 그러면 긴장하고 피로에 찌든 발이 무장해제하고 느슨해지는 순간을 만난다. 오늘도 수고했어. 마음으로 전하는 위로와 응원을 나의 발은 알아차린다. 구릿빛 은은한 스탠드 하나 켜두고 누워서는 스트레칭을 한다. 두 다리를 쭉쭉 뻗어주고 발목을 돌려주고 발가락들을 오므렸다가 펴기를 반복하면 비로소 전신에 혈액이 원활하게 흐르며 시원해진다. 그러고 나서 이완된 상태에서 나는 맨발의 어린 나를 소환한다. 맨발로 지내기 일쑤였던 어린 시절의 여름날들. 남동생 둘과 그들의 패거리 녀석들과 구슬치기, 공기놀이, 딱지치기, 자치기를 하면서 흙먼지 날렸던 옛집 마당과 골목길. 구슬 부딪히는 소리, 딱지 치는 소리, 자치기 소리와 함께 아이들의 맨발이 하루 종일 흙 속에서 뒹굴며 놀았다.

여름날 빗방울 듣기 시작하면 흙냄새가 마당 위로 피어올랐다. 토담 냄새 같기도 하고 항아리 냄새 같기도 한 흙냄새에 이끌려서 나의 발은 마당에서 뒹굴었다. 비에 흠뻑 젖어서 몸에 달라붙은 원피스가 거추장스러우면 빨랫줄에 걸어두고 팬티만 입고서 소나기를 온몸으로 맞곤 하였다. 그럴 때면 빗속에서 더욱 초록으로 짙어진 탱자나무들처럼 나는 신명나게 빗속을 뛰어다녔다. 수돗가에서 똬리를 틀고 있는 파란색 고무호스를 허공에 대고 수도를 틀어서는 비를 맞고 있는 꽃나무들에게 물을 주는 허무맹랑한 짓을 태연하게 했다. 비가 그칠 무렵 빨랫줄에 걸린 색색의 빨래집게가 빗방울 매달고 있는 아래에 서서, 빨랫줄 가운데를 몇 번 휘감고 우뚝 서 있는 나무막대기처럼, 나도 흠뻑 젖어 있었다. 소나기가 그치면 이내 배가 고팠고, 엄마가 마을우물에서 길어온 우물물에 하얀 설탕을 듬뿍 넣어서 만든 미숫가루 한 대접을 들이켰다. 원기회복을 한 나는 반건조 상태의 원피스를 다시 걸치고 부엌으로 가는 사이길 그늘에서 소꿉놀이를 시작했다. 여전히 맨발인 채로.

하루 종일 맨발로 지내다시피 했던 그때 나의 발도 지금처럼 고달팠었나? 가만히 생각해 본다. 그때는 위로 따위가 딱히 필요치 않았던 것 같다. 놀이를 쫓아다니느라 분주했지만 유쾌했고 자유로웠다. 신발에 구속되지 않았다. 마른 흙, 젖은 흙을 가리지 않고 묻히고 다니느라 발도 발톱 밑도 흙투성이였지만 부끄럽지 않았다. 저녁때가 되어 집 안으로 들어갈라치면 수돗가에서 발을 씻으면 그만이었다. 그런데 그토록 자유롭고 평화로웠던 나의 맨발이 언제부턴가 수줍고 낯설어지기 시작했다.

초등학교 3학년 때까지만 해도 학교를 마치고 동네로 돌아가면 마을 빨래터에서 맨발로 놀았던 기억이 선명하다. 그러고 보니 초등학교 4, 5학년쯤부터는 맨발로 다닌 기억이 없다. 더 이상 맨발로는 다니지 않게 된 이후, 나의 발은 늘 신발 속에 머물렀던 것 같다. 마치 맨발로 빗속을 뛰어놀던 때라곤 한 번도 없었던 것처럼. 발이란 늘 신발 속에 있어야 하는 것처럼. 아마도 나는 그쯤부터 남들에게 보이는 나를 신경 쓰기 시작했고, 잘 토라졌고, 도도·당당·새침해졌던 것 같다. 나를 지켜보는 눈이 많아서 대담하게 신발을 벗고 빗속을 뛰어다니는 일이란 있을 수 없는 사람이 되었다.

그렇게 신발 속에서 산 세월이 얼마인가. 반백년이다. 그 오랜 시간 동안 나의 맨발은 항상 신발 속에 있었다. 그 시간을 참으로 잘 견디고 넘기며 지나왔다고 말하고 싶다. 세상에서 가장 재미난 것이 다름 아닌 사람이라는데, 한 사람이 사는 삶이란 또 얼마나 많은 이야기를 담고 있나. 그 어떤 삶도 결코 쉽지 않은 고개를 넘고 넘어서 지금에 이르렀을 것이며, 한 걸음 한 걸음이 조심스럽지 않은 때가 없었을 것이다. 구두 정장화를 신고서 자신을 틀 속에 구겨 넣어야 하는 세월이 있었을 것이고, 운동화를 신고서 하루 24시간이 모자라서 뜬눈으로 날을 새는 날들도 있었을 것이다. 구두도 쓸모에 따라서 높고 딱딱한 굽을 장착하기도 하고, 새 가죽에 발뒤꿈치와 발가락이 만신창이가 되었던 때도 있었을 것이다. 보다 편하다 싶은 운동화마저 싸구려에서 고급 운동화에 이르기까지 두루두루 겪으면서 발에 땀이 차도록 걷고 달려야 했던 시간들이 허다했을 것이다.

신발 속에서 산 세월을 지나고 나서 오십 대 중반의 나이가 되어서야 다시금 맨발 걷기 붐이 일어났다. 일상에서는 여전히 신발 속에 머무는 발인 채 살아가지만, 맨발 걷기를 위해 만들어놓은 어싱 로드에서는 주저 없이 신발을 벗는다. 어싱 로드가 만들어진 곳이라면 어디든 발을 씻을 수 있는 곳이 마련되어 있다. 옆에서 누군가가 앉아서 발을 씻고 있을지라도 나는 부끄럼 없이 묻은 흙을 씻어낸다. 구두를 신었건 비싼 운동화를 신었건 아랑곳하지 않는다. 벗은 내 운동화의 뒤꿈치와 신발 안창이 닳아서 헤져 있어도 신경 쓰지 않는다. 다 같이 맨발로 걷고 와서 씻는 일이 놀이처럼 즐겁다. 그러고 보니 건강을 위해 만들어진 맨발 걷기가 새로운 걷기 문화가 된 데에는 맨발로 뛰어놀던 어린 시절이 그리운 우리세대의 집단무의식이 작용한 것은 아닐까? 시골에서 자란 우리세대라면 누구나 맨발로 지냈던 시절이 있었던 고로.

황토 위를 걸으면서 맨발의 어린 나를 소환하면 나는 다감해진다. 비록 초록 짙은 탱자나무처럼 신명났던 그때 그대로 돌아가지는 못하더라도 그때의 명랑을 흉내 내는 것으로 평화롭다. 해방된 아이를 가슴에 품고 맨발로 걷는 느긋함은 어느새 평화를 가져다준다. 황토의 부드러운 결을 디딜 수 있는 것은 특별한 혜택이다. 여기서 아득히 맨발의 어린 내가 그리워지는 것은, 아직도 해방되지 못한 나에게, 어쩌면 해방될 그런 날이란 다시 오지 않을는지도 모를 나에게 보내는 풀꽃 편지 같은 것이리라.

2부

−누구는 기억조차 못하고 있고, 누구는 딴판으로 알고 있다.
그래서 서로 얼굴을 붉히기도 웃음을 터트리기도 하는 것이다.
한 사람이 **기억하는 가족사의 행간을 밝히는** 일, 숟가락만큼
잘해 낼 수 있는 것이 또 있을까.

엄마의 방

 이토록 적막한가. 세평 남짓 방. 장롱 하나, 5단 서랍장, 29인
치 텔레비전, 그리고 앉은뱅이 안락의자 하나. 방바닥에 앉아서
엄마가 텔레비전 보는 것이 불편해 보인다고, 남편이 무턱대고
사준 안락의자였다. 엄마는 뭐 하러 돈 써가면서 그런 걸 사 왔냐
고 쓸데없는 짓을 했다며 남편을 탓했지만, 커피 잔을 들고 너무
나 편안한 자세로 안락의자에 앉아 드라마를 보곤 했다. 그러나
지금 엄마의 방에는 커피 향기도 없고, 아침 드라마의 신파극 같
은 울부짖음도 들리지 않는다. 세 달 동안 주인이 떠난 방. 새삼
이 방이 '엄마의 방'이라는 것이 위로가 되는 것은 무슨 이유일
까? 언제고 와서 있어줄 엄마가 있다는 사실 하나만으로도 든든
하고 포근해진다.
 아버지에게 가 있던 엄마가 주말에 올라온다는 전화를 받았
다. 청소기로만 밀었던 방을 닦았다. 엄마가 방을 비운 동안 나는
무척 바빴다. 일하러 나가기 전에는 집안을 말끔히 청소해야 했

다. 밤새 내려앉은 먼지 속에서 딸들을 놀게 할 수 없는 노릇이었다. 청소가 끝나면 밥을 지어 놓고, 읽어야 할 책을 잡거나 글을 썼다. 그리고 바쁘게 점심을 먹고 일터로 나갔다. 밤 10시쯤 돼서야 집으로 돌아왔다. 그러면 또 청소를 했다. 아이들이 노느라고 들쑤셔 놓은 집 안을 정리하고 닦았다. 여기에 마리까지 대소변 못 가리고 털까지 빠지는 통에 집안 곳곳은 내 손길이 닿아야 했다. 큰딸이 치운 흔적이라도 있으니 그 정도이지 안 그러면 고스란히 내 차지였을 것이다. 지쳐서 돌아와도 바로 쉴 수가 없었다.

하루는 큰딸 친구와 여동생이 있는 자리에서 큰딸을 득달같이 들볶았다. 나이가 몇인데 일하고 돌아온 엄마를 이렇게 맞느냐. 마음껏 노는 것도 좋지만 놀고 나면 치울 줄을 알아야지. 강아지 배변 훈련을 제대로 시키든가 안 그러면 제 때 제 때 치워야지. 집 안에 지린내 큼큼한 냄새가 진동을 하지 않느냐. 딸들과 친구들은 여느 날과 다른 나의 벼락같은 잔소리에 변명 한 마디 못 했었다.

그날 이후 아이들의 놀이 공간은 컴퓨터 방과 거실로 축소되었다. 하지만 아이들은 내 눈에 띄지 않게 안방에서 노는 눈치였고, 할머니 방에서도 놀았다. 나는 항상 딸들에게 전화로 나의 출발을 알렸다. 아이들이 집 안을 치울 시간을 주어서 야단맞지 않도록 하기 위해서였다. 그것은 나의 수고를 덜 수 있는 좋은 방법이기도 했다. 아이들은 집 안을 애벌빨래하듯이 널브러져 있던 온갖 장난감과 그림 그리던 종이들, 강아지 옷을 만들 때 썼던 천

나부랭이들, 산발적으로 흩어져 있는 책들을 정리했다. 그리고 큰딸이 청소기로 마무리를 했다. 나는 바로 걸레질을 하면 되었다. 아이들은 그렇게 군기가 바짝 들어갔다.

더불어 나는 예쁘고 착한 엄마의 모습을 포기해야 했다. 너네 엄마 참 예쁘다. 화도 안 내고 참 좋은 엄마다. 친구들이 말했다며 큰딸이 기분 좋게 이야기했었는데……. 하루는 큰딸의 그 친구가 집에서 쫓겨나 우리 집에 있었다. 화난 자기 엄마가 무서워 벌벌 떠는 모습을 보고, "엄마들은 다 그래." 하고 위로하면서 속으로, 나는 그 정도는 아니겠지, 하고 생각했었다. 그러나 이제 그 친구는 나를 슬슬 피했다. 아마도 자기 엄마보다 친구의 엄마인 내가 더 무섭게 느껴지는 모양이었다.

난리를 쳤던 그 사건 때문에 나의 몸이 한결 편하고 수월해졌는데도, 나는 한바탕 청소를 하고 아이들과 저녁을 먹고 나면 녹초가 되어 이불 속으로 미끄러져 들어갔다. 엄마의 방이 비어 있는 동안 나는 그렇게 지쳐갔다.

한편 딸들에게 부족한 엄마의 역할이 늘 미안했던 마음의 부채는 조금 덜 수 있었다. 내가 시장을 보고, 밥해 먹이면서 보다 엄마다운 엄마가 된 것 같았다. 원체 나는 아이들이 집에 있는 오후부터 저녁 시간을 비우는 엄마였기 때문에 딸애들이 자기 일은 알아서 다 했다. 내가 더 걱정스러웠던 것은 애들끼리만 있게 되어서 외롭고 심심하지 않을까 하는 것이었다. 그런데 아니었다. 할머니가 있을 때는 조심스러워서 웬만큼 놀고 돌아가던 딸애 친구들이 할머니가 안 계시는 동안 원 없이 놀고 가는 것이었다. 도리어 딸애들은 재미있고 행복한 시간을 보내는 것 같았다. 이것이 위안이 되어 집 안이 좀 어질러 있어도 참 재미있었겠다 싶은 안도에 한 발 양보하기도 했었다.

그런데 신나고 재미나게 지내던 아이들이 한 달을 넘기고 두 달이 되어 가면서 할머니를 찾기 시작했다. 특히 할머니 의존도가 높았던 작은딸은 할머니가 계실 때는 맛있는 것을 많이 해 주시고 많이 놀아 주셨다며, 할머니 언제 오냐고 전화기에 대고 징징거렸다. 어려서부터 할머니 품에서 지낸 큰딸도 할머니가 보고 싶다는 말을 갑자기 내뱉곤 했다.

남편도 엄마의 부재를 아쉬워했다. 아내가 집안일을 대충대충하고 넘어갈 위인이 아니라는 걸 누구보다 잘 아는 그였다. 일하고 와서도 빠득빠득 청소하고, 밥해 먹고, 다음날 애들 챙겨서 학교 보내며, 일과에 지친 아내를 봐야 했으니까. 책 읽을 시간이 없다고 투덜대거나, 읽어야 하는 책을 코 밑에 깔고 잠든 모습을 여러 차례 보았을 것이었다. 안 그래도 나 때문에 아버지와 엄마가 따로 떨어져서 지내도록 만든 것이 죄송스러워서, "괜찮아요. 아버지가 좋아지시면 올라오세요." 하고 말하는 전화를 건네받은 남편은, "장모님이 안 계셔서 진주 엄마가 많이 힘들어요." 하며 대놓고 말했다.

우리들 모두가 엄마의 손길 안에서 참으로 안락했다는 사실을 깨달았다. 지금이야 나도 아이 둘을 낳고 내 일을 하는 어미여서 엄마를 애타고 간절하게 기다리는 것은 아니지만, 엄마가 있어서 여러모로 편안하고 평화롭다는 깃을 인정하지 않을 수 없었다.

엄마의 부재로 가장 힘들었던 어렸을 때의 일이다. 그토록 적막할 수가 없었다. 초등학교 1학년이었는지 2학년 때였는지, 학교를 다니는 나만 두고 엄마는 아버지랑 동생들과 함께 하룻밤을 떠나 있었다. 나는 친척 집에 맡겨졌다. 지금처럼 현장학습이라는 제도가 있어서 가족행사도 보고서를 제출하면 결석이 안 되는 때가 아니었다. 내가 초등학교 1학년 때 홍역을 치렀던 며칠을 빼고는 결석 한 번 안 하게 만들었던 엄마, 아버지였으므로 결국 어린 나만 혼자 남겨졌다. 다음날 돌아오겠다던 저녁 어스름 무렵부터 나는 마을 한길에 나가 마냥 엄마를 기다렸다. 마을 이름을 새긴 비석 앞에서 마을 어귀 쪽으로 시선을 꽂고 우두커니 서 있었다. 저녁을 먹고부터 기다린 것이 달이 휘영청 머리 위로 올라오기까지 줄곧 그렇게 있었는데, 지금 생각해보면 네 시간 가량은 되었던 것 같다. 어린 나이에 얼마나 긴 시간이었던가. 숙모뻘 되는 친척 아주머니가 와서 집에 가서 기다리자고 몇 번을 다그쳐도 고집 센 나는 비석 앞에서 꼼짝하지 않았다. 마을 어귀로 나타나는 엄마와 가족들을 내 눈으로 먼저 발견하고 달려갈 생각이었다. 그러나 기다리는 시간은 질기도록 길게 느껴졌고, 그것은 내 마음을 한없이 쓸쓸하게 만들었다. 비석 옆의 전봇대에 달려 있던 백열전등빛에 아득해져서 엄마 냄새 나는 품이 더욱 그리웠다. 엄마는 결국 내가 잠들어서야 돌아왔던 것 같다. 다음날 집으로 가서야 엄마를 볼 수 있었다. 이 일이 혼자 있는 순간일 때면 어김없이 떠오르는 것을 보면, 어린 마음에 상처가 되었던 것이 아닐까 짐작해본다.

타임 차 한 잔을 갖고 와 안락의자에 앉았다. 나의 온기와 차의 훈기로는 채워지지 않는 엄마의 방. 오로지 엄마만이 채울 수 있는 공간.

엄마의 부재로 바쁘고 힘들고 허전했던 나처럼, 나의 딸들도 늘 비어 있는 나의 방에서 쓸쓸했을까? 학교에 다녀오면 엄마가 아닌 할머니가 맞아주고, 엄마가 만들어 주는 특별 간식과 식사를 기대하기 힘들고, 스스로 학교 준비물을 챙기며 학원 시간에 맞춰 다니는 아이들이 밤이 되어서야 돌아오는 엄마를 어떤 마음으로 가슴에 담고 있을까? 당장은 빛나지 않지만 스스로 알아서 해버릇해야 한다고, 그것이 멀리 내다보는 것이라고 변명하고, 애들 교육에 치맛바람 일으키며 하나에서 열까지 매니저 노릇하는 요즘세태에 혀를 차며 이건 아니다, 라고 말하며, 일하는 엄마의 적당한 무심함이 오히려 아이들의 자생력을 키우는 것이라고 핑계를 대는 내가, 딸들이 그리워할 만한 엄마로 남을 수 있을까? 열심히 일하고 늘 공부하는 모습으로 아이들에게 기억되고 싶은 바람은 나의 이기적인 욕심이 아닌지. 내가 없는 빈 방이 딸들에게는 냉정한 사랑으로 기억될까봐 불현듯 걱정스러워졌다.

한편 지난밤 퇴근하고 들어서는 나의 품으로 달려드는 딸들이 엄마를 보는 것만으로도 좋다며 한 말은, 내가 빈드시 엄마인 나의 방에 있어야 한다는 것은 아니라는 말로 듣고 싶다. 밤 열 시면 돌아와서, "딸들~" 하고 안아주는 엄마가 있는 것만으로도 충분하다고 속삭이는 것 같다. 주말이면 올라올 나의 엄마가 있어서 무조건 든든해지는 나처럼 말이다.

아버지의 등

　아버지가 울산으로 내려가는 날. 터미널을 향해 걸어가는 아버지의 등이 지난번보다 더 왜소해진 것 같다. 내어주기 바쁜 생을 살면서 조금씩 사그라지고 있는 것일까. 아버지의 등에 업힌 우리들의 무게가 가벼워지지 않아서 나는 고개를 들지 못한다.

　아버지는 당신의 일에 성실한 만큼 가족들에게 엄격했다. 게으르고 나태한 모습을 싫어했고, 버릇없는 말과 행동을 엄하게 꾸짖었다. 어릴 적 우리들이 허락을 구해야 하는 일은 많았다. 그렇지만 아버지의 잔소리와 반대가 있을 게 뻔했으므로 알아서 말을 하지 않기도 하였다. 한 시간씩 이어지는 아버지의 일방적인 훈계가 부담스러웠다.

　그런 아버지가 언제인가는 당신이 자식들에게 너무 엄격했었다고 고백한 적이 있었다. 지난 일들을 떠올리며 후회도 했을 아버지. 그래서 따뜻하고 자상하지 못했던 부정父情을 만회하기라도 하려는 듯 손녀들에게는 관대하기 이를 데 없는 할아버지가 되었다. 그야말로 아버지는 손녀들에게 설대배경이 되어주고 있다. 버릇없는 말과 행동도 무사통과다.

아버지가 오고 다음날 수족관에서 다른 물고기들을 발견했다. 구피들이 오랜 시간 잘 살았었는데 블랙고스트가 들어오면서부터 하나씩 죽어나가기 시작했다. 구피가 하나 둘 없어진 자리에는 다른 물고기들(수마트라)이 헤엄치고 있었다. 아버지는 올 때마다 손녀들의 요구에 못 이기는 척 수족관 대리점에 따라나섰다. 각종 관상어들을 보고 손녀들이 귀엽다고 키우고 싶다며 떼쓰는 몇 마디 말에 넘어가주곤 하였다. 아버지의 손길에 수족관은 물갈이가 이뤄지고, 그 무대마저 새롭게 바뀌었다. 이번에는 투명한 딸기잼 병을 수족관 양쪽에 넣어 두었다. 블랙고스트 한 마리가 병 하나를, 비파 두 마리가 다른 병을 차지하고 들어가 있었다. 넘실거리는 블랙고스트의 춤이 마치 바람에 날리는 치맛자락 같았다.

수족관은 아버지가 손수 만든 것이었다. 이전에 있던 어항도 아버지가 만든 것이었는데 딸아이들의 욕심을 채우기엔 너무 작았다. 그래서 그 세 배 크기의 수족관을 울산에서 만들어 보낸 것이었다. 할아버지가 더 큰 수족관을 만들고 있다는 이야기를 듣고 딸아이들은 다 만들어지려면 얼마나 남았는지, 언제 가져다 줄 것인지를 안달복달하며 묻곤 하였다. 수족관은 딸아이들이 어렸을 때 갖고 놀았던 빨강 노랑 파랑 레고 블록이 악센트로 들어가 있어서 예쁘기도 하고 정감이 있어 보였다. 내가 아버지를 못 만드는 게 없는 솜씨 좋은 아버지로 생각하는 것처럼, 딸아이들은 마법의 손을 가진 할아버지로 기억하지 않을까. 딸아이들은 집안에 고쳐야 할 것이 있다거나 손봐야 하는 자리가 있으면 멀리 있는 할아버지를 부르면 되는 줄 알았다. 자신들이 만드는 작품에 어른의 정교한 손길이 필요할 때면 곁에 없는 할아버지를 아쉬워하곤 하였다.

내가 열세 살 때였다. 아버지는 내 입에 손수건을 물려놓고 손등에 난 사마귀의 뿌리를 뽑았다. 나는 맨살을 찢는 아픔으로 눈물 콧물이 범벅이 되어서는 손수건을 빠드득 소리가 날 정도로 물며 아픔을 참았다. 마취 없이 견뎠던 그때 일은 이후 쉴 새 없이 일하기 바빴던 아버지의 모습과 겹쳐서 하나의 정신을 만들었다. 꼭두새벽 하얀 위장약을 먹고 일터로 향했던 아버지의 등을 얼마나 오랫동안 보아왔던가. 전국 곳곳의 도로와 사우디아라비아, 리비아의 사막을 달렸던 아버지였다. 그런 아버지의 정신을 몸으로 기억하는 것이었다고나 할까. 매몰찬 아버지로 기억될 수도 있겠지만, 때때로 그때 일은 나를 꼿꼿이 세우고 버티며 견디는 근성을 길러 주었다.

가만히 생각해 보면, 어렸을 때 아버지가 했던 소소한 일들이 내 무의식에 깔려 '그것이 아버지식 사랑이야'라고 말을 건넸던 것 같다. 한 번은 한길 가에 서 있던 미루나무 가지로 회초리를 맞고 나서는 아버지를 원망하며 잠이 들었다. 그러다가 한기를 느껴 잠이 깨었을 때 내가 목격한 것은 쭈그리고 앉아 피멍 든 내 장딴지에 안티푸라민을 바르고 있는 아버지의 모습이었다. 그날 밤 나는 눈이 뜨거워져서 베개를 흥건히 적셨다. 아버지는 간혹 우리 삼 남매를 무릎에 뉘이고 귀지를 파주었다. 귀가 아프거나 긴장감 때문에 팔다리가 오그라들었지만, 나는 아버지의 무릎에 눕는 것이 싫지 않았다. 또 아버지는 종종 우리와 오목과 장기를 두었는데, 그것은 우리에게 친구가 되어주려는 아버지의 유일한 방법이었다.

딸이 일하면서 공부한답시고 당신의 손녀들을 저희들끼리 두는 것이 안타까워서 아버지는 엄마를 내 곁에 있도록 했다. 아이들과 남편이 뒷전으로 밀린 우리 집 모양새가 아버지에게는 탐탁지 않았던 모양이었다.

속내를 잘 드러내지 않았지만 잘못된 행동에는 가차 없이 호령이 떨어지는 아버지였다. 내 행동이 마음에 들지 않는데도 아무 말이 없다는 건 오히려 나를 긴장하게 만들었다. 아버지의 생각과 주장을 접는다는 것은 한편 아버지다운 모습을 잃는 것과 같았다. 아버지도 나이를 먹으면서 버리고 내려놓은 것들이 많아진 걸까. 그러고 보니 아버지가 올해 들어 자주 아팠다. 정초에는 발을 다쳐서 기브스를 했고, 딸꾹질이 오래 가는가 하면, 토하고 못 먹는 일도 있었다. 일을 관두고 우리들 곁으로 와서 살자고 했지만, 아버지는 고개를 저었다. 그곳 사람들과 정이 들었고, 그 일이 좋다고. 혼자 식사를 하고 홀로 잠드는 외로움을 감당한 지 벌써 여러 해가 되어 가는데도 말이다. 어쩌면 혼자 지내는 외로움이 아버지를 더 빨리 늙고 왜소하게 만들고 있는 것인지도 모르겠다.

문득 초등학교 때 친구가 아버질 보고 삼촌이냐고 물었던 게 생각난다. 원래 동안이기도 하지만 태권도 사범이었던 아버지가 젊게 보였던 모양이었다. 그러나 지금 함께 걸어가는 아버지를 보고 그렇게 묻는 이는 없을 것 같다. 오랜만에 만날 때마다 조금씩 사그라지고 있는 그믐달 같은 아버지의 등.

강원도 삼척에서 그러니까 둘째 딸을 임신했을 때, 아버지는 한 차례 죽을 고비를 맞았다. 가장 예민한 임신 주기였고, 아버지가 있는 부산까지는 일곱 시간 가량이 걸리던 때라 나는 가보지도 못 하고 애만 태웠다. 아버지도 내가 움직이길 바라지 않았다. 혹 뱃속의 아기에게 탈이 생길까봐 위급한 상황을 내게 그대로 전하지 말라고 했을 게 뻔했다. 딸 대신 간 사위를 보며 아버지가 쓸쓸해하지 않았을까 생각하면 눈앞이 흐려졌다. 패혈증이었다. 아버지는 온몸 안팎이 찢어지는 듯하고 사지가 오그라드는 고통을 겪어야 했다. 목마름을 호소했지만 물을 먹으면 안 되었기 때문에 수건을 적셔서 입술만 닦아주어야 했다고 엄마가 말했다. 유체이탈을 경험한 아버지는 병원 천장에서 병상에 누워 있는 당신의 모습을 내려다보았다고도 했다. 저승사자를 따라서 저승길을 갔다가 돌아왔다는 이야기도 해주었다. 그 이후로 아버지는 트레일러 운전을 그만두었다. 서너 시간도 채 자지 못 하고 도로를 달리는 아버지를 엄마는 늘 염려했었다. 그 모습을 옆에서 지켜봐 왔던 나는 아버지가 일을 하지 않게 된 것이 기뻤다. 그러나 사십여 년을 앞만 보며 달려왔던 아버지의 공허함이나 허탈감 같은 것을 짐작하지는 못 했던 것 같다.

이후 아버지의 부도로 집을 팔고 이사를 해야 했을 때 나는 내가 지켜야 한다는 욕심에 아버지를 곁으로 모셨다. 그리고는 아버지와 엄마에게 아이들을 맡기고 배우고 싶은 것을 찾아 도서관과 여성회관 따위를 기웃거렸다. 그곳에서 나는 아직 어린 아이들과 살림살이에 묶여 자유롭지 못 한 데서 오는 답답함을 어느 정도 해소할 수 있었다. 아이들도 할아버지 할머니가 가까이 있게 된 것을 좋아했다.

하루는 아이들을 데리고 동해 북평 시장에 갔다. 큰딸은 두 달 된 새끼 코커스패니얼을 보고 돌아서질 않았다. 결국은 울기까지 하는 딸을 나는 외면했다. 그러나 아버지는 당신이 키울 것을 결심하고 딸아이의 소원을 들어주었다. 그때부터 아버지는 풀잎이의 시중을 들고 훈련을 시켜야 했다. 마침내 풀잎은 바깥에서 볼일을 보는 개로 성장했다. 아침이면 풀잎을 보러 아버지 집으로 내달리는 딸아이들을 집에서 내려다보는 것이 작은 행복이었다. 아, 그때는 왜 몰랐을까. 그것이 아버지의 선물이었다는 걸. 돌이켜보면 아쉬운 점이 많았다. 나는 딸아이들만 보내기 일쑤였다.

내가 아버지를 찾아가는 일은 드물었다. 지금은 고속도로를 여섯 시간 정도 달려야 아버지를 만날 수 있는 거리에 있지 않은가. 깨달음은 늘 한 발 늦어서야 찾아오는 법이다.

아버지는 어렸을 때 할아버지를 따라 먼 친척뻘 되는 집을 찾아갔던 일이 있었다고 말했다. 그 집 사랑방에서 할아버지가 주인장과 이야기를 나누는 동안 아버지는 마당에서 기다렸단다. 그런데 할아버지가 그 주인장에게 뺨을 맞는 모습을 봤다는 것이다. 어린 마음에 그 장면이 가슴에 사무쳐 지금껏 남아있다고 했다. 할아버지가 사업을 했을 때였으니까 돈과 관련된 문제였으리라.

아버지에게 상처가 된 그때 그 기억처럼, 내게도 애잔한 아버지의 모습이 남아 있는 일이 있다. 삼촌이 교통사고를 당해 식물인간이 되었다는 소식을 듣고는 욕실에서 물을 틀어두고 통곡했던 아버지. 그때 물소리 속에 묻혀서 들렸던 아버지의 울음소리는 지금까지도 내 가슴에 먹구름으로 남아 있다. 당신의 인중에 대침을 꽂아가며 사막 생활을 견뎌냈다는 아버지였다. 그런 아버지에게서 내가 처음으로 들었던 아버지의 울음이었다.

드물지만, 아버지는 남달랐던 개구쟁이 적 이야기들이며, 가세가 기울면서 학업을 포기해야 했던 옛일들이며, 사막에서 지냈던 날들을 들려주곤 했다. 아버지의 과거사는 인고의 세월이었다. 여유나 호강과는 거리가 멀었던 삶이었다. 그 외롭고 고달픈 삶이 어째서 지금도 달라지지 않는 것일까. 혼자 있는 것이 안쓰러워서 전화를 하면 아버지는 괜찮다고, 걱정 안 해도 된다며, 오히려 우리 부부와 손녀들을 염려한다. 늘 부지런하고 성실하게 살았던 시간이었기 때문에 일 하지 말고 지내란 말을 선뜻 하질 못한다. 돌아올 아버지의 대답을 뻔히 알기 때문이다.

그래도 아버지가 삼사 개월에 한 번 꼴로 집에 오는 것이 위안이 된다. 식구들을 만날 생각에 따뜻해진 가슴으로 여행을 하는 아버지의 모습을 떠올리면 그나마 조금의 여유가 느껴져서 다행스럽다. 그렇지만 이번에도 아버지와 마주 앉아 얘기를 많이 나누지 못했다. 바쁜 탓도 있었지만, 마흔이 넘은 지금까지도 아버지와 이야기를 나누는 것이 어색할 때가 많은 까닭이다. 하고 싶은 말이 있어도 속으로만 웅얼거릴 뿐 밖으로 드러내지 못하기 일쑤다. 대신 부러 곶감을 내놓고, 어버이날 호두과자를 드리며 마음을 전하는데 그치고 말았다. 소식小食을 하다가 우리 집에 오면 이것저것 더 먹게 되어 속이 불편해진다는 아버지는 호두과자는 입에 대지도 않았다. 내가 서운해할까봐, 홀로 즐기는 차茶가 좋아졌다며 애써 웃어 보이는 아버지의 얼굴에는 주름이 깊게 패여 있었다.

홀로 버스에 오르는 그믐달 같은 나의 아버지의 등. 함께 보낸 이틀 동안 애써 감추었던 눈물이 핑 돈다. 자리를 찾아 앉은 아버지가 손을 흔든다. 버스가 흔들린다. 터미널을 빠져나가는 버스의 뒷모습이 쓸쓸해서 발이 좀체 떨어지질 않는다.

폭설

세상은 온통 하얀 허물을 뒤집어쓰고 있는 것 같았다. 아파트 정원의 소나무, 벤치, 주차장 지붕, 자동차들이 저마다 허물 속에서 웅크린 채 꿈을 꾸고 있는 듯했다.

폭설은 하룻밤 사이에 세상을 단순하게 만들어 놓았다. 산수화를 즐겨 그린 선인들이 중요하게 생각했던 여백처럼, 온갖 선과 면, 모양들로 복잡했던 세상이 날카로운 모서리를 감춘 채 순백의 허물을 뒤집어쓰고 있었다.

허물은 조금씩 두터워져 갔다. 이따금 숨어버린 길을 더듬으며 우산을 들고 나서는 사람이 생겨났다. 검정색의, 체크무늬의, 프릴이 달린 우산들이 얼마 지나지 않아서 똑같이 하얗게 변했다. 그 허물을 쓴 채 사람들은 눈밭에 흔적을 남기며 멀어져갔다.

교통 대란, 출근길 지각 속출, 학원 휴업 등을 기사로 매스컴이 한층 시끄러웠다. 유래 없는 폭설은 지구온난화현상으로 지구촌이 겪는 이상기후의 하나라고 말했다. 어느 때보다 강한 극지

방의 찬 고기압이 남진하면서 북반구에 눈을 쏟아 부었다는 것이다.

머지않아 눈이 녹기 시작한 세상은 눈곱 낀 것처럼 보일 것이다. 모처럼 내린 눈이 반갑고 설레었던 것도 잠시, 빛을 잃은 허물이 되고 질펀한 눈곱이 되어 천덕꾸러기가 될 것이다. 선한 얼굴을 한 미소에 화답도 하기 전에 벗어낼 허물과 눈곱을 걱정하는 것은 왜일까?

당시 부산에는 십 년 만에 폭설이 내렸다. 큰딸이 다섯 살 되는 설을 앞두고 큰동생의 결혼식이 있었다. 강원도에서 부산으로 내려간 나는 큰딸의 짙은 병색 때문에 결혼식이 열리는 전주에도 가질 못했다.

눈 주변으로 거뭇한 그림자가 생기기 시작하더니 아이는 눈곱이 끼고 피부가 메말라가기 시작했다. 피곤하니까, 원래 잘 먹지 않는 아이니 허약해서 초췌해 보이는 것이라고 생각했다. 그렇게 며칠을 보낸 아이는 많은 눈곱 때문에 눈을 잘 뜨질 못했고, 피부는 더욱 윤기를 잃었다.

결국, 나 죽을 것 같아, 하고 아이가 말을 하고나서야 병원을 찾았다. 크게 눈에 띄는 증세가 없었고, 홍역을 그런 식으로 치르기도 한다는 말을 들은 터여서 대수롭지 않게 여겼던 것이다. 그러나 아이의 말을 듣고 정신이 번쩍 들었다. 나는 아이의 고통이 어떤 것이었는지조차 짐작하지 못하고 있었다.

의사가 아이의 눈에 안약을 넣어주고 손을 떼었을 때, 손에 닿은 피부가 함께 벗겨지는 것을 보고 나는 주저앉고 싶었다. 한참을 의학 사전을 뒤적이던 의사는 사망률을 들먹이며 대학병원에 갈 것을 권했다. 병명은 스티븐슨 존슨 증후군. 피부점막이 괴사하는 병이었다. 면역체계가 체내에 들어온 약물을 제거하기 위해 스스로를 공격해 일으킨 현상이라는 것은 뒤늦게야 안 사실이었다. 피부와 피부 점막에 화상과 맞먹는 수포를 일으키는데, 심한 경우 피부가 벗겨진다는 것이다.

아이와 함께 사이렌을 울리는 구급차를 타고 대학병원을 향한 날이었다. 폭설이 녹고 있었던 세상은 온통 눈곱이 낀 것처럼 질펀하고 너저분하였다. 어리석고 무심해서 돌이킬 수 없는 병으로 만든 것을 힐책하며 나는 속으로 가슴을 쥐어뜯고 있었다.

대학병원에서 아이는 눈곱 낀 눈을 하고 휠체어에 탄 채 안과 외래 진료를 받으러 다녔고, 링거 주사와 함께 항생제를 맞았다. 또 온몸에는 수시로 항생제 연고를 발랐다. 아이의 피부는 식은 팥죽의 거죽처럼 들떴고, 뱀이 허물을 벗듯이 머리밑에서 발바닥까지 한 꺼풀을 벗었다. 다행스럽게도 지켜보는 사람들이 눈시울을 붉히고 안됐다는 낯빛으로 혀를 찰 때에도, 아이는 명랑을 잃지 않았다. 오히려 지켜보는 어른들이 회복하는 날이 오기나 하는 것일까 의심하고 불안해하였다.

아이의 일은 마치 폭설처럼 하루아침에 일어난 이변이었다. 나는 당황스러웠으며, 무척 어설픈 엄마의 모습을 하고 있었다.

그러나 아이는 폭설이 다 녹는 날이 오게 됨을 알고 있는 것처럼 태연했다. 눈 덮인 세상이 허물을 벗듯이 아이는 피부를 벗겨냈고, 눈곱을 흘릴 만큼 흘리면 더 이상 나오지 않게 되리라는 것을 아는 것처럼 링거 대를 타고 병원 복도를 장난스럽게 오가곤 하였다. 그런 아이의 천진한 모습은 위안이 되었다. 덕분에 남편과 나는 절망적인 시나리오를 생각하지 않았다. 아이가 곧 훌훌 털어버리고 더 건강한 모습으로 거듭날 것을 확신했다. 그리고 나는 기도했다. 아이를 살려달라고, 다른 것은 바라지 않겠다고.

폭설이 녹아서 세상 속으로 스며들고 있을 때, 그것으로 세상이 한 뼘쯤 자라고 있을 때, 아이는 눈곱의 양이 점차 줄어들면서 눈을 바로 뜨게 되었고, 새로 올라온 피부도 세상에 적응해가고 있었다. 녹은 폭설은 아이 뿐만 아니라 우리부부에게도 스며들었다. 나는 아이의 생명력과 해맑은 영혼을 보았고, 위태로운 상황에서 중심을 잃지 않고 웃으며 진두지휘하는 남편의 든든한 모습을 보았으며, 절망하기 쉬운 때에 엄마의 이름으로 꿋꿋하게 버티고 있었던 나 자신을 보았다. 비록 가시 같은 고통을 된통 겪어야 했지만, 우리가족은 세상의 중심에서 함께 사랑을 외치는 방법을 깨우쳤다.

큰딸은 입원한 지 열흘 뒤 퇴원했다. 얼굴과 팔뚝에는 폭설이 내린 흔적을 안고서.

한참동안 폭설로 덮인 바깥을 바라보고 있었다. 시나브로 눈이 녹아서는 땅과 허공으로 사라질 때 세상은 또 한 살을 더 먹게 되는 것은 아닐까. 마치 애벌레들이 허물벗기를 하면서 일령을 더 먹어가는 것처럼. 그때 녹은 폭설이 아이와 우리부부에게도 한 뼘의 키를 더한 것처럼.

학원을 가지 않아도 된다는 말에 아이는 전화기에 대고 실컷 놀아보자며 친구들을 불러냈다. 완전 무장을 한 아이들의 걸음을 좇아 따라나선 눈밭에서는 아이들의 웃음꽃이 피었다.

이윽고 아이들의 머리와 어깨에, 손과 발에도 눈이 쌓였다. 하얀 허물을 쓴 아이들이 반짝반짝 빛을 냈다. 윤슬에 유독 반짝이는 것이 있었다. 눈곱이 낀 채 허물을 벗으면서도 잃지 않았던 아이의 명랑이 빛나고 있었다.

아랫목

　뜨끈뜨끈한 아랫목이 간절한 밤이다. 아파트에 살고 있는 나로선 전기장판으로 아랫목을 대신할 수밖에 없는 것이 안타까울 뿐이다. 아파트 보일러가 집 안 공기를 훈훈하게 만드는데 한몫을 하지만, 언젠가부터 나는 전기장판이 없으면 잠자리가 편치 않아졌다.

　추위를 많이 타는 내가 전기장판을 찾는 것은 늦가을부터 이른 봄까지 긴 기간이다. 두 아이를 낳고 나서는 등과 엉덩이를 따끈따끈하게 지지면서 자는 것이 큰 낙이 되었다. 특히 지금 사용하고 있는 2인용 전기장판은 좌, 우측의 온도를 별도로 조절할 수 있어서 내겐 아주 유용하다. 과로나 환절기에 감기기가 느껴질 때는 전기장판의 온도를 평소보다 더 올려서 잔다. 그러면 약을 먹기 전에 감기 기운을 미리 털어낼 수도 있다. 반면 열이 많은 남편과 작은딸은 내 자리에 오면 맥을 못 춘다. 덥고 답답하단다. 내겐 개운하기 이를 데 없는 곳이 다른 사람에겐 불편할 수 있다니 재미있다.

고향 옛집은 연탄을 피워 방을 데우는 온돌이었다. 지글지글 끓는 아랫목에는 늘 두꺼운 솜이불을 깔아 놓았다. 온기를 빼앗기지 않고 이불 속에 고스란히 자리하고 있는 그곳은 바깥에서 놀다 들어온 내게 천국과 같았다. 온 식구가 아랫목에 누우면 열개의 발이 모였다. 얼음장처럼 유난히 찼던 아버지의 발이 엄마를 소스라치게 놀라게 할 때면, 우리 삼형제는 까르르 웃으며 발을 아랫목으로 깊이 들이밀었다.

특히 연탄불이 들어오는 입구는 가장 뜨거운 곳이었다. 그곳은 장판이 검게 그을려 있었다. 조금만 오래 발등을 가져다 놓으면 델 정도로 뜨거웠다. 엄마는 그 온도를 이용해 달착지근한 식혜를 만들어주곤 하였다. 엿기름을 씻은 물에 찬밥을 넣어 잘 풀어서는 하룻밤을 삭히는 것이었다. 또 다른 두꺼운 이불을 뒤집어 쓴 식혜는 밤사이 조팝꽃망울 같은 밥알이 동동 떠올랐다. 다음날 아침엔 눈을 뜨기도 전에 식혜를 끓이는 달콤한 냄새가 방으로 스며들었다. 미처 식지도 않은 식혜를 입으로 불어가며 한 숟가락 떠먹으면 아랫목처럼 뜨거운 것이 목구멍을 넘어갔다. 아랫목에 앉아 뜨거워진 엉덩이를 들썩이며 먹는 식혜는 마치 꿀이 가득 찬 꽃을 끓여낸 것처럼 달았다. 지금은 전기보온밥솥이 식혜 삭히는 일을 대신하는데, 아랫목이 우리에게 주는 따뜻하고 달큰한 정서 같은 건 기대할 수 없다. 나를 닮아서 식혜를 좋아하는 딸들 덕에 종종 만들어 먹곤 하지만, 아랫목 없이 먹는 맛은 그 감동이 따르지 못한다.

아랫목에 발을 두고 두꺼운 이불을 덮고 자다 보면 동생들은 이불을 차버리기 일쑤였다. 비록 아랫목은 지글지글 끓었지만 윗목은 냉랭했다. 방 안 공기도 윗 공기와 아랫 공기가 확연히 달랐다. 조금이라도 윗목 쪽으로 올라와 눕게 되면 어깨가 시렸고, 코끝에 닿는 공기도 금방 서늘해졌다. 이불이라도 차내고 자게 되면 감기에 걸리기 십상이었다. 지금도 작은딸과 함께 잘 때면 나는 이불을 차내고 자는 딸이 행여 감기에 걸릴까봐 몇 번이고 일어나서 이불을 덮어주게 된다. 우리엄마도 그랬겠지. 삼형제에게 이불을 덮어주느라 깊은 잠 제대로 자본 날이 얼마나 됐을까. 우리들이 쑥쑥 자란 키는 잠 못 잔 엄마의 밤과 바꾼 것이 아니었을는지.

겨우내 식구들의 화로가 되어준 아랫목도 연탄을 제 때 갈아주지 않으면 방은 금방 식고 말았다. 엄마는 불을 꺼트리지 않기 위해 하루에도 몇 번씩 연탄을 갈았다. 돌아서면 갈아야 했다고 엄마는 회상했다. 불구멍이 너무 작으면 방이 따뜻하지 않아서 구멍을 더 크게 열어두었다고 한다. 따라서 하루에 네 번씩은 연탄을 갈아야 했다. 잠깐 다른 일에 신경을 쓰다보면 연탄 갈아야 하는 시간을 지나칠 때가 많았단다. 그때는 번개탄을 써야 했다. 다 타들어간 연탄을 밑에 깔고, 그 위에 번개탄 구멍을 맞춰 놓고, 다시 그 위에 마른 연탄을 올려야 했다. 덜 마르거나 생 연탄일 경우에는 매운 연기를 들이마셔야 했다. 그게 일산화탄소라는 걸 알 리가 없었던 어린 날 나도 연탄을 갈았던 기억이 여러 차례 있었다. 스물두 개의 구멍을 트기 위해 몇 번씩 집게로 연탄을 돌려가며 구멍을 맞췄다. 매운 냄새가 싫어서 숨을 참았다가 한꺼번에 쉴 때는 고개를 돌려 심호흡을 했다. 구멍을 잘 맞추는 날에는 금방 되다가도 어떤 날은 통 맞출 수가 없어서 한동안을 그러고 있어야했다. 그런 날은 돌아서 나오는 눈이 따끔거렸고, 머리가 지끈거렸다. 엄마가 바쁠 때 나는 한 번씩 도와주는 것이었지만, 엄마는 매일 아궁이에 얼굴을 바싹 가져다 대고 때로는 열기에 화끈거리며 또 때로는 매운 냄새를 들이키며 연탄을 갈아야 했을 터였다. 불이 꺼지지 않도록 부뚜막에 꽁꽁 매어두었을 엄마의 마음이 피운 아랫목에서 우리 삼형제는 발을 모으고 세상모르고 장난을 치고 잠들었던 것이었다.

냉혹한 사건 사고가 보도되는 요즘 부쩍 어렸을 때 아랫목이 생각난다. 옹기종기 모여 살을 부비면서 얼굴을 붉히기는 만무할 터. 겨울날 연탄을 쌓아올리며 흐뭇해했을 아버지와 새벽에 일어나 연탄불을 살피던 엄마의 정성으로 온가족이 한데 모인 저녁, 아랫목에서는 우리들의 웃음꽃이 피었다. 지금도 아랫목 같은 훈훈함을 곳곳에서 만날 수는 없을까. 아랫목 같은 훈훈한 세상을 꿈꾸는 것이 무색해지는 요즘이다. 욕심일까. 세상이 아랫목처럼 따뜻하고 달콤해지길 바라는 것은. 그러나 오늘도 기꺼이 세상에 아랫목을 만드는 연탄이 되어주는 사람들이 있어 다행스럽다. 문득 반쯤은 타고 남았을 내 생의 연탄도 세상에 아랫목을 만드는

데 한 몫 하고 있는 것인지 고개 숙여 본다. 전기장판에 배 깔고
책 읽는 것이 갑자기 호사로 느껴져서 온도를 낮추니, 옛집 아랫
목이 더욱 그립다.

엄마의 향기

　남편과 석촌 호수 길을 걸었다. 2개월 된 큰딸을 안고서 산책을 했던 일이 엊그제 같은데, 많은 시간이 흘렀다. 젖내 나던 딸이 중학생이 되었으니 어언 십여 년만이다.

　딸들을 롯데월드에 데려다주고 남편과 나선 산책길이었다. 아이들은 친구와 함께 놀기를 원했고, 우리 부부 또한 실내 놀이공원이 달갑지 않았다. 저희들끼리 놀라고 떨어뜨려 놓은 것이 처음이어서 괜스레 아이들이 멀찍이 있는 곳을 배회하고 있었다. 한 바퀴쯤 돌았을 때, '호수'라는 이름의 카페테리아가 나타났다. 가두 칠판의 팥빙수 글씨가 우리를 유혹했다. 우리는 탁 트인 곳에 앉았다. 그 곳에서는 놀이공원의 야외에 설치한 놀이기구를 볼 수 있었다. 행여 우리 아이들이 보이지 않을까, 시선은 그곳을 향했다.

　남편이 내 쪽으로 몸을 당겨오며 속삭였다. "저길 봐." 남편이 가리킨 것은 열심히 걷고 있는 모녀였다. 딸처럼 보이는 젊은 여자는 무릎을 덮는 은회색 활동복 바지와 연두빛 형광색 스포츠 탑, 그 위에 은회색 반팔 후드 활동복을 입고 있었다. 빠른 걸음을 따라 트레킹화가 사뿐사뿐 땅을 디뎠다. 여자와 나란히 걷고 있던 나이든 여자는 엄마로 보였다. 세련된 젊은 여자와는 대조적으로 나이 든 아주머니들이 입는 줄무늬 티에 무릎 아래로 내려오는 바지를 입었다. 흔히 말하는 88사이즈의 몸매였다. 흰 운동화가 빠른 걸음의 트레킹화를 부지런히 따라오고 있었다.

"저 딸의 미래 모습은 어떨까?"

남편의 뜬금없는 질문에 모녀의 뒷모습을 계속 쳐다보고 있는데, 남편은 "그 옆에 엄마 있지. 그 엄마가 딸의 미래 모습이야." 하고 말하는 것이었다. 지금은 화려하고 생기 있을지 모르지만 늙으면 다 비슷하다는 이야기를 하면서 나를 위로하려는 뜻이었을 게다. 그러나 나는, 일흔 살을 넘긴 나이에도 뾰족 구두를 신고 자기관리에 철저한 한 무명 수필가와 미술전시관에서 만났던 일흔 살의 멋쟁이 도슨트 이야기를 하면서, 곱고 활발하고 멋있게 늙고 싶다고 말했다. 만약 아이들이 엄마의 모습을 학습하고 물려받는다면 나는 그런 모습을 딸들에게 물려주고 싶다.

이야기가 이렇게 되고 보니 엄마에게 집안 살림을 맡기고 하고 싶은 일과 공부를 하러 다니는 나 자신이 뜨끔했다. 내가 멋있게 늙기를 바란다면 엄마 또한 그러한 마음일 터. 엄마의 바람을 놓치고 있었다는 데 생각이 이르니 죄송했다. 딸 살림 살아주느라고 친구들과 이모들을 멀리 떠나 있는 외로움을 내색하지 않고 묵묵히 지내는 것을 오랫동안 간과하고 있었다. 그러고 보면 엄마에게 봄부터 수영을 하도록 권한 건 잘한 일이었다. 혈당이 높은 것 같다는 엄마의 말에 혈당 재는 기구를 사주고는 아버지의 말을 떠올렸다. 집안의 어려운 일과 갱년기를 엄마는 수영을 하면서 건강하게 이길 수 있었다고 했다. 게다가 엄마는 매일 두 시간씩 걷는 것으로 체력을 단련하고 있다. 청빈을 선택한다는 말이 사치이리만큼 가난하게 살아온 엄마는 고장 난 몸으로 자식들 고생은 안 시켜야지, 하는 것이 바람이라고 했다.

엄마를 떠올렸을 때 무엇보다 놀라운 건, 엄마가 일기를 쓰고 있다는 사실이다. 엄마는 내가 초등학생이었을 때부터 가계부를 썼다. 빨갛고 파란 겉표지에 금박으로 학 무늬와 농업협동조합 글씨가 새겨져 있던 공책이었다. 안쪽에는 지출 현황을 적는 작은 칸들이, 위쪽에는 메모할 수 있을 만큼의 넓은 공간이 있었다. 펼쳐 놓은 양면이 일주일 단위로 칸이 나눠져 있었던 것으로 기억한다. 엄마는 위쪽 공간에 집안의 행사나 중요한 일 또는 일기를 썼다. 종종 나는 엄마의 일기를 몰래 훔쳐보기 위해 가계부를 펼쳐 읽곤 하였다. 간단하지만 소소한 일상을 기록한 그것은 엄마가 속마음을 드러내는 방법이었다. 속상하고 힘들고 서글픈 마음을 써둔 짧은 글을 읽으면서 빨리 어른이 되어야겠다고 생각한 적이 있었다. 엄마가 마음을 털어놓기에 나는 턱없이 어렸을 테니까. 그렇다고 마흔 줄에 있는 지금 나에게 엄마가 속내를 다 털어놓는 것 같지도 않다. 원래 남에게 짐 지우지 못하고 속에 묻어

두는 성정을 가진 탓이다. 여하튼 엄마의 기록이 삼십 년을 넘긴 지금까지도 진행 중인 건 참으로 놀랍다. 늦은 밤 갑작스레 엄마의 방에 가면 엄마는 쓰고 있던 공책을 슬그머니 감춘다. 엄마의 그런 모습에서 나는 비밀스럽고 수줍은 엄마를 발견한다. 멋쟁이로 세련되게 늙어가고 있진 못해도 엄마의 향기가 느껴진다. 석촌 호수에서 보았던 노모 또한 다른 사람들이 알지 못하지만 그 딸은 잘 알고 있는 향기가 있는 것은 아닐까.

그런 점에서 나도 아이들에게 향기가 있는 엄마로 늙어가고 싶다. 며칠 전 작은아이가 했던 농담이 생각난다. 큰아이와 싸우면서 화가 난 나머지, "언니 밥통아!" 그러는 것이었다. 그래서 내가 "언니가 밥통이면, 엄마는 무슨 통이야?" 하고 물었다. "엄마는, 책통." 하는 것이었다. 작은아이를 끌어안고 웃고 말았지만, 계속 되새김질 되는 말이었다.

아이들이 앞으로 늙어가는 내 모습을 어떻게 바라볼까 생각하면 긴장이 된다. 별 볼일 없는 사람이지만 그래도 아이들에겐 괜찮은 사람, 열심히 사는 사람, 늘 공부하는 사람으로 기억되고 싶다. 거기에 덧붙이자면 아이들이 엄마를 떠올릴 때 느껴지는 향기가 있다면 더욱 좋겠다.

사람에게 향기란 그의 인품에서 풍겨 나오는 기운이라고 했다. 일기 쓰는 엄마를 보면서 엄마의 향기를 기억하는 나는 내 딸들에게 어떤 향기를 가진 엄마로 기억될까? 나는 무엇으로 향기를 만들까?

딸의 무대뽀 정신

글을 쓰겠다고 말한 큰딸을 앞세워 버스정류장에 서 있었다. 승용차로 데려다 줄 때 그러는 것처럼 으레 귀찮다는 말을 꺼내는 딸의 버릇을 고쳐야겠다는 생각에 집으로 돌아서 와버렸다. 딸은 너털너털 뒤따라오더니 한참을 현관에 서 있었다. 나는 바쁜 일을 하고 있는 것처럼 딸을 무시했다. 결국 딸은 자기 방으로 들어갔고, 난 자꾸 딸에게 신경을 세웠다. 그대로 같이 있다가는 여러 잔소리들을 늘어놓게 될까봐, 또 화가 많이 났다는 시위도 좀 하고 싶어서 바깥으로 나와버렸다.

세 시간 쯤을 돌아다니면서 어쩌면 딸이 글쓰기를 하러 갔을지도 모른다는 생각이 들기도 했고, 남편이 데려다주었을지도 모르겠다고 생각했다. 착하고 바른 딸이라는 것은 의심하지 않으니까. 그러니 친구를 만나러 나가지는 않았을 테고 집에 있거나 글쓰기 하러 갔거나 둘 중 하나였다. 공교롭게도 핸드폰 배터리가 다돼서 전화를 할 수도 받을 수도 없었다. 차라리 잘된 일이었다.

어중간히 마음이 풀려서 서로 전화를 하는 것보다는 더 효과적이 겠다 싶었다.

집에 들어서니 큰딸은 없었다. 일이 이렇게 되고 보니 걱정이 되었다. 글쓰기를 간 것일까, 아니면 결혼식 간다던 남편을 따라 나선 것일까. 아이도 남편도 따로 전화가 없었다. 글쓰기를 갔다 면 마치고 올 시간이 다 됐기 때문에 기다려 보기로 했다. 그런데 6시 30분이 넘도록 딸은 연락도 없고 들어오지도 않는 것이었다. 하물며 세계사 공부를 함께 하는 딸의 친구가 먼저 온 후로는 정 말 걱정이 되어 애를 태운 뒤에서야, 딸은 숨찬 얼굴을 하고 집안 에 들어섰다.

글쓰기를 혼자 다녀왔다고 했다. 기특하고 놀라운 마음에 기 쁘기도 하고 딸에 대한 믿음이 근거 없는 것이 아니란 생각에 위 안이 되었다. 충전된 핸드폰을 보니 글쓰기 선생님에게서 문자가 들어와 있었다. 딸이 혼자 왔다고.

사실 나는 대학교를 가기 전까지 혼자서는 시내에도 나가본 경험이 없었다. 집과 학교만 오간 학생이었다. 그런 내가 처음으 로 학과 행사 때문에 혼자 시내로 가야했을 때 가슴이 두근두근 거렸던 경험이 아직도 생생하다. 혼자 버스를 타는 것 자체가 두 렵고 불안했던 경험이 있었기 때문에 딸이 혼자 후곡에 있는 글 쓰기 교실까지 다녀왔다는 건 가슴 떨리는 사건이었다. 딸도 은 근히 자신이 자랑스러운 듯했다. 혼자 힘으로 탐험이라도 하고 돌아온 것 같은 딸이 조금은 더 커 보였다.

의외로 용감무쌍한 구석이 있는 아이라는 사실을 나는 그동안 잊고 있었다. 코스프레(제100회 코믹월드 코스프레)에 참가하겠다며 선전포고를 했던 것이 불과 얼마 전이었다. 서울 학여울역 SETEC에서 있었던 토요일, 일요일 양일간 행사에 첫날은 친구와 동생을 동원하고, 뒷날은 혼자서라도 가겠다고 하더니 다른 친구를 섭외해서 다녀왔다. 준비가 촌스럽기 짝이 없었다는 첫날을 경험 삼아 다음 날엔 화장 도구, 피켓(딸이 활동하는 인터넷 사이트의 회원들이 모이기로 했다면서 누가 시키지도 않은 피켓을 만들어 들고 갔다) 외 분장 의상과 액세서리까지 신경 써 준비해갔다. 2년 전 코스프레 바람이 불면서 나와 남편의 허락을 받아 자신들의 용돈으로 의상을 구입한 후 그저 동생과 친구들과 집에서 쇼를 해보는(이것을 딸은 집코라고 부른다) 정도였는데, 드디어 올해는 서코(서울에서 열리는 코스프레의 약자)라고 하는 현장으로 뛰어든 것이었다.

남편과 나는 첫날 그 현장에 가보았는데, 상상했던 것보다 훨씬 큰 규모에 수많은 사람들(더 정확하게는 학생들이 대부분)로 북적거렸다. 딸은 친구와 동생을 데리고 아침 일찍 출발해 이미 대회장 안에 들어가 있었고, 우린 기다란 줄에 고개를 저으며 끝날 무렵에 데리러 오겠다는 약속을 하고 그곳을 빠져나왔다. 오후 6시경 찾아간 대회장 안은 마지막 무대 공연을 관람하는 아이들로 즐비했다. 한쪽에서는 캐릭터나 만화를 그린 작품들을 전시하고 있었는데 입장권이 없으면 출입이 안 되었다. 입구에서 보니 눈높이보다 높은 곳에 게시판을 쭉 연결해 그림들을 전시하고 있었는데 아쉽게도 보고 싶은 생각을 접어야 했다. 딸도 한 달여 동안 나름 작품을 준비하고 있었던 것으로 아는데, 이번엔 전시를 안 했다고 한다. 쟁쟁한 실력에 기가 꺾인 모양이었다. 아마다음번에는 작정을 하고 준비를 할 것이 틀림없다.

다른 말로 배짱이라고도 할 수 있을까. 경상도 사투리로는 무대뽀라고 하는데, 나를 닮아 큰딸도 무대뽀 정신이 있는 모양이다. 생각해보니 내가 무대뽀로 행동했던 최초의 기억은 중학교 3학년 수학시험 때였다. 하나라도 더 공부할 욕심으로 버티다가 나는 쉬는 시간에 화장실 가는 것을 놓치고 말았다. 문제는 절반넘게 남았는데 화장실이 점점 급해져 오는 것이었다. 선택을 해야 했다. 수학시험을 포기하든가, 그 자리에서 볼일을 보든가. 나는 후자를 택했다. 선생님과 친구들이 어떻게 생각할지 걱정되는 것보다 수학시험을 망치는 것이 더 싫었기 때문에 내린 선택이었다. 나는 소변을 보면서 수학문제를 계속 풀었다. 시험이 끝나고 반 친구들 몇이 이상하게 보았지만 나는 아랑곳하지 않았다. 이미 엎질러진 물이었고, 그 선택에 후회 같은 건 하지 않았던 것 같다. 수학성적은 잘 나온 편이 아니었던 것으로 기억한다.

다음은 대학교에 들어가서 본 첫 시험에서였다. 철학시험이었다. 다들 컨닝 페이퍼를 만들거나 책상에 예상 문제와 답을 써 놓았는데 내 눈에는 그런 행동이 아주 치사하고 비겁하게 보였다. 그런데 막상 시험문제를 보니 자신이 없었다. 분명히 예상문제에 있었고 모범답안을 작성해 몇 차례 공부도 했던 것이었다. 결국 컨닝의 유혹을 뿌리치지 못했다. 정리를 해두었던 A4용지를 들고 아예 보고 베끼고 있었는데, 등 뒤에서 여자도 대놓고 컨닝을 하는군, 말하는 것이었다. 나를 두고 하는 말인지도 모르고 계속 쓰고 있는데, 철학교수님이 내 시험지를 빼앗아가는 것이었다. 멍청하게 한참을 있다가 이러다간 시간도 다 가고 안 되겠다 싶었다. 앞으로 나가 교수님께 시험을 칠 수 있게 해달라고 말씀드렸다. 교수님 얼굴을 차마 볼 수 없어서 강의실 바닥을 보고 말했기 때문에 그때 교수님이 어떤 표정을 지었는지 어떤 생각을 했는지는 전혀 짐작할 수 없었다. 교수님은 시험지를 주셨고, 난 열심히 답을 썼다. 시간이 촉박했기 때문에 그런 나를 교수님이 어떻게 보고 있었는지 다른 사람들이 뭐라고 했는지 따위는 모르겠다. 그 철학시험에서 A를 받았다. 그래도 나는 엄한 아버지 때문에 감히 배짱을 부릴 일이 많지 않았던 것 같은데, 딸은 일찌감치 그 성향을 드러낸 것이다. 마음먹은 것은 행동으로 옮기는 힘. 평소 야무지지 못하다거나 소극적이라고 타박을 주곤 했는데, 가만 생각해 보면 자신이 원하는 일에는 제법 준비를 알차게 하고 적극적으로 달려드는 것 같다.

작년에는 느닷없이 친구들과 학교 대표로 노래대회에 나간다고 해서 깜짝 놀라게 한 일이 있었다. 에픽하이의 "one" 노래를 율동에 맞춰가며 저희들끼리 연습을 하고 또 저희들끼리 대회장을 검색하고 버스노선을 알아보고 가더니 예선 탈락을 하고 돌아왔다. 학교 운동장과 음악실에서 연습을 할 때 다른 학생들의 시선을 받는 것이 싫지 않았다는 말을 했던 딸이었다.

또 초등학교 5학년 때는 딸이 소심한 학교생활을 하고 있다고 생각하는 내 판단을 뒤집는 사건을 벌였다. 전교 학생회 부회장 선거에 나선 것. 딸은 자신이 직접 만든 피켓을 들고 선거 유세를 했다. 그때 유세 내용이 무엇이었는지는 다 잊어버렸는데, 선거 날 한 표 차이로 떨어졌다는 결과를 통보 받았다. 나는 초등학교 때부터 다 남에게 등 떠밀려 일을 하면 했지 여러 사람 앞에 스스로 뛰어들진 못했다. 그런데 딸은 자기가 나서서 그런 일을 만들어서 나를 놀라게 만들었다. 평소엔 조용하고 소심한 아이라고 착각하고 있다가도 그런 일이 있을 때마다 딸에게 숨겨진 열정 같은 것을 확인하게 된다.

요즘 딸은 학교와 학원을 다녀오는 일 외엔 오직 타블렛에 그림을 그려서 인터넷에 올리는 일을 하고 있다. 예전보다 그림 실력이 발전했음을 한눈에 알 수 있다. 나로선 흉내 내기 힘든 실력이다. 때로는 딸이 뭐가 되려고 저러나 걱정이 앞서 적당히 좀 하라고 타이르지만 남편 말마따나 자기 길을 찾아가고 있는 건지도 모르겠다. 몇 번의 무대뽀로 볼 수 있었던 딸에게 희망을 걸고 싶다. 미래를 걱정해서라기보다 내 딸을 믿고 싶다. 딸이 흥미를 느끼지 못하는 일보다는 자신이 즐기고 바라는 일을 찾아 하기를 바라는 내 마음도 남편과 다르지 않으므로 좀 더 느긋해져야겠다.

시어머님이 보신 당사주라는 것에 딸은 시천예가 들었다고 했다. 무지개 세 개를 건너는 태몽을 꾸었던 딸이라 재능 셋을 타고 났으리라고 생각했던 것이 시간이 흐를수록 예사로 들리지 않는다. 이 아이만큼은 자기 세계를 그려갈 수 있도록 자유를 줘야할 것 같다. 자유방임으로 아이들을 키웠다는 이면우 교수의 인터뷰가 생각난다. 그에게는 뚜렷한 교육철학이 있었고 아이들을 지원해줄 능력도 있었지만, 솔직히 나는 교육철학도 흔들리고 딸을 지원해줄 능력도 부족하다. 되도록 딸이 나약한 엄마에게 끊임없이 예시해주길 바란다. 그리고 남편이 중심 잡고 나를 붙잡아주길 바란다.

아무래도 딸의 무대뽀 정신은 나보다 한 수 위인 것 같다. 나의 무대뽀 행동이 특별한 추억을 만들고 깊이 생각할 반성도 주었던 것처럼 딸에게도 특별한 경험과 깨달음을 안겨 주면 좋겠다. 무엇보다도 딸이 자기 자신에게 떳떳하고 사회에 당당한 사람이 되는데 필요한 정신이면 좋겠다. 그리고 꿈을 이루는데도 힘이 되면 바랄 게 없겠다.

가시도 아프다

　탱자나무 가시는 뾰족하고 억세게 생긴데다가 나비를 쫓아버린다는 오해를 사면서 이파리와 꽃들에게 미움을 받는다. 어느 날 가시는 주변으로 거미줄을 치고 걸려든 실잠자리, 여치 등 다른 곤충들을 잡아먹는 점박이거미를 혼내준다. 이파리나 탱자나 가지는 그런 가시를 무서워하며 이제까지처럼 빈정거리지 않고 피하기만 한다. 가시는 더 외로워진다. 어느 가을날 솔개에게 쫓겨 온 참새를 숨겨준다. 이후 가시와 참새는 친구가 된다. 참새는 가시에게 향기가 있다는 말을 하고, 가시는 꿈을 품는다. 참새 말처럼 정말 마음에 어떤 향기가 있다면 누구한테나 나눠주고 싶은 꿈. 눈이 소복이 쌓인 날, 삭정이가 되어 땅에 떨어진 가지에 붙어 있는 가시는 눈 속에 묻혔다가 눈이 녹으면 햇볕에 마르기를 여러 번 되풀이한다. 겨울바람이 씽씽 불어대던 날 들판에서 연을 날리던 아이들이 몰려와 모닥불을 피운다. 가시는 피어오르는 불꽃 속에서 재가 되어간다. 비록 꽃이 되어 향기를 나누어주진 못하지만 아이들 손을 녹여주며 따뜻함을 다 쏟아낸다. 그리고 봄. 탱자나무 가지에 앉은 참새는 어디선가 풍기는 가시의 향내를 맡는다. 가시가 재가 된 자리에서 핀 제비꽃. 제비꽃은 바람을 따라 그 향기를 풍긴다.

김병규 선생님의 〈가시도 아프다〉라는 동화이다. 열 번을 더 읽으면서도 매번 나는 감동에 젖는다. 가시의 참모습을 보지 못하는 우리의 무명을 일깨우기 때문이다. 이 동화로 아이들과 책 수업을 하면서 나는 그동안 주변에서 사람들이 보여준 가시의 참모습을 다시 생각해보려고 애를 썼다. 그러던 지난 수요일 수업을 하고 밤길을 운전하던 중 문득 아버지 생각이 나는 것이었다. 손가락 수술을 받은 아버지가 또 치질 수술을 받아야 했다. 옆에서 수발을 들어줄 사람이 필요해 엄마가 아버지에게 내려갔다가 돌아왔다. 아버지에 대한 이런저런 이야기를 나눴기 때문일까. 가족들에게 가시로 살아온 아버지의 모습이 떠올랐다.

우리 삼형제를 아버지는 엄격하게 키우셨다. 작은 실수도 그냥 넘어가지 않았다. 게으른 여유 따위를 부릴 수도 없었다. 깐깐한 아버지 옆에 있는 일이 불편했다. 반발하거나 불평할 엄두도 내지 못하고 억울하게 생각했던 것도 같다. 시험 성적이 안 좋을 때는 언제 떨어질지 모르는 불호령에 온몸이 오그라들 판이었다. 지금이야 가족들이 모두 모인 자리에서 지난날 아버지의 절대 권력을 거론하며 비판이라도 할 수 있지만, 그땐 먹히지도 않았을 것이었다. 특히 엄마가 힘들 때가 많았다. 만사에 까다로운 아버지였으니 그 비위 맞추기가 보통 힘든 일이 아니있을 것이다. 식구들이 함께 웃다가도 아버지가 들어오면 긴장감이 돌았고, 우리들은 각자 방으로 흩어지곤 하였다.

아버지는 늘 날 세운 가시처럼 보였다. 그리고 우리는 그 가시를 거북해했다. 그렇게 가시의 권위에 함구하며 지내다가 짝을 찾아 아버지에게서 멀리 떨어져 살고 있는 지금, 우리는 아버지를 외로이 혼자 두고 참으라고만 하고 있다. 나 때문이다. 일하고 공부하면서 사는 딸 때문에 손녀 아이들이 굶거나 혼자 집에 남는 걸 볼 수 없는 아버지였다. 책을 잡으면 집안일은 뒷전이 돼버리는 딸 때문에 사위에게 미안했을 터였다. 공부하기 좋아하는 딸을 일찌감치 뒷바라지 해주지 못한 미안한 마음에 뒤늦게나마 저 하고 싶은 일 하고 공부하며 사는데 도움이 되고 싶었을 것이다. 꼬장꼬장한 당신 옆에서 신경 쓰는 것보다 딸네에서 손녀 아이들과 지내는 게 훨씬 정신 건강에 좋을 거라며 엄마의 등을 떠밀었던 아버지였다. 사실 지금이나 예전이나 아버지가 우리에게 보여준 가시는 세상으로부터 우리를 지키려는 보호 장치이자 스스로 떳떳한 아버지로 남기 위한 자구책이 아니었던가 싶다. 가시가 그 단단하고 뾰족함으로 이파리와 가지와 꽃과 열매를 지키는 것처럼.

나는 누구보다 가시의 위력을 잘 알고 있다. 고향 옛집에는 탱자나무 울타리가 있었다. 탱자나무 가시를 조심스럽게 손으로 비

틀어 떼어서는 주사 놀이를 자주 했다. 어떨 때는 간호사 역할을 실감나게 한다며 가시를 제대로 찔러서는 친구들을 놀라게 하거나, 내가 그 대상이 되곤 하였다. 탱자 열매를 따려고 작은 손을 오므려 넣었다가 가시에 긁히는 일은 다반사였다. 위험한 가시가 있는데도 불구하고 끊임없이 열매와 가시를 얻기 위해 도발을 일삼았던 나였다. 만약 가시가 뾰족하지도 단단하지도 않고 나약하기 이를 데 없었다면 악동들의 등쌀에 탱자 열매는 얼마나 온전할 수 있었을까. 꽃과 열매뿐만 아니라 가지와 이파리까지 지켜야 하는 파수꾼이자 울타리가 되어준 아버지였다. 그 짐이 결코 가볍지 않았을 것이었다.

아무래도 내가 불효를 단단히 하고 있는가 보다. 혼자 지내는 아버지의 쓸쓸함을 이렇게 외면하고 있으니. 지난 설에 아버지를 찾았을 때, 미돌이라는 황갈색 수컷 푸들과 함께 있는 아버지를 보았다. 식구를 새로 들여놓을 만큼 아버지의 외로움이 컸던 것일까. 미돌이는 아버지의 엄격한 훈련에 길들여져 아버지 말 잘 듣고 다른 사람들을 잘 따랐다. 먹는 것 앞에서는 아버지가 기다려 하면 참아내고 바깥 텃밭에 가서 볼일을 보고 돌아왔다. 미용이 잘 돼 깔끔한 인상을 주는 것이 비행사에게 어린왕자가 받은 양 그림을 떠오르게 했다. 아버지가 많은 시간을 미돌이에게 쓰고 있다는 것을 한눈에 알 수 있었다. 멀리 떠나 있는 자식들을 대신해 있는 미돌이에게 아버지는 또 다른 가시임에 틀림없었다. 처음 엄마에게 미돌이 이야기를 들었을 때는 아버지가 괜한 고생을 사서 한다고 말했었는데, 막상 아버지와 미돌이를 보고 나니 홀로 있는 아버지가 더욱 쓸쓸해 보였다.

치질 수술을 해야겠다는 아버지의 말을 듣고 우리 집에 와서 가까운 병원에 가자고 해도 아버지는 막무가내였다. 그곳에서 할 수 있는 만큼이라도 일을 하면서 병원을 다니겠다고 고집을 부렸다. 당신 없으면 마치 사택에 되는 일이라곤 하나 없는 것처럼 말한다. 아마도 아버지는 옛날 우리가족에게 가시로서 보호막이 되어주었던 것처럼 지금은 사택 사람들에게도 그런 울타리가 되어주고 싶은 것이 아닐까. 그쪽 일 그만두고 우리랑 함께 살자고 했더니, 아버지는 지금 하는 일이 좋다고 말했다. 일에 있어서 철두철미한 성격이니 몸을 사리지 않는다. 그래서 이번 손가락 사고도 있었던 거였다. 아버지의 고집 센 가시가 마음을 엔다.

〈가시도 아프다〉를 읽고 아버지를 떠올려 보았다. 지금도 우리에게 선물 같은 아버지의 향기에 감사한다. 아버지! 하고 불러본다. 대답 없이 우리에게 걸어오는 아버지 얼굴에 엷은 미소가 보인다. 젊은 날 가시를 꼿꼿이 세워 우리를 지켰던 아버지가 흰 머리카락 수북한 할아버지가 되어 모과 향기를 몰고 온다. 나는 아버지를 떠올리면, 늘 모과향이 코끝에 흐른다.

숟가락

열두 벌의 수저가 들어 있던 숟가락 통이 입을 벌리고 서 있다. 평소엔 다섯 벌 정도만 나왔다 들어갔다 하는 게 다반사이지만, 동생들 식구가 함께 모이는 오늘 같은 날이면 모든 수저가 주인을 찾아 통을 빠져나오게 된다. 손에 한꺼번에 쥔 수저 한 다발이 묵직해서 잡은 손에 힘이 모인다. 동생네 식구들과 더불어 우리 가족 모두의 무게가 느껴져서 마음이 훈훈해진다.

우리 집 숟가락은 사람을 가리지 않는다. 특별히 정을 준 식구가 따로 있는 것도 아니다. 지난번에 입으로 들어갔던 사람만 고집하지도 않는다. 가족들 사이에도 네 것 내 것 가리는 오늘날, 우리 집 숟가락은 너나가 없다. 어제는 이 사람에게 들어갔다가 오늘은 다른 사람 손에 잡혀도 무관하다.

유일하게 한 수저가 허용된 사람은 아버지였다. 다른 것들보다 무거웠던 것 하나, 아버지 전용 수저가 있었다. 다른 식구들 모두 구별 않고 쓰면서 아버지 수저만큼은 침범하지 않았다. 그러다가 아버지는 결혼하면서 내가 드린 은수저를 쓰셨다. 당시 어머니는 한사코 괜찮다고 하는 바람에 아버지에게만 드렸던 것이었다. 이참에 아버지의 은수저가 왜 안 보이느냐고 어머니에게 물었더니, 장날 금을 사는 아저씨에게 이만 원에 팔았다고 한다. 쓰지도 않는데, 시커멓게 변해가는 색깔이 보기 흉했다고 어머니가 변명을 한다. 아버지의 수저를 조용히 상 위에 올려놓던 기억을 떠올려본다. 대뜸 수저를 팔아버린 어머니가 잠깐 원망스러웠지만, 얼마나 급한 사정이 있었으면 그랬을까 싶다.

작년만 해도 어린이 숟가락 두 개가 함께 있었다. 초등학교 4학년이 된 언제부턴가 작은딸과 큰조카는 더 이상 작은 숟가락을 찾지 않았다. 그래서 서랍 속에 넣어두었던 숟가락이 오늘 다시 빛을 보았다. 이번 달로 20개월이 된 작은조카를 위해서. 그런데 그 녀석은 숟가락을 가지고 다닌단다. 이것도 세대차이인가. 한때 우리 동서는 시댁에 오면 끓인 물에 모든 숟가락들을 소독하기도 했으니까. 물론 부엌이 바깥에 있는 옛날 집이어서 께름칙할 수 있었겠지만 식구들 아랑곳하지 않고 소독을 하던 그 일은 나로서는 놀랍기만 했다. 작은올케와 동서의 행동이 불쾌하기보다 젊은 엄마들의 소신과 용기로 이해된다. 내 주장을 고집스럽게 내보이는 것이 힘들었던 내가 중장년에 들어선 세대라는 걸 보여주는 것 같아 새삼스러울 뿐이다. 문득 국물 간을 맞추느라 시어머니와 한 숟가락으로 맛을 보았던 지난 일이 그립다. 일년에 한두 번, 많아야 서너 차례 만나는 시어머니는 부엌으로 들어선 내게 대뜸 숟가락을 내미셨다. 형식적인 인사를 드렸다가도 간 한 번 보라며 당신 손바닥으로 받쳐 든 숟가락의 국물을 들이 키는 순간, 나는 손님에서 식구로 바뀌는 것 같았다.

세월과 함께 숟가락이 몇 개씩 늘어나다 보니, 지금 숟가락 통 에는 여러 모양의 숟가락들이 섞여 있다. 어떤 것은 장미 꽃잎 도 안이, 또 어떤 것은 계수나무 잎이 그려져 있다. 어떤 것들은 숟 가락 모양이 둥그스름한데, 또 어떤 것들은 다소 길쭉한 모양을 하고 있다. 다른 모양의 숟가락들이지만, 오목 들어간 자리나 볼 록 나온 언덕에는 다 같이 오래된 무늬들이 만들어졌다. 숱하게 음식과 입속을 드나들었다가 수세미에 박 박 씻긴 시간이 무성한 잎맥 같은 무늬를 만들었다. 그 시간 동안 우리 삼형제는 아이들 을 낳고 키우며 나이를 먹었고, 돌잡이를 했던 일이 엊그제 같은 아이들은 어른 숟가락을 쥘 만큼 쑥 쑥 자랐다. 동시에 아버지와 어머니는 은수저 같은 흰머리 노인이 되어버렸다.

작은조카가 손가락을 붙이고 손바닥을 오므린 모양을 하며 숟 가락을 흉내 낸다. 옴쏙 들어간 손바닥에 물을 받아 목을 축이듯 이 제 입에 가져가 본다. 아이의 손가락들이 서로 붙어서 만든 꽃 같은 숟가락. 우리 가족이 서로를 의지하면서 더불어 인생을 살 아가다 보면, 여유나 기쁨이나 행복 같은 것들을 두 배 세 배씩 떠먹을 수 있으리라. 어려울 때 힘이 돼주는 이는 그래도 식구들 일 것이다. 언짢고 서운했다 하더라도 그건 잠시, 서먹한 얼굴로 만나 숟가락 섞어가며 함께 식사하다 보면 얼었던 마음도 풀리게 될 것이다. 좋은 일이 생기면 또 모여앉아 그 기쁨을 나누어 떠먹으면 행복은 수백 배 뻥튀기가 될 것이다.

'가화만사성'을 일구는데는 숟가락이 일등공신이다. 식구들을 모이게 만들고, 저마다 풀어놓는 사는 이야기에 귀를 기울이도록 돕는다. 숟가락을 휘두르며 옛일 떠올리면 누구는 기억조차 못하고 있고, 누구는 딴판으로 알고 있다. 그래서 서로 얼굴을 붉히기도 웃음을 터트리기도 하는 것이다. 한 사람이 기억하는 가족사의 행간을 밝히는 일, 숟가락만큼 잘해 낼 수 있는 것이 또 있을까.

설거지를 마친 숟가락들이 수런거리며 다시 통으로 들어가 선다. 열두 벌의 수저들이 옹기종기 모이며 한 다발의 꽃이 된다. 그 다발 속에서 식구들의 얼굴 하나하나가 함박 웃으며 반짝거린다.

그린 핑거

아침잠을 깨고 가장 먼저 찾아가면 베란다에 있는 초록들이 나를 환대한다. 언제나 나보다 먼저 깨어 있다가 내 손을 잡아당기며 인사를 건넨다. 나는 설핏 눈길 한 번 주고 자리를 옮긴다. 먼저 챙겨야 할 식구들이 있으므로. 내 기척에 벌써 밥 달라고 합창을 하는 앵무새들, 얼마 전 홀로 된 문조와 수족관 식구들에게 밥을 주고 물을 갈아주며 그들을 살펴본다. 다음 차례는 다시 화초들이다. 물 한 잔을 마시면서 천천히 하나하나 살핀다. 여름에는 일 년 성장을 한꺼번에 하는 그들의 변화가 쉽게 눈에 띈다. 며칠 사이에 손가락이 길어지고, 무릎 하나가 더 생기며, 머리수가 늘어난다. 물끄러미 바라보고 있으면 내가 초록으로 물들고 그들처럼 나도 광합성을 하는 착각에 빠져든다. 초록으로 나는 고요해진다. 그럴 즈음엔 비로소 내 안에서 흩어지고 널브러진 주장들이 가만히 수면 아래로 가라앉는다.

물을 줄 때면 그들과 보내는 시간이 한 시간을 얼추 넘는다. 여러 다육이들과 산세베리아, 스투키, 베르디, 베멜하, 바리, 에피프레넘, 빌리에티에, 아마그리스, 몬스테라, 안스리움, 금전수, 반딧불 머위, 화이트 프린세스 같은 관엽 식물들. 벤자민 고무나무, 마지나타와 같은 관목들. 풍란, 군주란, 호접란, 개운죽까지. 여럿이기 때문이기도 하지만 결정적으로 물을 준 화분들이 채 빠지지 않은 물속에 잠겨 있지 않도록 하는데 상당한 시간을 보낸다. 나는 화분을 바닥에 그대로 두거나 화분받침을 그대로 쓰지 않는다. 여러 가지 물건들을 이용하여 화분 밑을 받쳐서 공기가 통할 수 있도록 한다. 화분 받침대에 있는 물받이는 빼버린다. 그 물받이로 다른 화분들의 밑을 받치고 바람이 지나는 길을 낸다. 화분 위에서 아래까지 충분히 적시고 빠져나온 물이 고인 채로 두지 않고 바로 비운다. 공기가 통하고 바람이 들어가면 화초들의 얼굴빛이 밝아진다. 표정이 가벼워진다. 그런 수고를 하지 않으면 화초들은 늘 젖어 있는 발로 지내게 된다. 하루 내내 젖은 양말을 신은 채 지내라고 하는 것과 같다. 충분히 물을 주고 쾌적하게 발을 유지하는 데 드는 시간이 많은 이유이다.

화초들이 싱그럽게 자라는 데에는 충분한 햇빛과 적당한 물과 바람이 있어야 한다. 습도와 영양도 조절해야 한다. 한데 실내에서 키우는 화초들은 바라는 만큼 햇빛과 바람을 누리기 어렵다. 여건이 되지 못하는 식물애호가들은 식물등과 써큘레이터를 활용하여 식물들에게 햇빛과 바람을 대신 제공해준다. 큰딸이 그런 방식으로 화초를 가꾸는 모습을 처음 보았을 때는 지나친 수고라며 고개를 저었다. 딸이 올해 초입에 입주한 청년 주택은 한 방향에만 창이 난 작은 집이어서 충분한 햇빛과 바람을 얻기란 어려웠다. 하루 다섯 시간 이상 햇빛이 드는 남향임에도 불구하고 광선 필터링 기능을 가진 창은 절반의 빛을 차단했다. 게다가 많은 햇빛이 유리 표면에서 반사되는 특성을 알고 보니, 어림잡아 30퍼센트의 햇빛으로 화초들을 키우고 있는 셈이었다. 설상가상 딸은 그 집을 일주일에 두세 차례 찾아가서 생활하고 있으니 바람 또한 넉넉하지 못한 현실이었다. 그런 악조건 속에서 지내고 있는 화초들을 위해서 딸은 여러 방도를 찾았을 것이었다. 시간 예약을 해둔 식물등과 써큘레이터와 같은.

딸의 식물 키우기는 올해 들어서 시작되었다. 주로 관엽 식물들이었다. 딸의 변화가 갑작스러워서 어리둥절해하는 내게 딸은 MZ세대 중에는 화초 키우는 청년들이 많다며 몇몇 블로그를 보여주었다. 화원에서 무료 나누기 행사가 있으면 딸은 지인에게 알려서 다함께 몰려가곤 했다. 나도 따라가서 아단소니 몬스테라나 알보 알로카시아를 받아온 적이 있었다. 그곳에서 온갖 관엽 식물들의 초록에 취하기도 했고, 발품 팔며 배우는 청년들을 화초들 속에서 지켜보기도 했다. 게임이나 마약 같은 데 중독되어 걱정거리가 되고 있는 시대도 그러하거니와 바쁘게 살아가는 청년들에게 식물 키우기란 어울리지 않는 만남이라고 생각했다. 논문을 한눈에 파악하기 위해 요약하여 스치듯이 읽으면서 필요한 것만 취하는 '초록'이 그들의 것이라면, 느긋하게 시간과 노력을 들여야 얻을 수 있는 화초들의 '초록'은 적어도 마흔이나 쉰을 넘어서야 알 수 있는 즐거움이라고 생각했다. 그러나 초록들 속에서 감탄과 웃음을 쏟아내는 청년들을 보면서 나의 기우는 사라졌다. 시간의 비밀을 가르치는데 나무만큼 좋은 스승이 없다고 했던가. 뿌리에서 과거와 무의식을 배우고, 씨앗을 숨기고 있는 열매와 잎사귀에서 미래를 배운 청년들이라면 스스로 자기 삶을 푸르게 가꾸어갈 것 같았다.

새삼스러웠다. 화초를 키우는 이야기로 우리 모녀의 대화가 이어질 줄이야. 오히려 관엽 식물에 문외한인 내가 딸에게 배운다. 딸은 SNS를 통해 여러 사람들과 소통하면서 배우고 직접 겪는 일들을 들려주고, 나의 부족한 부분을 제법 날카롭게 지적하며 가르친다. 자칫 애먼 화초들을 죽일 수 없으니 나는 딸 앞에서 말없는 초록이 된다.

딸의 집 창 가. 아단소니, 알보, 에스쿠알레토 같은 여러 종류의 몬스테라들. 한 잎에 다른 색깔이 섞여 있는 칼라디움, 알로카시아, 싱고니움들. 한 주가 다르게 자라는 에피프레넘, 필로덴드론, 정글 피버. 잎사귀에 반딧불이 앉은 것처럼 생긴 반딧불 머위. 그들이 보여주는 변화와 신비의 중심에는 초록이 있었다. 아직도 이름을 외지 못한 화초들이 자기 이름도 불러달라며 떼를 쓸 것 같다. 반년에 불과하지만 오랜 시간 제 일을 해왔던 것처럼 물을 주고 분갈이를 하던 딸에게 올여름은 유난히 무더웠으리라. 지켜야 할 것들이 있었으므로. 하지만, 딸의 묵묵한 손길에도 불구하고 탄저병, 노균병, 모자이크병, 무름병이 생긴 몇몇 화초들은 응급구조 차원에서 내 손에 들어오기도 하였다. 그럴 때면 딸은 가까이 살지 않는 할아버지를 아쉬워했을 터였다.

딸이 본격적으로 관엽 식물들을 집 안에 들이기 전, 처음으로 사온 것이 몬스테라였다. 코로나 이후 열린 꽃박람회에서 갈색 연질플라스틱 화분에 심은 몬스테라를 안고 왔을 때 딸의 낯빛은 연두로 싱글벙글했다. 그러나 며칠 뒤 새 화분에 옮겨 심은 몬스테라를 잘 키워보라며 나에게 주는 것이었다. 몬스테라는 적당한 햇빛과 물, 바람이 있으면 더없이 잘 자라는 종류인 걸 그땐 모르고 딸도 나도 겁을 냈던 것 같다. 동물을 유난히 좋아하는 딸이 생명 있는 화초를 처음부터 죽이는 경험이 될까봐 나로서는 조심스러웠는데, 움츠리는 나를 보며 딸이 내놓은 방안이 할아버지였다. "할아버지는, 그린핑거잖아요. 아니, 드루이드[1]쯤 일거야." 살릴 수 없을 것 같던 식물들도 기어코 살려내는 할아버지를 두고 딸은 그렇게 불렀다.

아버지의 식물 가꾸기는 내가 유년 시절을 보냈던 남해에서부터 시작되지 않았을까. 시골집 뜰에는 갖가지 나무들이 자랐고, 철마다 꽃들이 피었다. 텃밭은 고추와 가지, 깻잎들이 뒤덮었다.

---

1 식물을 잘 키우는 사람들을 일컬어 '그린핑거'라고 부른다. 최근에는 '드루이드'라는 칭호를 쓰기도 한다. '드루이드'는 왕에게 여러 방면에서 조언을 할 수 있을 만큼 해박한 지식을 갖춘 고대 켈트족의 성직자라고 전해진다.

자두가 열렸고, 모과가 햇빛을 등지고 영글었다. 겨울에도 동백꽃을 보았으니, 꽃이 피지 않는 계절이 없었나. 그때부터 반백년이 넘는 시간이 흘렀다. 묘목이 자라서 가지를 뻗고, 초록이 무성해진 아름드리나무가 되고도 남을 시간. 아버지는 그동안 얻은 경험으로 화초를 능수능란하게 다루었다. 모르는 것들은 부지런히 검색해서 알아냈다. 생명을 잃어가는 화초는 아버지의 손길에 기적처럼 몸을 일으켰다. 때에 맞춰 분갈이를 하고 분촉을 해준 것들은 튼실하게 자랐다. 바나나 껍질을 우려낸 물을 먹은 그들은 그들 본연의 초록으로 한껏 빛이 났다. 시나브로 흐르는 세월을 따라 아버지와 화초들은 함께 늙어가고 있었다.

그들이 숲을 이루었다. 이미 아버지 키를 넘긴 테이블야자와 천냥금 그리고 산세베리아들. 화분 하나에서 시작하여 여러 개가 된 고무나무들. 새로운 터로 옮긴 가지마루팬더들. 해마다 몇 달씩 꽃을 피우는 호접란, 허브 장미, 사랑초들. 여러 다육이들. 아버지 집에 들어서면 먼저 거실 창가에 있는 초록들이 나를 반긴다. 대가족이 단체 사진을 찍고 있는 것처럼 그들이 모여서 수런거리며 햇빛과 바람을 나눈다. 모두가 밖에서 데려온 업둥이들이다. 사택 주민들이 키우다가 내놓은 것들, 죽기 직전에 살려보라며 아버지에게 그들이 가져다 준 것들, 그동안 내가 응급구조차 가져다 둔 것들이다. 거기에 딸의 몬스테라가 가세해 아버지의 숲 한가운데에 장정처럼 우뚝 서 있다. 조만간 다시 데려오려다가 때를 놓치고 커버린 그가 아버지 숲에서 파수꾼 노릇을 한다.

지난 부산행에는 삭스롬과 풍란, 막실라리아를 가져갔다. 꽃을 피운 삭스롬과 풍란은 아버지께도 보여드리고 싶었다. 막실라리아는 꽃전시장에 갔다가 그 향기에 빠져서 덜컥 사버린 것이었다. 내년에는 막실라리아의 헤이즐넛 향에 함께 취해볼 기대로 부풀어 있다. 아버지는 좀 더 크고 그들에게 어울리는 보금자리를 찾아서 옮겨 심었다. "이렇게 두면 얘들이 너무 힘들어해. 그럼 미안하지." 욕심을 앞세운 사람들이 키우다가 쉽게 싫증내고 버린 것들을 데려와서 살리고 키우고 돌본 오랜 시간, 아버지에게 그들을 키우는 일은 미안한 일이 되기도 했었나 보다. 자연에 있어야 할 그들을 우리들 마음대로 가져와서 화분 안에 가둬두는 일은 어쩌면 우리가 사과해야 하는 일인지도 모르겠다.[2] 화초들의 마음을 읽는 아버지. 내가 아직 그 경지에 이르지 못한 것은 아직도 아버지의 마음을 다 헤아리지 못하는 것과 다르지 않을 것이다.

일요일마다 분리수거하는 날이면 나는 아버지를 떠올린다. 아무렇게나 내다버리는 주민들 때문에 근무하는 하루에도 몇 차례씩 분리수거장을 찾아가는 아버지. 그곳에서도 아버지의 손길은 분주하게 움직인다. 포대 밖에 널브러져 있는 것들이 있을까 두리번거리다 보면 라벨이 붙은 채 버려진 음료 페트병이 내 손을 잡아당긴다. 분리수거가 편리하도록 만든 라벨 절취선을 따라 비

---

2 프로개, 〈드루이드가 되고 싶은 당신을 위한 안내서〉, 드루이드 아일랜드, 2023. 37쪽에서 한 문장을 가져왔다.

닐을 벗겨내는 순간 페트병은 유쾌한 소리를 내며 포대로 직진한다. 페트병 라벨 절취선이 아버지를 닮았다고 말하면 아버지는 어떤 표정을 지으실까. 집 안에서 식물 키우는 일이 그들에게 미안해지기도 하는 아버지처럼, 그 절취선은 지구에게 우리가 보내는 사과의 편지 같은 것이 아닐까. 끓고 있는 지구에게 절실히 필요한 우리들의 그린 핑거. 턱없이 부족한 초록의 손길과 마음이 안타까워지는 날들이 계속이다.

작은딸의 작은방

작아서 아늑하다는 딸의 말은 위로가 되지 못했다. 모두들 크고 넓은 방을 선호하기 마련인데, 작은딸은 다섯 평도 안 되는 작은방을 넘치도록 좋아했다. 하고 싶은 의학 공부를 위해 지방 유학을 선택한 딸은 세상 물정 모르는 순진한 아이여서 그런지, 부모 걱정 안 시키려는 착한 심성을 가진 아이여서 그런지, 작은방에 한 번도 얼굴을 찌푸린 적이 없었다. 오히려 그 작고 아늑함을 즐기는 모양새였다.

대학교에 들어가서 처음부터 기숙사 생활을 시작해서 그럴까. 본과 2학년이 되어서 네 평 남짓한 청년행복주택으로 옮겨 지내게 된 아이는 자기만의 방이 생겼다는 사실에 무척 만족스러워했다. 집에서 지낼 때도 큰딸과 따로 방을 썼던 아이였는데, 약 4년을 룸메이트와 함께 생활했으니 크고 작은 불편들이 많았을 것이었다. 한 번도 그런 낌새를 내비치지 않은 작은아이의 무던하고 참을성 있는 성품이 고마웠다. 그러나 그것이 전혀 불편함이 없었기 때문이 아니란 걸 나는 잘 알았다. 작은딸은 그런 아이였다. 그래서 불평 없는 딸만 믿고 마냥 마음을 놓을 순 없었다.

딸을 보러갔다가 기숙사에 들여보낼 때마다 홀로 걸어 들어가는 아이의 뒷모습에서 눈길을 거두지 못하고, 아이가 눈앞에서 사라지고서야 발길을 돌렸던 날이 어디 한두 번이었던가. 차마 그대로 떠날 수 없어서 아이가 들어가 앉아 있을 방을 올려다보다가 전화를 걸어서 기어코 창문 밖으로 얼굴을 한 번 더 보고 나서야 발길을 돌리곤 하였다.

그러다가 들어가게 된 행복주택도 처음에는 불안하여 한동안 많은 생각에 휘말리며 지냈다. 그래도 기숙사는 학교 울타리 안에 있는 시설이었지만, 행복주택은 학교에서 버스로 삼십 분이나 가야하는 거리에 있었고, 변두리에 위치해 나는 오히려 기숙사에서 지낼 때보다 더 안절부절 못했던 것 같다.

처음 한 해는 기숙사와 행복주택을 병행하며 지냈는데, 고맙게도 딸은 무난하게 적응해 주었다. 4년을 룸메이트랑 방을 함께 쓰다가 오롯이 혼자가 된 딸은 해방과 자유를 만끽하는 것 같았다. 그러나 딸이 늘 안고 자는 긴 베개가 눈물자국으로 얼룩져 있는 것을 발견했을 때는 아이 모르게 눈치를 살피게 되었다. 그래, 참고 있는 거지. 아직 어린 아인데, 홀로 지내는 게 얼마나 외롭고 힘들까. 안타깝고 안쓰러운 마음에 나는 되레 더욱 명랑한 얼굴로 아이를 대하곤 하였다.

그렇게 온갖 근심 걱정에 마음의 온도가 널뛰기하는 일 년을 보냈는데, 본과 3학년에는 실습 위주의 수업으로 바뀌면서 반 년 동안 딸은 거주지를 옮겨야 했다. 대학병원이 부산과 양산 두 개 시에 나뉘어져 있었기 때문에 실습도 두 군데를 나눠서 진행하는데, 상반기는 부산 도심에 있는 대학병원에서 실습을 하게 됐다. 오전 7시에 출근해서 오후 6시까지 이뤄지는 실습 시간이었다. 응급수술이 있어서 호출을 받을 때면 바로 달려가야 하는 사정이었다. 그래서 다들 대학병원 인근에 있는 원룸을 빌려서 그 시기를 보내는 것이 관례였다. 뒤늦게 딸과 원룸을 알아보러 갔을 때는 이미 동이 난 상태였다. 양산 물금에서 부산 아미동까지 출퇴근을 해야 할지도 모르겠다며 마음먹고 있는 사이, 딸은 도저히 그렇게 해서는 제대로 지낼 수 없겠다 싶었는지 수소문해서 고시텔을 알아봤다. 병원에서 횡단보도 건너면 바로 오갈 수 있는 거리에 여성 전용 고시텔이 하나 있었다. 태어나서 처음 겪는 고시텔이었다. 다섯 평도 안 되는 행복주택보다 더 더 작은 방에 아이를 혼자 두고 떠나야 하는 내 마음이 얼마나 선득했는지.

다른 학과보다 일찌감치 개학을 하는 의과는 1월 중순에 개강을 했고, 아이는 그때부터 고시텔에서 저녁과 밤, 새벽을 보내야 했다. 세 평 남짓의 작은방. 침대가 방의 대부분을 차지해 버렸고, 침대 위쪽으로 벽장이 있어서 옷이며 물건들을 수납하고, 침대 옆에는 46리터짜리 1998년산 전기냉장고가 놓여 있었다. 그 냉장고로 말하자면, 도무지 냉장이 안돼서 아이가 지난밤에 넣어둔 스파게티가 꽁꽁 얼어서 다음날 전자렌지에 해동을 시키고 데

위 먹어야 했고, 넣어둔 생수 다섯 통은 꽁꽁 얼어서 마실 엄두가 나지 않았다고 했다. 보름을 지켜보다가 주인에게 말해서 바꿨지만, 결국 새로 들어온 냉장고도 1998년산에 안의 모든 것들을 꽁꽁 얼어붙게 만드는 능력이란 다르지 않았다. 1월과 2월은 한겨울이어서 전기장판도 없이 침대 위는 싸늘했는데, 첫 날 자고 일어난 아이가 많이 추웠다고 말했을 정도였다. 참을성으로는 따를 사람 없을 아이가 많이 추웠다고 함은 내가 바로 해결해야 하는 문제라는 것이었다. 전열기 제품을 쓰지 말라는 경고문을 계약서에 명시하고 있는 곳이었기 때문에 단단히 주인을 설득할 결심을 하고 전화를 했다. 예상 밖으로 주인은 순순히 전기장판 사용을 허락해 주었다. 방바닥은 침대 올라가기 전 바닥에 열전지판이 깔려 있어서 난방이 되었지만, 침대 밑바닥에는 그것조차 없어서 냉랭했다. 또 문제는 외풍이었다. 창문이 하나도 없는 방보다는 낫겠지 싶은 마음에 창 쪽 방을 선택하다 보니 외풍이 심했다. 그 또한 주인과 담판으로 뽁뽁이를 붙일 수 있었다. 산 넘어 산. 작은딸이 의학 공부를 마치고 정식으로 의사 가운을 입게 되기까지 아직 넘어야 할 산들이 또 얼마나 있을까.

집 떠나 먼 외지에서 공부를 하며 몇 년을 지내다 보니 딸은 제법 독립심 강하고 주체성 있는 사람으로 성장했다. 다른 동기들에 비해 소박한 방에서 생활하는 작은딸이 항상 마음에 걸려서 나는 한 달에 두세 번씩은 고속도로에서 장시간 운전을 했다. 그런 내가 걱정스러운지 딸은 뭐든 괜찮다며 응수한다. 불평할 줄 모르고 웬만한 것들은 참고 견디는 딸의 성격을 알다보니 내가 미루어 짐작하면서 판단하고 움직이는 경우가 더러 있었는데, 딸은 이런 내가 때때로 부담스러운 것 같았다. 그래서 작은딸에게 향하는 신경을 애써 돌리기 위해 일산에서의 내 생활을 분주하게 만들기도 했다.

2024년 올해 딸은 의대 증원 문제로 휴학을 했다. 고시텔 생활을 접었고, 물금에 있는 방에서 뒹굴다가, 간혹 친구나 동아리 동기들과 여행도 다닌다. 일산에 와 있을 때는 단기 알바를 찾아서 노동하는 청춘이 된다. 학교수업이 정상화 되면 복귀할 태세로 중장기 아르바이트는 엄두도 못 내고 단기 알바를 찾아서 일을 다닌다. 고양시와 파주시를 가리지 않는다. 파주의 조리읍에 있는 물류센터 같은 곳에 알바를 갔던 날은 하루 종일 내 마음이 앉아있질 못했다. 백로를 며칠 앞둔 요즘은 오후 7시 반이면 이미 어두워서 퇴근길이 걱정되었다. 작은딸을 데리러 갔는데 오지에 위치한 현장을 찾아가면서 놀란 나는 7시 반이 되자마자 쏟아져 나오는 사람들 속에서 두리번거리다가 딸을 찾았을 때 안도하며 가슴을 쓸어내렸다. 아이는 다이어리 만드는 회사에서도, 홈플러스에서도, 포장하는 회사에서도 힘들지 않았다고 말하면서 나의 노파심을 진정시키고 저녁밥을 아주 맛있게 먹었다. 휴학을 하면서 그림을 그려주고 푼돈을 벌기도 했지만 딸은 하루 알바를 하면서 최저임금으로 번 돈으로 보고 싶은 뮤지컬도 보고 사고 싶은 다이어리 스티커도 사면서 한결 명랑해졌다. 노동으로 땀 흘리며 돈을 벌면서 한 뼘 성장한 것 같다. 훗날 돌이켜 보면 아이의 허송세월 같은 올해의 시간이 헛된 것만은 아니라 아이를 단단하게 만들어주는 값진 경험이 되리라고 생각한다. 등 떠밀려서가 아니라 스스로 선택하여 행동할 수 있는 힘이 있는 아이이니 앞으로 자기의 세계쯤은 거뜬히 짊어지고 갈 수 있을 것이다.

동아리 모임이 간헐적으로 있는 바람에 딸은 다시 물금의 작은방에서 지내고 있다. 그곳에서 공부하고, 라면을 끓여먹고, 좋아하는 그림을 그리며, 노래도 흥얼거리면서 침대에서 뒹굴고 있을 것이다. 작은딸이 유리창 너머 수평으로 흐르는 낙동강에도 눈길 한번 씩 주면 좋겠다. 작지만 아늑한 방에서 소박한 자유와 행복을 누리는 것도 좋지만, 장구히 흐르는 낙동강처럼 담대히 살아가는 삶에 대해서도 궁리해보면 좋겠다.

3부

―세상 모든 것이 약속인 것만 같다. 비록 다분히 깨트리며
다시 시작하는 것일지언정 우리 살아가는 모양새가 약속 같
다. **나의 약속이 시작되면** 만물로 가득 찬 세상도 하나로 모
이며 서로 각별해지는 마법이 펼쳐진다.

장수하늘소가 친구가 된 까닭

출근하는 길이었다. 은행나무 밑에서 장수하늘소를 발견했다. 더듬이가 제 몸보다 길고 마치 도깨비 풀이 예닐곱 번 맞물려 있는 것처럼 뚝뚝 흐르는 것이 너 참 예쁘다는 소리가 저절로 나왔다. 다리는 여섯 개가 있는데, 땅을 딛는 발 끄트머리는 몇 마디로 연결된 깃털 같았다. 그 가벼운 발로 딛고 다니는 폼이 발레리나, 발레리노가 무대를 미끄러지는 모습처럼 보였다. 장수하늘소를 가까이 두고 세밀하게 관찰해보기는 이번이 처음이었다. 그 녀석의 생김새가 신기하고, 자리를 옮겨 다니는 움직임과 제자리에서 하는 행동들이 재미있었다.

예전에 사슴벌레 사육장에서 젤리를 주었던 기억이 났다. 그래서 녀석을 작은 종이박스에 넣어 와서 물을 주고는 청포도 맛 젤리를 사다 넣어 주었다. 그러나 녀석은 꼼짝도 하지 않았다.

장수하늘소는 젤리를 안 먹나? 먹지 않는 녀석이 안타까워 나는 애를 태웠다. 그 더듬이는 뭐 하러 있는 건지, 내가 젤리를 갖

130

다 놓은 것도 모르는 듯했다. 녀석은 한참을 여섯 개의 다리를 서로 비비든지, 더듬이를 등 쪽으로 쭉 뻗고 있다가 양 옆으로 다시 뻗어 아치를 만드는 작업에 빠져 있었다.

얼마나 지났을까. 녀석이 지금까지의 걸음하고는 사뭇 다르게 성큼성큼 걸어가는 것이었다. 그래, 이제 젤리에 도전해볼 용기가 생긴 거로구나. 나는 응원을 했다.

그러나 결과는? 용기 백배 다가선 녀석의 턱이 젤리에 닿았다 싶었는데, 화들짝 놀란 녀석은 뒤돌아서 자기가 가장 많이 머물렀던 곳으로 줄행랑을 치는 것이 아닌가. 의외였다. 다른 누구도 아닌 장수하늘소가 아닌가. 생긴 모습은 꼭 대장군처럼 믿음직스럽기만 한데.

나는 그 녀석 하는 모양이 더욱 궁금해져서 아예 엉덩이를 바닥에 깔고 앉아서 지켜보았다.

그렇게 물끄러미 내려다보는 녀석 위로 세상을 살아가는 우리의 모습이 오버랩 되었다.

저 녀석에게 나는 어떤 존재일까?

종이 박스를 가져와선 물과 젤리를 넣어주고, 세상이 그것만으로는 심심하지? 하면서 몽당연필과 화장지 한 조각도 넣어준 것을 배려라고 생각했다. 그런 내가 녀석에게는 자기 세상을 마음대로 바꾸어 놓고 삶을 강요한 절대자가 아니었을까. 녀석으로서는 선택의 여지도 없었다. 내가 만들어준 세상에서 살아야 하고, 주어진 물건들을 창의적으로 갖고 노는 것이 최선이었다.

한번은 녀석이 뒤뚱뒤뚱 걷는 것을 보았다. 어, 왜 저러지? 가슴이 철렁했다. 하지만 녀석은 머잖아 질질 끌고 다니던 오른쪽 뒷다리를 끌어다가 씩씩하게 걷는 것이었다. 다행이었다. 이 녀석 나를 놀리고 있는 거야. 씩씩해진 녀석의 모습을 보면서 잠시 놀란 것은 되레 큰 기쁨이 되었다.

절대자의 동정을 구하는 녀석의 행동은 간헐적으로 이어졌다. 한 번은 왼쪽 앞다리가 다른 다섯 개 다리보다 땅을 딛는 힘이 시원찮아 보였다. 그래서 잠시 숨을 죽이고 지켜보았다. 그러나 그것 또한 녀석의 연극임을 알게 되었다. 또 어떤 때는 위로 깔아 놓은 골판지 틈새로 더듬이가 끼어서는 혼자 안절부절 못하며 왼쪽으로 힘을 써보기도 하고, 오른편으로 몸을 기울여 보기도 하는 것이었다. 녀석의 몸부림이 서글퍼 보였다.

나는 문득 하느님을 떠올렸다. 하느님도 우리의 살아가는 모양을 보고 나처럼 안쓰러워하실까? 어떤 때는 대견하게 여기시기도 하고, 또 때로는 가여워 가슴아파하실까?

나는 녀석을 걱정하기 시작했다. 이상했다. 녀석에게 있어 하느님과 같은 나는, 녀석이 가여워서 마음이 아팠다.

결국 녀석의 절대자였던 나는 녀석에게 자유를 주기로 결심했다. 처음 만났던 자리에 데려다 놓을까, 이참에 새로운 세상으로 인도할까 고민했다. 차들이 다니는 앞 장소는 녀석을 사랑하는 내가 축복하기에 불안한 곳이었다. 새로운 세상이라 함은 내가 사는 아파트 앞뜰이었다. 하지만 그곳도 망설여졌다. 지금껏 살

132

았던 곳과는 다른 낯선 곳이어서 녀석이 방황하는 것은 아닐까. 나는 어디에서 왔으며, 어디로 가는 걸까 물으며 나무와 이슬이 있는 그곳을 제대로 누리지도 못하는 것은 아닐까. 혹시 종이 박스 속에서 상상했던 내생의 꿈이 현실이 되었다는 착각에 돈키호테가 되는 건 아닐까.

생각해보면, 하느님도 참 못할 짓이었다. 내가 녀석을 사랑한다는 이유로 해줄 수 있는 모든 것들이 완벽하길 바랐다. 그러나 그 완벽이라고 하는 것은 절대자인 내가 주는 것이 아니었다. 녀석이 자기의 세계에서 찾아야 하는 자신의 몫이었다.

아, 이거구나. 이 세상과 나와 너의 세계가 어떤 절대자의 은총 속에서 만들어진 것인지는 모르겠지만, 세상의 이야기를 만들어가는 것은 나와 너의 일이구나.

잠시 뒤 너에게는 새로운 세계가 열릴 것이고, 만들어 갈 새로운 역사가 펼쳐질 텐데, 너는 전혀 모르고 있겠지. 너와는 다른 세계지만 같은 우주를 살고 있는 나의 존재도 모르고 말이야.

나는 녀석에게 절대자가 아닌 친구로 남고 싶어졌다. 녀석에게 세상을 던져주고 네 맘껏 살아 보아라 하는 냉정한 신이기보다 너도 살고 있구나, 나도 산단다 하며 말을 건네는 친구.

숲속의 섬

　도착한 펜션은 섬 같았다. 단체로 차를 타고 왔으니 혼자서 나갈 수는 없는 노릇이었다. 정박한 여객선이 출항해야 떠날 수 있는 섬에 들어선 것이었다. 그러나 그 섬은 바다에 있지 않았다. 도시도 아니었다. 숲속이었다. 나무와 새들과 계곡과 풀벌레들이 있는, 내가 사랑해마지 않는 숲이었다.

　서북교회 문화교실 문학반에서 봄 야유회를 간다고 했다. 홍천은 강원도에 살면서 두어 차례 메밀 꽃밭을 보고 홍정 계곡에서 막국수를 먹었던 곳이었다. 대명콘도에서 아버지, 엄마를 모시고 송년회를 했던 기억도 새롭다. 강원도라 하면 이젠 제2의 고향처럼 가슴에 자리했고, 둘째 딸아이를 '강원도 아이'라고 서슴지 않고 말하는 나는 홍천이 강원도 지명이란 이유 하나로 내심 반가웠다.

　그러나 수필반 동무들이 아무도 안 가고 소설반 사람들이 모두어서 안 가겠다고 말하지 못 했던 것을 잠깐 후회하기도 했었다. 많은 사람들 속에서는 튀고 싶지 않은 소심함 때문에 혼자 사색이나 하며 돌아와야지 생각했다. '홍천'이라는 목적지와 '봄나들이'라는 풍경에 기대가 컸기 때문에 소설반 사람들과의 서먹함을 감수하겠다고 마음먹었던 것이다.

교회 봉고차 맨 뒤 창 쪽이 내 자리였다. 내 자리라고 정해진 것은 아니었지만, 어떤 차를 타게 되었더라도 나는 그 자리를 찾아 앉았을 것이었다. 방해받지 않을 확률이 가장 높은 곳이었고, 말수가 별로 없는 불편을 덜 수 있는 자리였기 때문이다.

달리는 차 안에서 삶은 달걀, 과자들을 잘 먹는 사람들을 보며 교회 다니는 사람들은 관계 맺기에서만 적극적일 뿐만 아니라 먹는 즐거움을 누리는 데도 넉넉하다고 생각했다. 애당초 나는 먹는 일에 뜻이 없는 위인이었다. 줄곧 껌을 씹으며 창 밖 풍경들에 시선을 두었다. 달리는 속도를 따라 펼쳐지는 봄의 색깔이 얼마나 찬연하고, 바람이 맑고, 햇빛이 밝았는지, 출발 전 괜히 가게 되었다는 불평이 이렇게라도 따라나서지 않았다면 생동하는 이 봄을 어찌 느꼈을까 긍정적으로 바뀌며 변덕을 부렸다.

4월은 잔인한 달이라고 하지만, 그건 혼란과 낙후된 역사를 바꾸는 혁명이 대가로 치러야 하는 필연이었다. 나는 찬란한 4월을 만끽하겠다고 마음속으로 선언했다. 그만큼 봄은 울긋불긋 꽃망울을 터트리고, 물안개마저 꽃샘바람을 몰아내는 입김처럼 따스할 듯 보였다. 구름 없는 맑은 하늘을 그대로 담근 강은 담청색으로 잔잔했다.

창이 가로막은 풍경들을 내면으로 가져와 공감각으로 한창 즐기는데, 나만 그렇게 젖어있었던 게 아닌 모양이었다. 정수남 선생님이 봄꽃을 두고 한 말씀하셨다.

"개나리 같은 봄꽃들은 꽃이 먼저 펴. 그런데 저 봄꽃은 향기가 없어. 개나리를 글로 썼는데, 그 향기가 어쩌고 하며 쓴 글은 다 거짓말이야. 개나리 향기가 어딨어. 맡아봐. 글은 제대로 써야 하는 거야."

개나리에게서 문학정신을 말하는 선생님은 만물에서 시와 수필, 소설을 거두는 글장이었다. 그리고 문학을 가르치는 스승이었다.

펜션 야외 벤치 위에 가져온 도시락을 풀었다. 수필반 반장님이 장만해준 도시락을 보고 다들 감동했다. 찬합 칸칸에 들어앉은 연근조림, 멸치볶음, 삭힌 고추, 명란젓, 쪽파·배추·열무김치가 햇볕 속에서 선명한 빛을 띠었다. 일행은 삼계탕 거리를 씻어 압력솥 두 군데에 얹어놓고 유혹하는 도시락을 먼저 습격하였다. 잡채, 도토리묵무침에 오이, 당근까지. 소주도 몇 사람 앞에서 돌았다. 교인들 가운데는 술 안 마시는 이들이 많은지, 몇몇이서만 술을 마셨다. 환갑을 바라본다는 소설반 최고 연장자 최성권씨가 마주앉은 내게 술을 연거푸 주는 통에 세 잔을 마신 나는 생수를 마셔가며 속으로 들어간 알코올과 술기운을 희석시켰다.

그때 쉰 살이라는 나이가 믿기지 않았던 심영섭씨가 아무리 봐도 자기가 글을 너무 잘 썼다고 자기도 감동을 받았다고 읽는 바람에 도시락 만찬 자리는 발표회 연습 자리로 바뀌었다. 서북교회 문학교실 작품 발표회 1부 사회를 맡게 된 나는 소주 세 잔으로 최면을 걸어 울렁증을 가라앉히려고 애를 썼다. 나는 발표자와 발표한 글에 대해 짧게 멘트를 해야 했다. 사실 낭독을 듣는 것만으로 문장과 주제를 섬세하게 들여다 볼 재주가 없는 나로서는 귀에 들어오는 문구와 전체적인 이야기의 실루엣으로 멘트를 넣을 수밖에 없었다. 그런데, 하나님을 믿는 사람들은 칭찬과 격려도 넉넉한 사람들이었다. 냉정하게 따지자면 서툴기 이를 데 없는 멘트를 분에 넘치게 평가해주어 소심한 내 마음을 다치지 않게 배려했다.

그들은 먼저 먹을 것을 준비하고, 씻고, 식탁을 마련하고, 자르고, 펼치고, 거두고, 치우는 봉사가 몸에 밴 이들이었다. 상대를 배려하고, 넌덕을 부릴 줄 알고, 감사할 줄 알았다. 교회라는 공동체 속에서 관계 맺기를 잘 배울 수 있었나 보다 하고 나는 생각했다. 맏딸과 맏며느리로 가족을 아우르는 정도로는 명함도 내밀기 부끄러울 정도였다. 사람은 사람 속에서 사람다워진다는 생각을 하면서도, 나는 섬을 떠올렸다.

나는 섬이기를 바라고 즐기는 부류였다. 이대평생교육원 교수님이 "자기가 제일 잘하는 것이 무엇인가" 물었을 때, 나는 혼자 있는 것이라고 말했었다. 이 말에 누군가는 고립과 자폐로 인한 우울증이 있는 것으로 오해할는지 모를 일이지만, 나는 혼자 있는 것이 행복했다. 그러니 내가 섬이라고 말하기를 주지하지 않는 것이다. 우울로 해석했던 지인의 말이 아주 틀린 것은 아니었다. 나는 바다로 둘러싸여 있는 섬이기 때문에 무작위 사람들의 발길에 덜 노출되어 있었다. 세상 때가 덜 묻은 아이들과 내 말을 경청하는 엄마들, 나를 아껴주는 가족들과 친구들이 있는 도시 속의 작은 섬이었다. 세상으로 크고 많은 다리가 놓이지 않은 섬이어서 우울과 고독을 가지고 있을지언정 나는 섬에 만족하고 있었다.

그런데 소설반 사람들은 육지와 다른 섬들과 다리를 놓는데 용감한 사람들로 보였다. 그들이 내게 어떤 다리를 놓으며 나의 섬을 오갈는지 모르겠지만, 문학인다운, 종교인다운 다리가 드리워질 것이다. 날더러 먼저 다리를 놓는 것이 어떻겠냐고 한다면, 솔직히 나는 자신할 수가 없다. 적극적인 소통은 한편 나를 불편하게 만들기 때문이다. 그러나 그것이 즐거운 불편이 되길 기대하고 희망한다.

삼계탕이 다 끓었다. 홍천 토박이 닭이어서, 숲속 맑은 물로 끓였기 때문에, 재료들을 준비한 사람들의 정성으로, 최고의 맛을 낸 삼계탕에 백세주를 곁들였다. 따스한 봄날에 좋은 사람들과 문학을 얘기하고 몇 잔 걸친 술기운에 취할 수도 있었으련만, 나는 잘 고아 만든 삼계탕 국물을 마시고 맑은 정신을 지킬 수 있었다.

문우 한 분이 지금껏 준비한 여자들에게 애썼다고 산책이나 하고 오라고 떠밀기에 나는 짐짓 기대하고 있었던 나의 섬으로 걸었다. 돌아와서 알았지만 여자들은 나처럼 자리를 뜨지 않고 일일이 치우고 챙겼던 모양이었다. 그때 나의 융통성 부족함을 깨달았다. 나는 기면 기고 아니면 아닌데, 그렇지 않은 예가 더러 있어서 사는 게 복잡해진다. 곧이곧대로 보고 생각하는 나의 단순함을 탓할 수밖에 없다.

며칠 전, 학원장이 양파를 사서 내게 나눠주었다. 그리고 며칠 후 양파가 맵지도 않고 달더라고 먹어봤냐고 물었다. "집에서 저녁을 안 먹으니 못 먹었다"고 말했다. 사람들을 만나는 일을 하니 양파 냄새가 조심스러워 삼가는 것이었는데, 뒤늦게 융통성 없는 나를 탓했다. "예, 참 달던데요." 하고 하얀 거짓말이라도 해서 나쁠 게 무에 있는가. 그러나 나는 그러질 못 했다. 앞으로도 그럴 자신이 없다. 이런 나는 한편 참으로 꽉 막힌 사람임에 틀림없는 것 같다.

그러나 그 답답함이 내게 감로수를 줄 때가 있다. 만찬 자리를 뜨고 걸어 올라가 계곡물이 흐르는 다리 위에 한동안 앉아 있었다. 펜션에 사는 개 세 마리가 산으로 산책을 하려는 것인지 나타났는데, 그 중 한 녀석이 내게서 한 길 거리에 배를 깔고 앉더니 꼼짝을 않았다. 내가 흐르는 계곡물을 보고, 주변을 관찰하고, 고양이 한 쌍이 슬그머니 나타나 소금쟁이처럼 봄볕 속을 걸어 계곡을 따라 올라가는 것을 지켜보는 사이 그 녀석은 종종 내 시야

를 따라 고개를 움직이기도 하고 아예 고개를 땅으로 떨어뜨리고
는 볕을 즐기는 것이었다. 십여 분 후 산으로 달렸던 개 두 마리
가 나타났다. 녀석은 벌떡 일어서더니, 그대로 있었다. 다른 두
녀석이 자기에게 다가오도록 기다렸다가 그 녀석들과 함께 처음
들어섰던 곳으로 달려갔다. 나는 녀석을 바둑이라고 부르며 몇
마디 이야기를 했었는데, 나중에 펜션을 떠나면서 인사를 했더니
언제 그랬냐는 듯이 배를 깔고 앉아 거들떠보지도 않았다. 나만
정을 두고 온 것 같아 서운했다. 그것도 내 욕심이었다. 떠나는
이가 무슨 할 말이 있는가. 다음을 기약하는 것도 아니면서. 그
래도 바둑아, 너는 봄이 이끄는 풍경에 젖어 있던 내게 짧은 시간
동무였었다.

돌아오는 길 벌써, 홍천행이 마치 꿈속처럼 느껴졌다. 내일이
면 나는 일상으로 돌아갈 것이다. 아이들과 수업을 하고, 노래를
들으며 운전을 하고, 딸들을 껴안고, 책을 읽고, 글을 쓸 것이다.

서울이 가까워지면서 아파트와 빌딩 숲이 나타났다. 이상하
다. 도시에서 탈출하여 시골로 가고 싶다는 사람들을 많이 만나
는데, 나는 아파트와 빌딩 숲이 아름답게 보인다. 누가 그랬다.
당신 사는 게 넉넉해서 아프지 않기 때문이 아니겠냐고. 내가 도
시에서 아름답게 느끼는 것은 넓은 평수의 아파트나 화려한 소비
문화가 아니다. 사람들을 느끼기 때문이다. 사람들이 모두 시골
이 좋다며 도시를 떠난다면, 그 도시에서 더 이상 아름다움을 찾
지 못할 것이다. 사람이 떠난 빈 집이 쓸쓸하고 공허해지는 것처

럼. 내가 말하는 아름다움은 도시 속에서 저마다 섬을 만들며 사는 사람들의 비애와 고독을 함께 말하는 것이다. 지하도에서 신문지 깔고 앉아 동전을 받는 걸인을 보며 가슴을 쓸어내리고, 요상하게 생긴 장수하늘소에게서 경이를 발견하고, 얼굴 찌푸린 딸아이의 똥고집에서 순수를 읽고, 회사일로 상처받고 술주정하는 남편을 보고서 연민을 느끼며 아름답다고 말하는 나는 대책 없는 사람인 걸까.

사람은 혼자일 때보다 함께일 때 더 아름답다. 의미가 있다. '나'만 있는 세상보다 '우리'가 있는 세상이 더 아름다운 것과 같다. 섬이 홀로 있다 하나 찾는 이 하나 없는 섬이라면 그 의미는 달라질 것이다. 꽃을 꽃이라고 이름 부르듯이, 나를 불러주는 이가 있으므로 내가 존재하는 것. 관계를 외면할 일이 아니다. 나를 필요로 하면 달려갈 일이고, 내가 필요하면 부를 일이다. 관계는 그렇게 시작하는 것이다. 섬도 섬 나름이다. 무인도는 구경에 만족하는 부유하는 인연일 뿐이다. 사람은 무인도에 터를 닦지 않는다. 잠깐 구경하며 감탄하고 노래하다 지나갈 뿐. 우리는 저마다 섬인 채로 살아가며 서로 다리를 놓는다. 그 다리를 사이에 두고 저마다 행복한 섬을 꿈꾼다.

마리 이야기

'즐거운 불편'이라는 말이 유행어가 되었다. 이 말은 환경운동 내지는 도시를 떠나 자연을 벗 삼아 사는 지식인들이 많아지면서 생긴 말이다.

최근 들어 부쩍 그런 지식인들이 써낸 책들이 많이 소개되고 있다. 도시를 떠나 시골에서 사는 생활은 당장 불편이 따르지만, 삶의 정신적 가치를 높인다는 경험자들의 이야기가 설득력을 얻고 있다. 자동차를 타기보다 자전거로 다니거나 걷고, 폐식용유로 비누를 만들어 쓰고, 따뜻한 물의 사용을 줄이고, 유기농 채소를 가꿔 먹는 등의 실천이 불편도 감당해야 하겠지만, 그것이 공기를 깨끗하게 하고, 수질 오염을 줄이며, 땅을 살리는 길의 첫걸음이 된다면 즐거울 수 있겠다.

웃음이 난다. 내게 즐거운 불편은 환경운동이나 에너지 절감, 자연과 호흡하는 것과는 거리가 멀기 때문이다. 앞서의 그 말이 사회적 의미가 크다면, 내가 말하고자 하는 즐거운 불편은 한 가족사의 이야기이다.

우리 집 개, 마리 이야기.

닥스훈트 블랙 탄. 허리가 길쭉하고 다리는 짤막한 녀석. 아직 어린 탓인지 체면이나 우아함과는 거리가 멀다. 먹을 것이면 주인도 나 몰라라 하고 내달린다. 그러나 사냥개의 혈통이 있어서 그런지 잘 뛰고 잘 논다.

마리의 엄마를 자처하는 큰딸에게는 불편의 '불'자도 끼어들 틈이 없겠지만, 나에게는 그야말로 '즐거운 불편'의 주인공이다.

집안에 전문적인 개 훈련사가 있는 것도 아니고 입으로만 박사인 큰딸만 믿고 있는데, 딸은 마리에게 맹목적으로 희생하는 엄마의 모습이다. 마리의 배변 습관 만들기를 위해서는 엄격한 훈련이 필요하지만 능숙한 조련사의 역할을 할 인물이 없다. 남편은 지나치게 엄격하다가도 한편으로는 애정이 과한 행동을 보여서 애당초 냉정한 훈련사로서는 불합격이다. 어머니와 나는 털 있는 짐승이면 처음부터 반갑지 않았고 어쩔 수 없이 키우는 입장이니 마리의 배변 훈련에 열정이 없다. 그렇다고 작은딸에게 맡길 수도 없는 노릇이다. 오히려 마리가 작은딸을 얕잡아보는 면도 있으니 기대하기 틀렸다. 그러면 내 새끼 하며 예뻐하는 큰딸이 책임을 져야 하지 않겠는가. 그러나 큰딸은 사랑 주는 엄마이고 싶지 훈육 사감은 싫다고 한다. 사정이 이렇다 보니 마리는 용변도 못 가리는 칠칠맞지 못한 개가 되고 말았다. 성견이 다 된 마당에 그런 원초적인 실수를 할 때는 미움을 사고도 남는다. 마려울 때가 됐지 싶어 화장실에 데려가면 그때서야 볼일을 보기도 한다. 챙기기만 잘 하면 큰 문제될 것도 없을 것 같다. 하지만 그 누가 하루 종일 마리 시중이나 들고 있으란 말인가. 저마다 바쁜 인생을 사는 처지인지라 때때로 마리의 자율에 맡겨둘 수밖에 없다. 그럴 때는 확률이 50퍼센트다. 알아서 화장실에 볼일을 보는 것이 그래도 절반의 확률은 된다. 기분이 좋을 때는 그것도 기특하다. 그러나 어머니와 나는 마리 너 혼난다! 하고 엄포를 놓는다. 나는 대부분 바깥에서 지내니 나의 경고야 마리에겐 별 효과도 없다. 마리 때문에 스트레스를 받고 마리에게 절대 강자가 될 수밖에 없는 사람은 바로 어머니다. 그래서 그런가. 내 말은 시답잖게 듣는 마리가 어머니의 엄포에는 꼬리를 내린다. 혼내면 줄행랑을 치고, 부르면 달려오고, 먹을 걸 코앞에 두고 기다리라면 꼼짝 않고 기다린다. 그러나 마리의 배변 습관은 훈련 시기를 놓치고 말아서인지 절반의 확률보다 한 걸음 나아지기를 기대하는 것이 고작이다.

이러한 불편에도 나를 비롯한 우리 가족은 마리를 좋아한다. 사랑한다. 마리가 우리 가족의 정서에 주는 안정감과 유대는 자못 크다.

어머니가 두 달 정도 아버지에게 가 있을 때였다. 작은딸 혼자 있는 시간이 한두 시간씩은 되었다. 일을 하는 나로서는 걱정도 되고 함께 있어주지 못해 가여웠는데, 그나마 마리가 있었던 것이 위안이 되었다. 가끔 전화로 뭘 하고 있었느냐고 물으면, 작은

딸은 마리를 안고 만화를 본다고 했다. 마리를 안고 있으면 덜 무섭다는 것이다.

그렇지만, 마리의 털이 짧아서 늘 빠지는 게 곤혹스럽다. 크면서 빠지기 시작한 것은 몇 번의 걸레질로는 감당이 되지 않았다. 시커멓게 묻어나는 잔털을 씻어내는 것도 귀찮았다. 그래서 청소기를 쓰기 시작했는데 하루에 서너 번씩은 청소기를 돌려야 하는 형편이다. 안 그러면 털을 발견하는 일이 예사다. 양말에는 늘 털이 붙어 있고, 마리와 뒹굴며 놀기 좋아하는 딸들 때문에 세탁기를 돌리면 틈새에 끼어 있거나 망에 걸려져 나오기 일쑤이다.

처음 집에 온 마리는 2개월이었다. 어미를 떠나고 환경이 바뀌면서 한동안 많이 아팠다. 손바닥만 한 녀석이 잘 먹지도 않고 속의 것을 게워내는 것을 보고 우리는 살지 못할 거라고 여겼다. 그러나 큰딸의 보살핌 덕분이었는지 마리는 생기를 찾았다. 우유를 시작으로 조금씩 먹기 시작했던 것이다. 온 식구가 안쓰러워 어쩔 줄 몰라 했던 모습은 마치 갓난아기를 두고 안절부절 못하는 것과 같았다.

셋째 딸이 생긴 것이나 다름없었다. 매달 예방접종이 있고, 일주일에 한 번씩은 목욕을 시켜주어야 한다. 발톱을 깎아주고, 귀를 청소해주며, 항문주머니를 짜는 일은 동물병원을 찾는 날 수의사가 맡아 한다. 큰딸은 자기 용돈의 태반을 마리의 온갖 간식을 사는데 쓴다. 마리에게도 사교 생활이 필요하다면서 석 달에 한 번 정도는 홍대 앞에 있는 애견 카페를 찾는다. 강아지 기르기가 아이 키우는 것과 별반 다르지 않다는 게 빈말이 아니다.

마리는 식탐이 대단하다. 먹을 것 앞에서는 온갖 시도를 다 한다. 짧은 다리로 50센티미터 높이의 식탁까지 점프를 하거나 애원하는 소리를 낸다. 마음 약한 사람은 나눠주지 않고 배겨내지 못 한다. 그러나 나는 천만의 말씀이다. 끝까지 주지 않는다. 줄곧 그래왔으면 내겐 기대도 하지 말아야 할 텐데 마리는 여전히 먹는 것 앞에서는 체면을 세우지 않는다. 그래서 예쁘다. 의기소침해지지 않고 마냥 철모르는 아이와 같이 밝기만 한 것이.

함께 호수공원을 산책할 때면 마리는 마냥 행복한 모습이다. 꼬리를 올리고 딸아이들과 함께 달리는 얼굴이 분명 웃고 있다. 발바닥이 약한 녀석이지만, 그 즐거움에 아픈 것도 참고 달린다. 산책하는 맛을 아는 멋진 녀석이다.

얼마 전에는 춘천 남이섬에 갔다. 거북이걸음 하는 자동차 행렬이 몹시 지루하고 후덥지근했다. 한 시간 반이면 충분히 도착했을 거리지만 네 시간이나 걸렸다. 그 시간 동안 가장 곤혹을 치른 건 마리였다. 집에 있을 때 같으면 두 시간 간격으로 소변을 보는 녀석이 네 시간 동안 참았던 것이다. 청평쯤에 갔을 때는 아옹 어마아앙, 오옹 어마아앙, 하며 다급한 자기 사정을 표현했다. 우리는 비상등을 켜고 도로변에 차를 세웠다. 그러나 마리는 돌밭이고 풀밭에서는 볼일을 보려들지 않았다. 결국 급하면 하겠지, 하고 우리는 포기하고 말았다. 선착장에 도착해서 배를 타고 남이섬에 들어갔을 때 마리가 맨 처음 한 일이 바로 소변을 본 것이었다. 체면 따위도 없었다. 휴대폰을 들고 우리를 지켜보는 젊은 아가씨들의 눈빛이 심상치 않았다. 졸지에 개똥녀가 되는 건 아닌지 해서 불안했다. 차라리 큰것이면 치우기나 하지. 오랜 시간 참은 뒤여서 양도 많았다. 줄기를 만들며 다리 사이로 흐르는 것을 보고 얼마나 당황스럽던지. 최대한 난감해하고 미안해하는 표정을 지으면서 우리는 남이섬의 삼나무 길을 걸어 들어갔다. 꼬리를 치켜 올리고 짧은 다리로 내달리던 마리의 입 꼬리가 한 껏 올라가 있었다.

그러고 보니 적어도 차 안에서만은 볼일을 보지 않는 기염을 보인 때가 또 있었다. 설날에 부산으로 내려 갈 때였다. 눈이 많이 왔던 탓에 하루는 가다가 돌아왔고, 다음날 다시 출발했다. 며칠 동안 빈집에 마리 혼자 둘 수 없는 노릇이었다. 부산까지 가는 길에 마리는 급한 중에도 다급하다는 신호만 보낼 뿐 기어코 참아냈다. 그런 녀석이 집에서는 겨우 절반에 불과한 성적을 내고 있다니 왜 그럴까.

그래도 마리는 사냥개다운 면모가 있다. 여름 한창 더울 때는 사람들이 늦게까지 밖에 있기 마련이다. 더운 날이어서 방문을 열어두고 잘 때였다. 새벽에 일어난 적이 있었는데, 마리가 방문 앞에 지켜 앉아 있는 것을 보았다. 얼마나 기특하고 고맙던지 마리의 존재에 불편을 거론했던 일이 절로 미안했다. 그러나 크게 짖으면서 지나치게 예민한 반응을 보일 때는 이웃에게 미안했다. 짖지 말라고 타이르곤 하지만, 저 딴에는 낯선 소리에 방어하는 것이고 보면 한편 대견하기도 했다.

　돌이 지난 마리는 젖꼭지가 여러 개 나와 있다. 예전처럼 사료를 여러 번 먹지도 않는다. 하루 한두 번 정도 입을 대는 것 같다. 체형도 성견 티가 뚜렷하다. 아이들이 어린애 티를 벗어가는 걸 보면 왠지 아쉬운 것처럼 마리가 성견이 되는 모습을 볼 때도 한편 그런 마음이 든다. 반면 든든하다. 성장 속도로 보아서는 곧 마리가 큰딸보다 앞서 어른이 될 것 같은데, 큰딸은 여전히 귀엽고 사랑스럽다며 안고 뽀뽀를 한다. 마리에 관해서는 결정 우선권을 갖는 큰딸의 반대로 중성화 수술을 하지 않고 있다. 인위적인 수술 따위는 받지 않도록 하겠다는 것이 큰딸의 의지이다. 내후년쯤이면 마리가 새끼를 낳을는지도 모른다. 마리에게도 가족이란 걸 만들어주고 싶은 큰딸의 욕심을 알기 때문이다. 마리의 남편과 새끼들? 그 뒷일을 생각하면 머리가 복잡해지기 때문에 나는 그때 가서 고민하기로 했다. 좁은 집에 개 식구들까지 감당할 의사는 없는데, 어떻게 되는지 모를 일이지만 마리로 인한 '즐거운 불편'은 새로운 국면으로 들어설 것 같다. 녀석, 그때까지 볼일 보는 확률이나 높여 놓으면 좋겠다.

'울란바토르'를 찾아서

커피가 종합 예술이라고 말하는 친구가 있다. 바리스타 과정을 공부한 그녀는 함께 아이들에게 글쓰기를 가르쳤던 선생이었다. 아이들과 책을 읽고 토론하며 글을 썼던 그녀가 커피 아카데미에서 공부를 한다는 소식을 들었을 때, 전혀 뜬금없는 일은 아니라고 생각했지만, 그래도 뜻밖이었다. 새로운 인식들이 오랜 무두질 끝에 어떤 방향성을 찾고 소식을 줄 것이라고 생각했지만, 10년 했던 일이 있으니 그 영역의 울타리에서 결정할 것으로 예측했다.

그런데 그녀가 선생 노릇을 내려놓고 카페에서 커피를 핸드드립하고 있다니. 처음 그 소식을 듣고 미간에 모아졌던 힘이 점점 풀리면서 나는 카페 안 그녀를 상상했고, 그녀를 통해 다른 세계를 만나게 되리라는 기대를 갖게 되었다.

그녀의 선택이 아주 생뚱맞진 않았다. 평소 그녀는 커피를 좋아했고, 그녀에게서 커피 이야기를 종종 들었기 때문이었다. 커피에 대해서 좀 안다고 자부하던 그녀는 자진해서 다른 선생들에게 커피를 내려주곤 하였다. 그러면 우리들은 진한 커피 향과 맛을 만끽하며 독서 토론을 하였다. 그때만 하더라도 그녀가 어디 어디 어떤 커피라며 내놓는 다양한 커피들에 대해 나는 어떤 지식도 없었기 때문에 만델링, 예가체프, 케냐 AA, 수프리모, 안티구아 같은 이름들이 내게는 뒤죽박죽이었다.

그런 그녀가 문자를 보냈다. 밤가시 초가 근처에서 일하고 있는 카페로 놀러오라는 내용이었다. 라페스타에 있는 한 커피 전문점에서 그녀 덕분에 핸드 드립으로 내린 고급 커피를 연거푸 넉 잔을 마셨다가 뜬눈으로 밤을 샌 것이 얼마 전이었는데⋯⋯ (평소 커피를 마시는 사람이 아니었기 때문에 카페인은 내 몸 속에서 유감없이 그 위력을 발휘한 것이었다. 그러고도 뒤탈이 없었던 것으로 보아 질 좋은 커피임에 틀림없었을 것이다).

가르쳐준 카페 앞에 섰을 때, 대문이 주는 첫인상이 딱 그녀였다. 정갈하면서 차분한 이미지에 세련된 느낌. 기분 좋게 문을 열고 안으로 들어섰을 때, 나는 더욱 감동하고 말았다. 나무 의자와 책들과 조형 예술이 어우러진 카페의 실내는 만나야 할 것들이 서로 만나서 조화를 이루었는데 각각 튀지 않으면서 서로에게 훌륭한 배경이 되어주고 있다고 해야 할까, 시대의 사상이라도 낳을 듯 묘한 긴장이 느껴졌다. 깔끔하고 소박한 모양과 색깔의 나무 탁자와 의자가 네 세트. 한쪽 벽면을 가득 채운 책장과 인문학 서적들. 그 책장 한켠에서 창밖이 보이는 쪽으로 기역자형의 너

150

비가 좁은 탁자에서는 홀을 등지고 조용히 책을 읽거나 글을 쓸 수 있을 것 같았다. 그리고 철사로 만든 작품들이 벽에는 나무로, 날개 가진 물고기로, 스탠드로 장식 효과를 내고 있었다. 나무와 금속의 조합이 곧 사상을 해산할 것 같은 긴장감을 조성했다. 마치 오늘과 내일의 경계에서 소박한 등불 몇 개를 밝혀놓고 어느 철학자의 책에 몰입해 있는 풍경 같은. 그곳에 앉아 있으니 마치 갈증을 해소한 것처럼 기분이 상쾌해지는 것 같았다. 전혀 낯설지 않았고, 편안했고, 마음이 가라앉았다. 거기다가 책 읽는 라디오 행사 팜플렛이라든지 화요일마다 독립 영화를 상영하는 스케줄 보드판이 공간의 지성에 세련미를 더했다. 바로 그곳을 배경으로 나타난 그녀는 또 그 공간과 얼마나 잘 어울렸던가.

인문학적인 삶을 꿈꾸는 사람과 인문학적인 북 카페의 만남. 그녀다웠다. 일한 지 일주일 밖에 안됐다는 그녀의 말이 거짓말처럼 들렸다. 이 카페가 생겨날 때부터, 아니 이 동네가 생겨날 때부터 그녀와 그녀의 카페는 함께 오랜 시간을 늘 그 자리에 있었던 것처럼 서로가 서로에게 잘 어울렸다. 그녀는 초록강을 만난 은빛 연어 같았다. 강을 거슬러 오르는 이유를 찾고 있었던 은빛연어가 초록강에게 아버지 이야기를 듣고 그 이유와 의미를 깨달았던 것처럼 그녀도 새로 만난 배경 속에서 어떤 의미를 찾아갈 것이었다.

지난해 그녀는 남편을 잃었다. 비록 이혼한 남편이긴 했지만, 그의 죽음에 무덤덤하지만 않았을 것이다. 그땐 한 마디 말이 상처가 될까봐, 어떤 말도 위로가 되진 못할 것 같아서, 제과를 전해주곤 그냥 학원을 나왔다. 한동안 길을 잃고 가라앉지 못하는 마음 자락을 추스르느라 그녀는 얼마나 애를 썼을까. 오랫동안 해왔던 일을 과감하게 접을 수 있었던 것도 당시 그녀의 고민과 방황이 한몫 했을 것이다. 10년 동안 맞췄던 시곗바늘은 그 관성만으로도 멈추기 힘들었을 텐데, 그녀의 용단이 놀랍기만 하였다.

그러나 아주 떠난 것이 아니었다. 좋아하던 아이돌의 노래, 인문학 책들, 아는 바를 풀어놓기 좋아하는 입담, 영화 등등. 어제까지 그녀를 만들었던 문화를 고스란히 손에 쥔 채, 커피라는 문화 속으로 뛰어든 것이었다. 이야기를 나누면서 하나 둘 발견한 그녀다움이 빛났다. 잃은 것이 아니었다. 떠난 것도 아니었다. 새로운 세계를 찾아 이동한 것이었다. 인생을 새롭게 만드는 방법 세 가지. 시간을 다르게 보내기. 다른 공간으로 뛰어들기. 만나는 사람들을 바꾸기. 그녀의 새로운 인생 만들기가 시작된 셈이었다.

이야기 중에 커피도 예술이라고 생각하느냐며 그녀에게 짓궂게 물었다. 평소 그녀가 진지한 예술적 삶을 동경하고 있음을 알고 있었기 때문이다. 그녀에게서 돌아올 대답을 뻔히 알면서도 던진 질문이었다. 그때부터 그녀의 커피 사랑, 바리스타로서의 열정이 쏟아졌다. 커피는 와인처럼 하늘과 땅과 사람이 만드는 종합 예술이다. 햇볕을 받고 땅의 기운을 얻어 사람의 손길이 닿아 완성되는 것이다. 어떤 하늘과 땅, 사람을 만나느냐에 따라

맛이 다른 커피가 나온다. 그것은 비단 커피 생산까지만 해당되는 이야기가 아니다. 커피가 원산지를 떠나 유통되고 어떤 바리스타를 만나 핸드 드립 되느냐에 따라 또 다른 커피가 만들어진다……. 끝없이 그녀의 커피 철학이 이어졌다.

그렇다. 커피의 신선도, 물의 온도, 핸드 드립 하는 사람의 솜씨에 따라 커피 맛이 달라질 것이다. 그처럼 이 카페도 달라질 것이다. 시간이 흐를수록 그녀가 만드는 커피는 최상의 맛과 향을 지닌 것으로 나아갈 것이고, 카페는 정직하고 진지한 그녀에 대한 믿음으로 여러 사람들에게 새로운 공간이 되어줄 것이다. 나는 그녀가 만드는 커피를 믿는다. 나는 그녀가 있는 카페를 믿는다.

그녀는 나에게 그곳에서 책 읽고 글도 쓰라고 말했다. 내 방 하나 없이 지내면서 내 서재가 있는 집을 꿈꾸고, 책읽기를 좋아하고, 글쓰기에 열정을 품고 있다는 것을 알아주는 친구였다. 일상의 시계 바퀴를 돌리다가 돌연 떠나고 싶을 때 찾아갈 수 있는 곳, 일터와 집에 있는 나뿐만 아니라 책 읽고 글 쓰는 나도 나임을 깨닫게 해주는 곳, 때론 기억했던 것들을 넘기고 또 때론 꿈꾸는 나를 발견하는 곳. 그녀가 있는 북카페가 정말 내게도 '울란바토르'가 되어줄 수 있을까? 그곳에서 사색하는 나로서 나의 작은 사상들을 잉태하고 품었다가 낳을 것이라면 헛된 희망이 될까?

그녀에게 '울란바토르' 이야기가 있는 소설책[1]을 빌려주고 나

---

1 〈2010현대문학상 수상 소설집〉이었다. 수상 작가 박성원의 단편소설

왔다. 그녀는 그 뜻을 기대 이상으로 찾아낼 것이다. 그래서 다음에 만나면 그 이야기 하나로 커피 몇 잔을 내려 마시게 될는지도 모른다. 만델링, 예가체프, 케냐 AA, 수프리모, 안티구아 같은 벅찬 이름들에서 나는 시나브로 자유로워질 것이다. 설레고 감사한 일이다. 오늘밤 뜬눈으로 밤을 샌들 어찌 기쁘지 않으랴.

「캠핑카를 타고 울란바토르까지」가 수록되어 있다.

봄맞이

차마 발길을 떼지 못하고 있었다. 산산이 부서진 꽃잎들이 덮고 있는 호수공원과 수업 가는 길목. 사라지려는 봄이 일제히 비늘을 벗어둔 풍경을 벅찬 마음으로 바라보았다. 만개한 꽃들로 화사했던 벚나무들은 어느새 연둣빛 어린잎이 무성해지고 있었다. 긴 추위에 늦어진 봄이었다. 애타게 기다린 봄바람에 나무들은 한꺼번에 서둘러 꽃을 피우고 이내 꽃잎을 떨구느라 한창이었다. 동시다발로 꽃망울을 터트린 개화는 축제와 같았으나, 여느 해보다 짧은 나머지 그 기쁨도 미처 누리지 못하고 봄을 서둘러 보내야 했다. 느닷없이 사라지는 것은 그래서 쓸쓸한 걸까. 아름다운 낙화에 취하기도 전에 곧 떠나보내야 하는 임처럼 마음자리가 온통 아쉬움으로 가득하다. 조급해지는 마음은 천천히 추억하고 느껴보는 시간을 허락하지 않는다.

벚꽃이 떨어질 때면, 나는 열다섯 살의 봄으로 훌쩍 돌아가서 낙화의 풍경이 있는 학교 운동장에 서 있게 된다. 그때 국어 선생님을 꼭 한 번만이라도 뵐 수 있다면 얼마나 좋을까. 처음으로 내가 시를 쓰도록 격려해 주신 분. 선생님이 불현듯 전화를 해서 내 안부를 물어왔다고 어머니에게 들었을 때, 나는 만나 뵐 엄두를 내지 못했다. 바쁜 대학 생활 탓으로 돌렸지만, 내심으론 좀 더 빛나는 얼굴로 만나고 싶었던 욕심이 있었다. 그 후로 벚꽃이 떨어지는 봄이면 선생님을 만나 뵙지 못한 것이 밀린 숙제처럼 느껴져서 낙화가 끝날 즈음에는 괜스레 가슴이 허전해졌다.

그해 봄, 학교 운동장에는 봄을 부화시키는 햇살이 따스했다. 며칠 동안 운동장 가득 명랑하게 끌어안고 있던 봄볕이 벚꽃망울을 건드리며 꽃잎들을 틔우고, 먼저 핀 꽃들은 안단테 혹은 아다지오의 속도로 흩날리었다. 열다섯 살 소녀의 눈에는 우주의 고결한 숨결 같은 것으로 느껴져서, 낙화! 하면 벌써 눈물이 그렁그렁하였다.

오늘도 꽃비가 나린다.

시는 이렇게 시작되었다. 한때는 줄줄 외다시피 했었는데, 사십 년이 지난 지금 전문을 다 외지 못하는 것이 한스럽다. 국어시간에 교정에 있는 벚나무 아래에서 쓴 시였다. 1학년 때 담임 선생님이기도 했던 국어 교과 선생님이 읽으시고는 어느 날 방송실로 나를 불러서는 시 낭송을 시키셨다. 담임 선생님을 따라서 여고에 있는 교장실을 찾아갔던 일도 있었다. 당시 남해여중 위쪽에 남해여고가 붙어 있었고 교장 선생님은 한 분이었다. 시를 칭찬하시면서 머리를 쓰다듬어 주셨던 기억이 지금도 눈앞에 선하다.

그때만큼 눈부신 봄을 나는 아직 보지 못했다. 소녀의 감수성
은 그로부터 점점 내리막길이었을까. 그때의 봄을 다시 볼 수 없
다는 걸 일찍이 알았더라면 더 자주, 더 오래 볼 것을. 도시에서
의 학창시절은 소녀의 낭만을 꽁꽁 묶어두어서 끄집어낼 엄두를
내지 못했다. '벚꽃', '아버지의 팔뚝'으로 시작한 시 쓰기가 도시
로 이사를 하면서 계속되지 못했던 게 지금으로서도 못내 아쉽
다. 고향에서 더 오래 살았더라면, 더 오래 선생님과 시를 쓰고
배웠더라면 나의 청춘과 꿈이 많이 달라졌을는지 모를 일이다.
이후로 종종 시를 쓰거나 노랫말을 만들었지만 자족하는 수준에
그치고 말았다. 그나마 그때 일이 봄날처럼 내겐 희망의 싹이 되
어주었다. 글쓰기에 대한 미련을 버리지 못하고 지금도 글을 쓰
고 있는 걸 보면, 그때 일이 우연에 그친 것만은 아닌 듯하다.

꽃비를 재촉하는 빗방울이 듣는다. 봄을 재촉하는 비가 올 때
마다 나는 얼마나 좋아했던가. 빗속에서 새 생명의 색들이 세상
속으로 선을 보이기 시작하면, 겨우내 내 마음속 꺼진 등불이 서
서히 점화되는 것 같다. 그러나 봄비에 꽃잎들이 산산이 흩어져
흩날리는 모습은 해 지는 먼 산을 바라보는 것만큼이나 내 마음
에 긴 그림자를 드리운다. 아이들과 수업을 하다가도 뜬금없이
꽃이 다 지고 있다고 말하거나 자주 창밖으로 눈길이 가는 것은
시를 쓰며 가장 아름다운 봄을 앓았던 소싯적 그때가 그리워지기

때문이 아닐까.

집 앞 뜰에는 놀이터를 둘러싼 여러 그루의 벚나무가 있다. 해마다 꽃잎을 열고 바람에 나부끼며 나비처럼 춤을 추는 공연을 선사한다. 빨간 버찌가 어느새 까맣게 익어서 떨어진 걸 못 보고 밟으면, 땅에도 신발 바닥에도 검붉은 봉인 자국이 남았다. 피고 지는 벚꽃을 지켜보며 뛰어 노는 놀이터의 아이들은 지금의 봄을 어떤 그림으로 마음에 간직하게 될까. 사라지는 아쉬움 같은 것이나 아득한 그리움 같은 것으로도 담길는지.

나무 아래에 쌓여가는 분홍색 꽃비늘에서 눈길을 떼지 못하며 걷다가 나는 주춤 멈춰 섰다. 새끼손톱보다도 작고 하얀 꽃들이 얼굴을 맞대고 모여서 비를 맞고 있었다. 봄마지꽃[1]. 작디작은 하얀 꽃들이 둘레를 만들며 명랑하게 웃고 있었다. 하나의 봄이 사라지는 풍경 속에서 다른 봄의 생명이 빛나는 웃음으로 태어나는 것이 또 얼마나 다행스런 일인지. 화려한 풍경 속에서 눈길조차 끌지 못했던 풀꽃들이 윤슬처럼 웃고 있는 걸 보니 그 곁에서 나도 빙그레 웃고 싶어졌다. 무릎을 꿇어야 하나하나를 자세히 볼 수 있는 작디작은 꽃들. 함께 모여 있어야 그 존재를 드러내며 시선을 이끌 수 있는 힘이 생기는 존재들. 그 힘에 이끌려 의기소침했던 마음이 생기를 얻었다.

완연한 봄이 성큼 다가오고 있다. 사라지는 것에 우울해져서

---

1 집에 와서 곧장 풀 도감을 뒤적였다. 앵초과의 풀꽃, 봄맞이라고도 부른단다. 나는 봄마지꽃이란 이름이 더 좋다.

봄꽃의 향연을, 이 좋은 봄날을 즐기지 못한다면, 나는 봄을 잃고야 말 것이다. 곁에는 민들레, 냉이, 꽃마리가 띄엄띄엄 빛나고 있다. 모두들 당당하게 꽃을 피웠다. 그러고 보면 봄맞이는 아직 끝나지 않았다. 어디에선가 제비꽃, 양지꽃, 얼레지, 할미꽃, 이른 씀바귀들도 봄비를 맞으며 해맑게 웃고 있을 것이다. 덩달아 나도 웃게 된다. 웃으니 봄이다.

목련이 진다

올해는 봄꽃들이 일시에 피었다. 지난겨울 혹한에 얼마나 움츠리며 기다려온 봄이었는지 그 향연이 남다르다. 개나리와 생강나무꽃, 진달래와 벚꽃은 그 찬란한 수다로 봄의 전령사가 되었다. 1열에 선 이들이 피고 지면, 2열에 목련이 있다. 꽃봉오리 속에 미지의 방을 품고 있기라도 한 것처럼 목련의 우윳빛 봉오리가 한껏 부풀었다.

나무에 핀 연이라 하여 목련이라는데, 내 눈에는 나무에 있는 새들로 보인다. 날개를 접고 조용히 고개를 하늘로 뻗은 모습 또는 벌어진 꽃봉오리 같이 날갯짓하는 모습 혹은 비행에 지친 나머지 맘대로 접힌 날개로 털썩 주저앉은 모습. 마치 솟대 같다. 햇빛 아래서든 빗속에서든 초연한 목련의 목울대가 나는 가련하다. 피고 지고, 피고 지며, 쇠락하는 성조成鳥의 힘 잃은 날개. 곧 떨어질 운명을 예견하는 마음이란 어떤 것일까?

길 따라 이어지는 화려한 색채의 연등 속에서 발견하게 되는

160

목련이 조등弔燈을 닮았다. 다른 때 같으면 신호에 걸리지 않고 쭉쭉 달려주기를 바라겠지만 목련을 볼 때만은 아니다. 오래도록 바라볼 수 있으면 좋으련만 신호등은 이런 내 마음을 몰라준다. 밤가시 초가 사거리 쪽으로 일부러 길을 잡은 것도 더 이상 보지 못할 목련을 한 번이라도 더 보기 위함이다. 너무나 짧은 개화, 어느새 마주하는 낙화. 오늘이 아니면 내년을 기약해야 한다는 마음에 시선을 떼지 못하고 있었다.

천승세 선생님을 만난 것은 목련이 피는 4월이었다. 고양작가 회의에서 원로 문인을 초청하여 여는 문학 강연이 백석도서관에 서 있었다. 선생님에 관해서는 정수남 선생님에게 몇 차례 들어온 이야기가 있었다. 따라서 나름 상상했던 이미지가 있었는데, 정작 마주한 선생님은 훨씬 패기에 찬 모습이었다. 소설집 〈황구의 비명〉과 선생님의 작품집을 읽으면서 보았던 사진과 토속적인 표현들 때문에 흰 수염 덥수룩한 백발 할아버지로 상상했던 모습과는 많이 달랐다. 이젠 건강이 예전만 못하다며 이번이 아니면 고양시에 올 일이 없는지도 모르겠다고 말씀하실 때는 영락없는 노로의 모습이었지만, 문학인답게 문학적인 삶을 살아야 한다며 피력하는 강연에서는 젊은이 못지않은 기상 같은 게 전해졌다. 신랄한 비유와 직설적인 화법으로 현실을 질타하는 가운데 웃음 코드가 있어서 여유가 느껴졌다. 선생님에게는 문학인으로서, 예술가로서의 아우라가 역력했다. 책에서 본 사진이나 약력에서는 발견할 수 없었던 빛이었다.

곧 사라질 것을 염려하고 아쉬워하는 마음으로 목련을 찍어둔 사진들이 여럿 있다. 그것들을 들여다보는 것만으로도 기쁘지만, 사진이 갖고 있는 한계가 있다. 지나가 버린 시간과 공간을 고스란히 담지 못하는 허무랄까. 그 빈틈을 극복할 수 있는 사진이라면 얼마나 진실하고 찬란할 수 있을까. 요원한 그런 결핍이 있기에 현장을 찾아서 길을 떠나는 것이 아닌가 싶다. 그 잃어버린 시간과 공간을 어떻게 담아낼 것인가를 궁리하는데 사진의 예술성이 있다. 나는 사진으로는 만족하지 못한다. 직접 보아야 성이 풀린다. 목련을 감싸는 햇빛이 내게도 비추고, 목련을 간질이는 바람이 내 코끝도 스쳐야 만족스러운 그런. 이럴 때 나는 어김없는 욕망의 주인이 된다. 아, 나는 이 봄을 다할 목련이 또 보고 싶어지는 것이다.

사진과 이야기로 전해 들은 선생님이 그랬다. 전하는 것으로는 오롯이 다 할 수 없는 한계가 있었다. 천승세 선생님을 직접 만나 사인을 받고 잠깐이나마 이야기를 나누고 강연을 들은 것은 선생님의 아우라를 직접 겪은 것이었다. 같은 시간과 공간 속에서 함께 하면서 느끼는 것이 중요했다.

저녁 어스름이 희미하게 깔리는 무렵 선생님은 화단에 걸터앉아 무언가를 열심히 읽고 계셨다. 사인을 받기 위해 작품집을 들고 찾아뵈었을 때도 선생님은 여전히 작은 책자에 실린 당신의 글을 읽고 계셨다. 정수남 선생님의 소개로 내게 사인을 해주시면서 선생님이 하신 말씀. 소설가는 참 힘들어! 불쌍해! 당신이 소설을 쓰면서 겪은 수십 년 세월이 그 두 마디에 다 담겨 있는 것 같았다. 제대로 살아본 사람이 말할 수 있는 함축. 어중간히 발만 담그고 있는 나에게는 비수같이 꽂히는 말이었다. 그런 말에도 부끄럽지 않으려면 어떻게 해야 할까. 사인을 받은 책이 묵직하게 느껴졌다. 그 힘들고 불쌍한 길을 내가 걸어갈 수 있을까. 떨군 고개를 들 수 없었다.

그러고 보니 소설이 목련과 많이 닮았다. 북쪽 한 방향으로 살짝 굽어 붓끝처럼 돋아 있는 목련이 겨우내 봄을 기다리며 준비했을 작업들. 불편한 진실 편에 서서 혼을 불태우다 타는 목마름으로 스러져가는 예술. 천승세 선생님도 목련을 닮았다. 깨어 있는 지식인으로서 민중의 질척한 삶을 비애로 형상화한 소설들을 쓰셨다. 작품 속에서 진지하게 고민하고 있는 주인공들의 모습이 다름 아닌 선생님이 아니었을까. 부피의 문학에 집착하지 말라며 많은 작품들 가운데 스스로 백여 편을 추슬러 버렸다고 말씀하시는 선생님은 끝내는 소설가로서 죽고 싶다고 하셨다. 독창성이 빛나는 선생님의 작품을 읽고 있으면, 소설이 예술이라는 말을 알 것 같다. 그래서 나는 더욱 절망하게 되지만.

벤야민이 복제 시대의 오늘을 두고 아우라 상실의 시대라고 말한 바 있다. 그러나 주변의 작은 것에서도 아우라를 느낄 수 있다면 우리는 세상을 예술로 바라보는 여유를 만날 수 있지 않을까. 마치 피고 지는 목련에게 흠뻑 빠지는 것처럼. 한평생 소설가로서 예술인으로서 살아온 선생님을 옆에서 보는 것처럼. 내면의 빛을 마음을 다해 피우며 햇빛이건 빗속이건 아랑곳하지 않고 피고 지는 목련이고 싶다.

수업하다 잠시 창밖으로 내다본 목련의 마지막은 더 이상 버틸 힘을 잃은 모습이다. 벌어져서는 끝자락부터 퇴색해 늘어진 꽃잎들. 어떤 어둠을 배경으로 하거나 품고 있을 때일수록 그 빛이 더욱 밝게 느껴지기 때문일까. 지기 시작하는 목련이 예쁘지는 않지만 그대로 아름답다. 생의 끄트머리도 저럴까. 예술가는 삶과 부대껴야 한다고 말씀하시는 선생님처럼, 지금 목련은 시간과 부대끼고 있다.

렉터의 나들이

내가 처음 외로움이라는 걸 머리맡에 두게 된 것은 월과 헤어지고 나서였다. 월은 내게 더없이 깜찍하고 사랑스러운 아내였다. 옅은 놀 빛깔 아내는 영웅이 되고 싶어서 서열 싸움에 기꺼이 응하는 나의 광기를 강물에 젖으면 반짝이는 연어의 비늘 같은 단단함으로 변신케 했다. 하염없이 부드럽고 섬세한 월. 그런 아내가 알을 품었다가 부화한 새끼들을 돌보며 억척 같이 바뀌는 것을 보면서 나의 비늘도 함께 단단해졌다고 할까.

월의 고단함을 함께 나누고 싶었다. 아내가 새끼들 밥을 한 번 챙겼다면, 나는 두 번 세 번 내 입에 넣어 불린 밥을 새끼들 입에 넣어주었다. 아내가 산란과 육아로 반쪽이 되었을 때는 새끼들에게 그랬던 것처럼 아내에게도 불린 밥을 먹여주었다. 어떤 갑작스런 상황이 전개될 것에 대비해 파수꾼도 되었다. 새끼들이 떨어지지 않고 횟대를 꼭 붙들어 잡도록 가르치면서 아내가 잠시라도 육아에서 벗어나 쉴 수 있도록 했다. 그럴 때마다 아내는 아무에게도 방해받지 않을 가장자리쯤에서 꾸벅꾸벅 졸았다.

매일 아내를 위해 세레나데를 불렀다. 당신을 사랑하오. 아름다운 당신을 사랑하오. 빠빠찌 빠빠찌오, 빠빠찌 빠빠찌오. 아침저녁으로 창밖 하늘에 놀이 번지면 나는 아내가 훌쩍 날아가 버릴까봐 조바심을 태웠다. 아내의 깃털과 같은 색이 점점 짙어져서 아내의 부리처럼 빨갛게 익어가는 하늘 너머에는 아내를 끄집어내는 세계가 있을 것 같았다. 나는 오직 아내를 사랑하는 것밖에 모르는 흑문조. 아름다운 갈문조 그녀의 다채로운 기대들을 다 채워줄 수 없으리란 걸 알고 있었다.

슬픈 예감은 저녁놀 지고 성큼 들어서는 어둠처럼 끝내 오고야 마는 법. 아내는 이번 새끼들이 성조가 되기도 전에 하늘 너머로 사라졌다. 다정한 이웃 어미[1]가 데려가는 걸 넋 놓고 바라보기만 했다. 월은 그 어미의 손에서 비로소 자유를 얻었을 것이다. 아홉 번의 산란과 육아의 수레바퀴를 멈추고 자신의 빛을 따라 날아가서 영원한 안식을 얻었을 것이다. 내가 할 수 있는 거라고는 새끼들에게 엄마의 부재를 아빠인 내가 대신할 거라며 선포하는 것뿐. 유약하게 키울 수 없다는 것이 나의 각오 같은 것이었다.

새끼들은 커가면서 자기 밥은 스스로 먹게 되었다. 씻고 몸단장하는 것도 알아서 했다. 나는 열심히 살았고, 아이들은 무럭무럭 컸다.

---

1 바로 글쓴이 '나'를 가리킨다.

딸 에비게일은 엄마를 닮지 않았다. 검은 머리, 회색빛깔 가슴털을 가진 흑문조. 그녀는 월과는 다른 아름다움으로 단단하게 자랐다. 어느 날 다정한 이웃[2]이 데려가선, 그녀 발에 주황색 고리를 매달고 들어왔던 것처럼, 그날도 집 안으로 손을 집어넣은 다정한 이웃이 그녀를 데려갔다.

"걱정하지 마, 렉터. 에비게일은 여기를 떠나 친구들이 많은 집으로 가는 거야. 거기 문조들은 나무에서 산대. 놀랍지 않아? 집 안에 커다란 나무가 있어서 그곳에서 살 수 있다니. 에비게일은 그런 곳에 가는 거야. 거기서 짝을 만날지도 몰라. 너와 월처럼. 잘 됐지? 그러니 걱정마, 렉터."

딸의 마음은 딸이 잘 알겠지. 월과 나처럼 행복하게 살 거라는 말은 작은 위로가 됐다. 나는 그녀를 부르는 외마디 소리와 함께 이별하고 말았다. 그날 이후 단 한 번도 딸을 보지 못한 내 마음을 누가 알아줄까. 아들 둘과 나만 덩그러니 남았다.

다정한 이웃이 어느 날 우리 집을 옮겨놓은 곳은 학교 조류실이었다. 내가 태어나고 월이 태어난 곳. 우리가 만나서 여덟 번 산란으로 자손을 본 곳. 월과 함께라면 못 할 게 없었던 때였다. 우리보다 몸집이 훨씬 큰 코뉴어 앵무새와 싸워서 조류실의 가장 높은 곳을 차지했던 일이 바로 어제 일처럼 눈앞에 선했다. 한 번은 새끼들이 열어둔 조류실 창문을 넘어 바깥으로 나가서 메타세

---

2 '큰딸'을 가리킨다. 나는 때때로 큰딸이 인류가 아니라, 지극히 동물을 사랑하는 그래서, 인간과 동물의 중간쯤 되는 생명체 같다.

콰이어 나뭇가지에 앉아 있었다. 다정한 이웃의 후배 녀석들이 높이 앉아 있는 새끼들을 어쩌지 못하고 안절부절 못하고 있을 때 다정한 이웃이 왔다. 후배들을 꾸짖고는 나를 불러 손바닥에 앉히고 바깥으로 나갔다. 나무 아래에서 나는 새끼들을 불렀고, 새끼들이 내 곁에 날아왔다. 그 일이 있은 후 우리들의 이야기는 조류실에서 두고두고 입에 올랐다.

흑문조, 백문조, 사랑새, 카나리아, 앵무새 소리가 어수선했다. 다정한 이웃의 후배들이 밥을 주고 집을 청소했다. 때로는 한두 집씩 문을 열어두어 우리가 밖으로 나갈 수 있었다. 아들 두 녀석과 차가운 벽으로 막힌 조류실 이곳저곳을 다녔다. 아들 둘은 다른 집들을 기웃거리며 인사를 나누는데 한눈을 팔았다. 아들 하나가 집으로 돌아오지 않은 그날이 오기 전까지. 다정한 이웃의 후배가 닫아버린 문. 집 안에는 바우와 나 둘 뿐. 바우는 몸을 떨며 그날 밤을 꼬박 새웠다. 내가 믿어 의심치 않는 다정한 이웃이 아들의 행방을 가르쳐주었다. 다른 집을 기웃거리다가 그 집 안으로 들어가 버린 녀석. 그곳에서 다른 문조들과 어울리며 나오지 않았다는 소식이었다.

"하늘이도 독립할 때가 되었나봐. 너무나 잘 어울리고 있는 애를 굳이 떼어낼 필요가 있을까? 괜찮지, 렉터? 우리가 잘한 걸 거야. 어른이 되면 어른으로서 대우해야 하는 거야."

다음날 우리는 다시 다정한 이웃의 집으로 돌아왔다. 카키색 커튼과 수천 권 책으로 둘러싸인 곳. 월과 마지막 알을 낳고 새끼를 본 이곳. 월이 생을 마친 곳. 하늘이에게는 인사할 겨를도 없었다. 곁에는 남은 아들 하나, 바우가 있을 뿐이었다.

하늘이 어른이 되고 있었듯이, 바우 또한 성조가 되고 있었다. 일찌감치 자기가 있을 무리를 찾아 떠난 하늘이처럼 바우도 그가 이끌 무리가 필요했을까. 나를 공격하는 횟수가 늘었다. 내가 있는 자리를 차지하려든다든지, 둥지 안을 독차지 하려는 기세로 나를 몰아붙였다. 초반에는 싸우는 기술이나 힘이 내게 비길 바가 아니었으나, 날이 갈수록 바우는 힘이 붙었다. 그때까지만 하더라도 바우의 성장이 기특했었는데, 결국 사단이 나고 말았다. 바우의 재빠른 공격에 발끝이 잡히는 순간이 몇 차례. 날쌘 수비를 뚫지 못한 나의 공격이 맥없이 흐트러지면서 기세가 바우에게 넘어갔다. 다정한 이웃 어미가 목격하고는 당장 이동식 집을 가져와서 바우와 나를 떼어 놓았다. 내 발등에는 피가 맺혔고, 부리 쪽에도 상처가 생겼다.

각자 집에서 따로 지내길 여러 날이 지났다. 월 없는 외로움이 눈덩이처럼 불어났다. 내가 바우를 부르면 바우도 나를 불렀으나, 우린 만날 수 없었다. 어느 날 다정한 이웃이 내 집 문을 열어 두었다. 나는 바깥세상이 무섭지 않았다. 날개를 펼친 순간 집 밖을 날고 있었다. 바우가 나를 멀뚱히 바라보았다. 여기저기 기웃거리다가 여러 색채들이 어우러진 곳으로 다가갔다. 다정한 이웃의 방이다. 언젠가 다정한 이웃이 나를 주머니에 넣고 데려간 곳이었다. 크고 작은 인형들로 가득 차서 어느 하나에 눈길을 멈출

수 없었다. 올망졸망 들어서 있는 인형들을 살피면서 갈팡질팡하
나가 순간, 심장이 밎는 듯했다. 건너편에 흑문조 히나가 나를 향
해 늠름하게 서 있는 것을 발견했다. 기습할까 조마조마하고 있
는데, 공격 태세는 찾아볼 수 없고 너는 누구니? 하는 눈빛으로
다가올 듯 말 듯했다. 생각지도 않은 그의 출현에 단박에 거리를
좁혀가기에는 나는 늙었다. 나이를 먹으면서 배운 게 있다면 한
걸음 느긋해도 괜찮다는 것. 나는 첫날은 여기까지 하면서 데면
스럽게 굴었다.

　다음날 다정한 이웃이 문을 열어젖히자마자 나는 곧장 어제
만난 흑문조를 찾아 날아갔다. 그도 동시에 그곳에 나타났다. 그
는 마치 기다렸다는 듯 어제와 같은 눈빛으로 나를 맞았다. 내가
너는 누구냐고 물으면, 그도 동시에 내가 누구인지 물었다. 너는
어디서 왔느냐고 물으면, 내 물음에 대답은 하지 않고 넌 어디서
왔느냐고 물었다. 너는 언제까지 여기 있을 거냐고 물으니, 그도
내게 언제까지 있을 거냐며 물었다. 어디로 가느냐고 물으니, 그
도 어디로 가느냐며 물었다. 묻고 답을 주고받는 사이가 되지는
못하겠구나. 나는 그 앞에서 침묵했고, 그도 침묵했다. 둘이 아
무 말 없이 하루 종일 눈빛을 교환하며 깃털을 고르기도 하고 졸
기도 하고 무료해지면 같이 노래를 부르기도 했다. 빠빠찌오 빠
빠찌오, 빠빠찌오 빠빠찌오. 그리운 월. 아내 곁에선 미처 몰랐던
외로움이 이토록 붉어질 줄이야.

　다정한 이웃과 어미는 나의 나들이를 좋아했다. 아침에 문을

열어주는 시간이 조금이라도 늦어지면 나는 그 이웃들을 불렀다. 빨리 와서 문을 열어달라고. 내 친구를 만나러 가야 한다며.

며칠째였을까. 다정한 이웃의 어미가 아침에 문을 열어주며 말했다.

"렉터, 혼자가 돼서 외롭지 않을까 걱정했는데, 잘 지내니 다행이야. 너도 나처럼 혼자 있는 걸 좋아하는구나. 홀로움은 환해진 외로움이라고 어느 시인이 말했단다. 너희들 짝을 구할 때까지 이 홀로움을 잘 즐겨봐."

윌 없이, 비록 아래층에 있긴 했으나 바우와도 떨어져서, 홀로 있는 외로움을 무엇으로 채울 수 있을까. 한동안 지난 일들의 실타래를 풀고서야 마음에 여백 같은 걸 만들 수 있었다. 비울수록 환해지는 것 같았다. 윌을 붙잡고 놓지 못해 그리움에 사무쳐 지내기만 했다면, 그 여백이란 게 생겼을까. 혼자는 아닌데 혼자가 되는 나들이. 단숨에 날아가기도 하고 때로는 까치발로 뛰어가기도 했다.

나들이는 한동안 계속됐다. 다정한 이웃과 어미가 나와 바우에게 백문조 짝을 데리고 온 그날까지 하루도 빠지지 않고 다정한 이웃의 방을 찾았다. 나를 똑 닮은 흑문조가 다름 아닌 나였다는 걸 알기까지는 여러 날이 지난 뒤였다. 다정한 이웃이 하루 종일 외출을 한 날에는 집에 돌아와서 어미에게 나의 행보를 물었다. 처음에는 거울이란 것이 무엇을 가리키는 말인지 알 수 없었고, 따라서 그들의 대화가 무엇을 뜻하는 것인지 나로선 해석 불가였다. 그러나 반복되는 내용과 사색으로 나는 며칠 동안 마주했던 흑문조가 바로 나 자신이었단 걸 깨달았다. 그러고 보면, 오롯이 홀로였던 시간이었다. 그러나 외롭지 않았던 그날들. 외로움이 환해져서 모든 게 가벼워진 지금. 그날들이 그리울 때도 있을 것이다.

하루 일과 중 나는 스칼렛 돌보는 일에 온통 마음을 쓰고 있다. 그녀가 나보다 훨씬 나이 먹었다는 걸 다정한 이웃은 언제쯤 알게 될까. 나는 다정한 이웃과 그녀의 어미가 스칼렛이라고 부르는 그녀를 이모로서 대접하기로 했다. 어느 날 월과는 다른 우리의 관계를 보고 적잖이 놀랄 다정한 이웃을 생각하니 웃음이 난다. 내겐 월이, 오로지 유일한 내 사랑이었단 걸 그때 알게 되겠지.

내 안의 앵무새

갇힌 채 삶 전체를 보내게 된다면, 그 가짜 같은 삶을 증오하게 될 것 같다. 자유로운 삶을 잃어버렸으니, 그 삶이 추는 춤이란 생명에서 거리가 먼 것일 게 틀림없으리라.

새들에게 새장 또한 그러한 것일까. 감옥 속에서 태어나서 평생을 감옥 속에서 살고 끝내 그곳에서 죽음을 맞이할 운명. 내가 그들에게 일말의 죄책감을 갖고 그들을 보살피는 이유였다. 그런데 날이 갈수록 앵무새들의 공격적인 태도에 나의 미안함이 증발하는 것 같다. 오히려 새장이 안전한 울타리가 되어주고, 때맞춰 제공하는 먹을 것들, 마시고 목욕할 물을 부족함 없이 넣어주며, 새똥 처리도 미루지 않는 집사의 부지런한 돌봄을 생색내며 고마워해야 한다는 심보가 생기기도 한다. 결초보은 같은 도덕성 따위는 앵무새에게 통하지 않는 걸 알면서도 앵무새들과 행복하게 공존할 수 있으리라는 작은 기대로 싹을 틔웠다가도 통제에서 벗어난 그들의 공격성에 뒷걸음질 치며 그 싹을 무참히 솎아버리기도 했던 것 같다.

라떼가 우리 집에 온 것은 마리가 하늘나라로 떠나고 난 뒤였
다. 마리가 죽고 나는 간혹 마리의 짖는 소리를 환청으로 듣곤 했
는데, 나를 걱정한 큰딸이 앵무새를 키워보지 않겠느냐고 물었
다. 헤어지고 나서야 사랑의 깊이를 헤아리게 되었다고 할까. 12
년 동안 마리를 돌봤던 시간은 마리의 부재를 알리는 종소리로
내 마음을 때리곤 하였다. 다시는 강아지를 들이지 않겠다는 결
심을 아는 딸이 차선책으로 내놓은 것이 앵무새였다. 앵무새라면
말을 잘 따라하는 큰 새로만 알고 있었던 내가 주저하자 딸은 함
께 앵무새 카페에 가보자고 종용했다.

풍동에 있는 앵무새 카페에는 큰 앵무새부터 작은 종류의 앵
무새에 이르기까지 다양한 앵무새들이 있었고, 앵무새보다 작은
새들도 여러 종류가 있었다. 새를 두고 하늘을 날아다니는 꽃이
라고 부를 만했다. 새들의 깃털은 꽃처럼 알록달록 다채로운 색
깔들을 뽐냈고 부드러웠다. 파스텔 톤의 작은 새들이 앉아 있는
우리들 곁으로 무서워하지 않고 날아드는 걸 보니 놀랍기도 하고
귀여워서 새들에 대한 벽이 허물어졌다. 고구마라떼를 시켜놓고
새들을 구경하는데 작은 앵무새 한 마리가 듬듬하게 걸어서 다가
와서는 라떼를 먹는 것이었다. 코뉴어 앵무새라고 했다. 가장 작
은 크기의 앵무새. 문조를 집에서 키우고 있었지만, 적극적으로
피드백이 가능한 새라니 놀라웠다. 앵아지라는 말이 그냥 생긴

말이 아니었다. 그땐 앵무새를 데려갈 생각도 없었는데, 만약 앵무새를 키운다면 '라떼'라고 이름을 짓겠다고 말했다. 그리고 예상치 않았다는 그 일은 실제로 벌어졌고, 우리 집에 온 앵무새는 '라떼'라고 불렸다.

라떼는 호기심 많은 사춘기쯤의 아이로 와서 거실 이곳저곳을 누비며 다녔다. 심지어는 수족관에 들어가서 목욕을 하고 나오는 대범함을 보였다. 우리들 손에 올라오길 꺼리지 않았다. 날이 갈수록 움직임은 더욱 민첩해져서 부엌까지 왔다 갔다 했고 거실 여기저기를 동분서주했다. 라떼에게 마음을 흠뻑 뺏긴 나는 마리의 환청에 다시 시달리지 않았다. 날마다 라떼의 모험을 지켜보는 새로운 재미에 빠졌고, 집 안은 새 식구의 활보 때문에 생기를 찾았다.

마리가 죽고 나서 가장 안쓰러웠던 점이 마리를 혼자 있도록 한 것이었다. 나이가 들어서는 저 혼자 있는 것을 더 좋아하는 눈치였지만, 평생을 형제나 친구 없이 혼자 있도록 한 것이 늘 마음에 걸렸다. 그래서 똑같은 후회를 하지 말자는 생각에 라떼의 친구를 데려올 결심을 했다. 라떼는 딸의 학교 조류실에서 데려왔지만, 친구는 앵무새 밥을 사는 곳에서 데려왔다. 이유식을 먹이는 때였으니 아기새나 다름없었다. 이름을 '모카'라고 지었다. 잘 걷지도 못하는 모카를 한 손으로 잡고 이유식을 따뜻한 물에 게워서 숟가락으로 부리에 넣어주었다. 반은 부리 안으로, 반은 얼굴이나 날개에 묻히는 게 다반사였던 때가 바로 엊그제 같은데,

벌써 어미 새가 되어 새장 안으로 들어가는 내 손가락을 물려고 부리나케 달려드는 것을 보면 새삼스럽다.

라떼가 모카와 짝을 지으면서 우리를 물기 시작했다. 손이나 발등을 호되게 물리고서는 상처가 아물기를 여러 날을 기다려야 했다. 부리에 당했을 때 고통으로 소리를 고래고래 지르면서 통증을 호소했지만, 앵무들에게는 관심 밖의 일이었다. 그 다음에도 방심했을 때 발등을 물렸는데 나도 모르게 앵무들을 슬슬 피하게 되었다. 내가 새장 문을 열어두는 일이 점점 줄어들었다가 결국 내 의지로는 더 이상 열어주지 않게 되었고, 내가 부산에 내려가는 틈을 타서 딸이 문을 열어주었다.

라떼와 모카가 알을 낳아 새끼 두 마리가 부화해서 자란 지 일 년이 넘으면서 이들 네 식구가 내지르는 소리는 어느 공사장에서 굴착기가 바위를 깨듯 고막을 때린다. 딸은 이들처럼 순한 앵무들이 없다며 편을 들지만 집 안에서 가장 많은 시간을 보내는 내가 겪는 스트레스는 상당하다. 문조나 십자매처럼 실개천 흐르는 듯 노래하는 정도라면 이러지도 않을 것이다. 앵무들은 그야말로 깨지는 소리를 지르는데 한 마리도 아니고 넷이서 한꺼번에 그럴 때는 화가 치밀어 오를 때도 있다. 그럴 때면 나는 내 안에 있는 앵무새들을 본다.

머릿속에서 얽히고설켜 있는 생각들과 여러 감정들이 앵무들이 지르는 소리를 따라서 툭, 툭, 꽥, 꽥, 튀어나오는 것 같다. 나의 감옥이다. 무단히 초월하고 싶지만, 마음처럼 쉽지 않은 것이 현실이다. 고마운 것은 그 생각과 감정들이 진정한 나의 목소리가 아니라는 사실을 알아채고 마음을 편안하게 가지는 때도 더러 있다는 것이다. 끊임없이 머릿속에서 주절대는 목소리를 들으면서 때로는 그 소리에 참패하여 무릎을 꿇고, 또 때로는 그 소리를 떨쳐낼 만큼의 여유와 대범함을 갖는다. 명령하고, 판단하고, 비교하고, 불평하고, 싫어하거나, 좋아하거나, 과거로 갔다가, 미래에 불시착했다가. 얼마나 분주하고 번잡한 행보인지. 그러나 우리집 앵무새들의 떼창을 무심하게 넘기는 때가 있듯이, 내 안의 앵무새들의 떼창에도 초연할 때가 있다는 것이 위안이 된다.

앵무새들은 밤을 보내고 힘을 비축한 다음날 오전이면 더욱 빈번하게 소리를 지르는데, 오후에는 상대적으로 오전보다 소리 지르는 횟수가 적어진다. 앵무새들이 조용할 때는 집 안이 고요할 만큼 정적이 흐른다. 고요 속에서 문조나 십자매가 여린 목소리로 노래하면 거칠어진 내 가슴이 한결 부드러워진다. 집 안에 흐르는 피아노 멜로디를 새들도 감상하고 있는 것처럼 착각에 빠지기도 한다. 해가 넘어가고 어두워지면 앵무들은 점점 더 조용해지다가 어둠이 깔리면 넷이서 몸을 붙이고 잠을 잔다. 그때부터는 불을 켜고 소란을 떨지 않는 이상 내가 노래를 듣든 텔레비전을 켜든 아랑곳하지 않고 침묵을 지킨다.

그런데 그럴 때면, 이 요란한 식구들이 너무나 사랑스러워진다. 내 식구라는 공동체로서 끌어안게 된다. 고맙다가도 평생 간힌 삶을 살게 한 미안함으로 바뀌며 측은해지기도 한다. 내 안의 앵무새들도 마찬가지인 것 같다. 럭비공처럼 튀어 오르는 소리들도 어느 순간 잠잠해지며 평온해지는 때가 있다. 의지와 상관없이 자동적으로 반복되는 생각의 흐름 사이에는 그 생각들에 물들지 않는, 그 생각들이 일어났다가 사라지는 무한한 공간이 있다고 에크하르트 톨레는 말한다. 그것을 순수한 있음이라고 불렀다. 생각과 감정 속에 갇혀서 휘둘리며 살기에는 내 삶이 너무 소중하다. 인간이라면 생각의 감옥 속으로 태어난다고 한다. 이 감옥은 꿈꾸는 것과 흡사한데, 머릿속을 지배하는 생각들과 감정들에 갇혀 진정한 삶을 누리지 못하는 자신을 알아채는 것으로 시작된다. "당신의 생각은 당신 자신이 아니다." 앵무새들을 볼 때마다 톨레의 성찰을 떠올려 본다.

약속

아침에 본 설이는 둥지를 나와 자꾸만 바닥에 주저앉았다. 피로에 지친 몰골로 보아 간밤에 알을 낳은 것이 틀림없었다. 대수롭지 않게 여겼다. 이번에도 잠시 후면 산란으로 잃은 기력을 찾고 일어설 줄 알았다. 그러나 둥지에 넣어준 그녀가 기어코 밖으로 나와서 바닥에 주저앉는 것을 보았을 때는 가슴이 묵직해졌다. "설이야!" "설이야!" 이름을 부르며 포카리[1]를 떠먹여도 보고, 가슴을 문지르며 입김을 불어도 보았으나, 그녀의 눈꺼풀은 자꾸만 감겼다. 나는 그녀가 바닥에서 생을 마치는 것을 허락할 수 없었다. 그녀를 둥지에 다시 들였다. 그동안 마음속에서 제쳐놓았던 무심함을 용서 구하고 싶었다.

둥지에서 그녀는 숨을 거두었다. 여느 새들과 다른 방식이었다. 바우의 부모 렉터와 월, 바우의 첫 번째 짝이었던 몽실이가

---

1 이온음료 포카리스웨트. 새들은 응급시 이온음료를 먹이면 효과가 있다고 해서 비책으로 쓰곤 했다.

바닥에서 배를 뒤집고 죽었다. 땅에서 배를 뒤집고 죽는 것이 마치 그들의 약속이라도 된 것처럼. 새의 죽음에도 관습이 있다는 걸 그때 알았다. 설이는 나의 바람 때문에 둥지에서 생을 마쳤다.

성조가 된 바우는 언제부턴가 렉터에게 도발을 하기 시작했다. 부자가 싸우는 일이 자주 생겼다. 렉터의 부리 주변이나 발가락에 피가 맺힌 것을 종종 보았고, 둘을 떼어놓기로 결심했다. 그들을 분가시키면서 짝을 지었다. 렉터와 스칼렛, 바우와 몽실이가 짝이 되었다. 스칼렛과 몽실이도 설이와 같은 백문조였다. 렉터는 스칼렛에게 구애를 하지 않았다. 첫 번째 짝이었던 월에게 했던 것처럼 세레나데를 부르며 스칼렛을 찾지 않았다. 스칼렛은 활동이 유난히 적었고 졸고 앉아 있기 일쑤였다. 그런 스칼렛을 렉터가 돌보고 있었다. 그것은 렉터다운 행동이었으며, 스칼렛이 렉터보다 오히려 나이가 많았을 거라고 추측하는 이유였다.

바우의 구애를 몽실이는 받아주지 않았다. 바우는 몽실이에게 몇 차례 구애를 했지만 짝짓기로 이어지지 않았다. 둘은 그저 친구 같은 사이로 남기로 했는지 바우의 구애는 계속되지 않았다. 그런 조합으로 두 쌍은 사이좋게 두 해를 넘기고 있었다.

어느 날 밤사이 렉터와 스칼렛이 함께 세상을 떠났다. 스칼렛은 배를 뒤집지 않고 죽었다. 배를 뒤집은 채 죽은 렉터 옆에서 배를 뒤집지 않고 죽어 있었기 때문에 스칼렛이 죽은 렉터를 따라서 숨을 거둔 것으로 추리했다.

그리고 어느 날 몽실이가 뒤따랐다. 바우는 부모도, 친구도 없는 외톨이가 되었다. 그런 바우를 지켜보며 일주일을 넘기는 것이 곤혹스러웠다. 동대문 시장까지 가서 설이를 데려온 것도 무더운 여름날이었다. 짝짓기도 알을 낳지도 않은 스칼렛과 몽실이가 어쩌면 수컷이었는지 모른다는 의구심을 갖기도 했으므로 사육하는 분에게 젊고 건강한 신부를 골라주길 당부했다. 설이를 데려온 바로 다음날 바우는 그녀에게 구애하기 시작했고, 사랑의 세레나데를 불러주었다.

설이가 바우를 만났던 당시, 바우는 이미 여섯 살 남짓이었다. 그녀가 그토록 부지런히 낳은 알들은 모두 무정란이었을 것이다. 그것을 알 리 없는 문조 부부는 넘치는 사랑을 아끼지 않았고, 산란을 멈추지 않았다. 쉼 없이 알을 낳고 품었지만, 그녀는 한 번도 알을 부화시키지 못했다. 바우와 번갈아가며 품다가 결국 포기하고 둥지 밖으로 밀어내고는 머잖아 또 알을 낳곤 했다. 그녀의 몸이 축날까봐 말린 달걀 껍데기를 으깨어 알곡과 섞어서 주면, 그녀는 곧 활기를 되찾았다. 하지만 시간이 지나면서 나는 다정함을 잃어갔다. 그녀에게서 나를 보았기 때문이었을까. 부화하지 못하는 알을 낳는 설이의 운명에 대해 나는 점차 묻지 않게 되었다.

식어가는 알을 품으며 계속 품어야할지 버려야 할지 그녀는 얼마나 망설였을까. 그럴 때면 자기도 모르게 불안한 마음으로 다음을 약속하며 서둘러 산란을 준비했을 것이다. 그런 날이 거듭될수록 그녀의 뼛속은 그림자가 채웠을 테지. 꽉 막혀버린 그녀의 안과 밖. 채워지면 비우고 또 채워지면 또 비워야 가벼워진 뼈로 날 수 있었을 텐데. 새는 날개로만 나는 것이 아니라 뼈로도 나는 것을. 먹구름 잔뜩 그녀를 차지한 그림자를 안고 그녀는 시들어갔다.

그녀를 묻었다. 탈 많고 말 많던 폭우가 그치고 모처럼 열린 하늘이 부풀어 오르는 구름을 두른 채 붉은 숨을 쉬는 저녁 언저리였다. 선홍색 부리와 실낱같은 발조차 하얗게 변해 있는 그녀를, 그녀의 알과 함께, 조심스럽게 그러쥔 채 나는 무덤자리를 팠다. 설아, 이젠 자유롭게 날아. 꽃망울 닫은 채 떨어진 무궁화처럼 설이가 잠들었다. 낙화를 끝으로 그녀의 생이 약속을 다하고 저 너머로 날아갔다.

내게도 설이의 알처럼 부화하지 못한 글들이 있었다. 탐스럽게 키우지도 익히지도 못한 글들을 외면했던 시간이 오래되었다. 때때로 해야 할 과제가 있는 사람처럼 불안해졌던 것은 그 때문이었으리라. 결과를 얻는 것이 목적이 되는 것은 나의 약속이 아니라며 자기최면을 걸었던 것 같다. 나의 약속은 즐겁게 글을 쓰는 길 위에 있기. 삶의 길이 있는 사람 사이에 있기. 설이를 묻으면서 나의 약속이란 것이, 길만 있고 걸음은 없었던 것이 아니었나, 묻게 되었다.

불행했을까, 그녀는. 헛된 삶이란 있기나 한 걸까. 그녀의 삶은 그대로, 좋았다. 부화시키지 못할 것을 염려하지 않고 죽는 날까지 알을 낳은 그녀의 마지막이야말로 도저한 걸음일 수 있다며 고개를 숙인다. 그리고 그 옆에는 랙터와 월, 스칼렛, 몽실이 그리고 바우의 자리도 있다는 걸 잊지 않겠다. 자기 방식대로 자신의 길을 지나온 삶들. 그 길을 걸으면서 자기 안을 지나고, 자기 밖의 것들을 지났을 터였다. 눈은 두리번거려도, 발은 무심코 걷는 것처럼. 글은 분분하여도, 지금 글을 쓰고 있는 나의 걸음도 그런 약속이 아닐까.

바우 또한 그의 약속 하나를 지나고 있을 것이다. 그녀란 약속 하나. 둥지에서 그녀를 끄집어내던 내 손 주위를 푸드득거리며 안절부절 못하던 그가, 그녀를 찾아 둥지며, 횟대 여기저기며, 물그릇 밥그릇을 오가며 한 곳에 가만히 있질 못하던 그가, 낮은 자세로 앉아서 나와 마주보았던 지난밤이었기에, 나는 차마 안방으로 들어가지 못하고 있었다.

축시를 넘겼지만, 나는 책상 앞에, 바우는 그네 위에 앉아있었다. 잠들었을까? 바우 쪽으로 고개를 돌린 코끝에 향기가 닿았다. 비로소 꽃망울을 열었구나. 한달음에 찾아간 발코니에는 세엽 풍란이 약속처럼, 꽃을 피웠다. 여러 갈래로 펼친 작은 꽃잎들, 그 아래로 길게 늘어뜨린 꽃대롱이 뭉클한 향기를 부채질하고 있었다. 설이가 다녀갔나? 물끄러미 바라보는 풍란 위로 하얀 그녀의 모습이 겹쳐졌다.

세상 모든 것이 약속인 것만 같다. 비록 다분히 깨트리며 다시 시작하는 것일지언정 우리 살아가는 모양새가 약속 같다. 나의 약속이 시작되면 만물로 가득 찬 세상도 하나로 모이며 시로 각별해지는 마법이 펼쳐진다. 각별해지는 너머로 뚜벅뚜벅, 걸어가는 사색의 시간. 나는 지금 글을 쓰고 있다. 그녀의 고독을 온전히 담진 못하더라도, 그녀를 물으면서 들춘 기억을 매만지고, 잊혔던 삶을 풀어내다가, 나의 지금을 묻기도 할 것이다. 빠빠찌 빠빠찌오, 빠빠찌 빠빠찌오. 그녀를 위해 부르는 우리의 세레나데가 여명을 부르고 있다.

조용한 작별

아침 7시 무렵 친구에게서 전화가 왔다. 전화벨 소리에 가슴이 덜컥 내려앉았다. 눈 뜨기 전에 꿈에서 보았던 이미지를 떠올렸다. 크고 하얀 꽃을 보았는데…….

"그 사람, …… 갔다……."

친구가 흐느꼈다. 친구는 떨고 있었다. 나는 아무 말도 할 수 없었다.

친구 남편의 죽음을 직감했지만 막상 그 말을 어떻게 받아야 할지, 무슨 말로 위로를 해야 할지 난감했다.

잠깐 전화기 저편에서는 친구의 흐느낌만이 들려왔다. 위태로움이 느껴졌다. 붙잡아야겠다고 생각했다. 친구를 불렀다.

"……새벽에 잠시 눈을 붙였는데, …… 그 사이 눈을 감았어. 천사를 봤다고 했는데……, 이제 나 어떻게 살지?"

친구가 죽음이란 걸 이야기할 때 나는 그 죽음이란 것이 당최 실감나지 않았다. 내가 느끼는 것은 친구 남편의 죽음이 아니었다. 남편의 죽음을 알리는 친구의 떨리는 목소리였고, 사흘 전 헤어지면서 잡았던 친구의 야윈 손이었다.

사흘 전이었다. 친구가 전화를 했었다. 남편이 중환자실에 있다가 병실을 옮겼다고 했다. 손 댈 수 있는 것이 아니라고 말했다. 시아버님과 친정아버님이 돌아가셨을 때는 연락도 없었던 친구가 이번에는 꼭 내려와 보면 좋겠다고 말했다. 나는 부산행 시외버스를 탔다.

2년 동안 가족 외에는 알리지도 않았다는 말을 전해 듣고 나는 그저 우두망찰했다. 몇 차례 꿈속에서 보았기 때문에 친구 부부에게 어떤 일이 있을 것 같다고 예감했지만, 간암이라니. 180센티미터의 건장했던 그의 체구는 병마와 싸움으로 지쳐선지 왜소해져 있었다. 한쪽 눈은 황달로 노랬고, 다른 눈은 실핏줄이 터져서 빨갰다. 나는 짐짓 놀랐다. 그러나 정작 그와 친구는 덤덤했다. 이미 혼란이 휩쓸고 간 뒤일까. 평화를 찾은 그들은 의연해 보였고, 친구 부부 사이에 흐르는 침묵은 두 사람의 무한한 신뢰와 사랑이 자아내는 것이어서 처연했다. 그래서 오히려 아름다운 슬픔 같은 것을 느꼈다. "우리 란이, 잘 부탁해요." 라고 말하는 그의 손이 따뜻해서 나는 도리어 놀랐다. 그러나 거듭 딸꾹질을 하는 그를 보며 생의 끝이 가까이 있음을 짐작할 수 있었다. 조용히 그의 아내와 나를 지그시 바라보며 보여주는 그의 평안과 미소가 도대체 어디에서 나오는 것일까? 궁금했다.

새벽에 살펴보니 그렇게 소리 없이 갔더라는 친구의 말을 듣고, 소란 없이 조용히 떠나기 위해 자신과 싸웠을 그의 고독이 어른거렸다. 그토록 사랑했던 아내와 아이들의 모습을 놓는 순간과 세상 속 존재를 떠나 알 수 없는 길에 들어서야 하는 그의 마음이란 어떤 것이었을까?

장례식장은 고요했다. 울음바다일 것이라고 예상했지만, 우는 사람은 없었다. 이미 이전에 다 울었고, 준비해온 죽음이어서 그런지 차분한 분위기였다. 친구도 울지 않았다. 친구는 찾아오는 조문객들을 맞고 있었다. 예쁘게 치장하기 좋아하고 남에게 흠 잡히기 싫어하는 친구가 상복을 입고 머리에는 삼베 테를 얹고 있었다. 나는 친구 남편의 죽음을 실감할 수 없었다. 오로지 영전에 세워둔 그의 흑백 영정이 이제는 그가 이 세상 사람이 아니라 저 세상으로 떠났다는 걸 상기시켜줄 뿐이었다.

나는 혼자 뜰에 앉아 시간을 보냈다. 불안이나 두려움 하나 없는 평온한 밤을 뜬 눈으로 새웠다. 영락공원 앞뜰은 유혼하였다. 바람 한 점 없이 고요했고, 6월의 날씨는 춥지도 않았으며, 밤새도록 켜져 있는 묽은 오렌지빛 가로등불이 고즈넉한 장례식장의 밤을 밝혔다. 뛰거나 소리 지르거나 울부짖는 사람도 없었다. 사람들은 발 없는 사람처럼 소리 없이 움직였다. 사자死者의 영혼과 깊은 밤하늘 아래 나무와 꽃들, 가로등 불빛과 그늘이 어울려 동틀 때까지 영락공원은 요요적적하였다. 생과 죽음이 끝나고 시작되는 침묵의 성가가 흐르는 듯했다. 아늑하고 평화로운 율려 같은 것이 나를 부드럽게 감싸고 있었다.

죽음이란 슬픔이며, 고통이며, 아픔이며, 회한이며, 상실이며, 상흔을 남기는 것. 결코 아무것도 아닌 것일 수 없는 그 끝이 화장터에서 잠깐 폭발했다. "아이고 내 새끼야! 이쁜 내 새끼야!" 통곡하는 친구 남편 어머니의 절규에 나만 눈물이 줄줄 흘렀던 것은 아니리라. "나, 잘 할 수 있겠지?" 겨우 내뱉은 친구의 말은 내게 묻는 것이 아니라 홀로 자신과 나누는 약속처럼 들렸다.

친구 남편의 마지막을 보고 나서 나는 한동안 죽음이라는 화두 속에 묻혀 지냈다. 세상 사람들 누구나 걸어가야 하는 그 길을 어떻게 하면 잘 받아들일 수 있을까. 죽음이란 것이 불현듯 다가왔을 때 어떻게 하면 의연하게 대응할 수 있을까.

친구 남편의 장례식은 죽음에 대해 내가 가지고 있었던 일말의 불안과 공포에서 한꺼풀 벗어날 수 있는 힘을 주었다. 이생에서 선한 삶과 카르마를 성실히 닦는다면 죽음 저편도 나쁘지 않으리라는 상상을 했다. 정말 잘 죽기 위해서는 이생을 잘 살아야 한다는 비방도 얻었다. 어떻게 죽어야 할지를 알면 어떻게 살 것인가를 배우는 것처럼 죽음을 통하여 삶을 배우라는 말은 빈 수레가 아니었다.

고통과 비애로서의 영혼의 세계는 떠나는 사람이나 보내는 사람이나 모두 참담해질 수밖에 없을 것 같다. 세상에서 만든 애증과 여한이 저 너머까지 이어져서 이생에 집착하는 영혼이라면 불행할 것이 틀림없다. 문학과 드라마, 영화 등 내가 접했던 정보들은 죽음이나 저 너머에 대해 비관적인 견해를 주입했다. 그런데 친구 부부의 조용한 작별을 함께 하면서 나는 오히려 작은 위안을 얻었다. 비록 젊은 나이의 죽음과 사별이 안타깝지 않을 수 없었으나, 열심히 평화롭게 살다가 떠나는 인생이라면 헛될 것도 없고 아쉬움도 덜하며 의연하게 마무리 할 수 있을 것 같았다. 하물며 한평생 원 없이 살다가 준비하는 마무리라면 더욱 그렇지 않을까. '인간이 죽음을 알고 그것을 준비하고, 그것을 사랑하며 살아간다는 것은 고급한 생활이요, 정리요, 우정이요, 작별인 것이다. 또한 그것은 무엇보다도 책임 있는 엄숙한 생존인 것이다.' 조병화 선생님의 수필 한 대목이다. 생일잔치나 결혼식에는 못 가 보더라도 장례식에는 꼭 가려고 한다는 어느 지인의 말이 생각난다. 생의 끝자락이 남의 일인 것처럼 동떨어져 살다가 지척에서 죽음을 맞닥뜨리게 되면 비로소 자신과 자신의 삶을 들여다보게 된다는 것이다. 결국 우리 모두가 스스로의 공空을 살아가고 있다는 걸 비로소 알아차리게 된다.

이후 반려견 마리의 장례식을 치르면서, 이모 두 분의 조문과 부고를 들으면서, 오랫동안 봐온 문우의 갑작스런 영면 소식을 들으면서, 지인들 가족의 별세 소식을 듣고 찾은 장례식장에서, 나는 줄곧 조용한 작별 속에서 떠나고 떠나보내는 사람들의 마지막 모습을 보았다. 오십대 중반의 나이가 되니 알려오는 부고 소식이 빈번해졌다. 친구 남편의 장례에서 처음 가졌던 삼십 대의 죽음에 대한 소고는 오십 대의 사유로 이어졌다. 내 생의 끝에 한 걸음 더 다가간 이십 년 동안 나의 사유는 멈추지 않았고, 생각에서 그칠 게 아니라 행동으로 옮겨야겠다고 마음먹었다. 그래서 작년에는 보건소와 국민연금 관리공단을 찾아서 사전연명의료의향서와 장기기증지원서에 서명을 했다. 꽤 긴 시간 생각을 거듭하며 선택을 한 것이었다. 남편은 뭐가 급해서 그렇게 서둘러서 일을 벌이느냐는 반응이었고, 딸아이들은 엄마의 고집을 잘 알기 때문인지 유별스런 리액션 없이 받아들였다. 어머니는 벌써 그런 생각과 행동을 왜 했느냐며 떨리는 목소리로 원망하는 내색을 비치셨다. 아버지는 어디서 그런 절차를 거치게 되는지 물으셨다. 모두가 사랑하는 나를 위한 저마다의 표현이었을 것이다.

한 달에 두세 번씩은 일산과 부산을 오가는 장거리 운전으로 고속도로 위에 있게 되는 나로서는 별안간 찾아올 수 있는 마지막을 차분히 준비하고 싶었다. 그런 선택을 한 지 일 년이 되어가는 지금 나는 한결 마음이 편안하다. 내 사람들과 내 생生을 사랑하기 때문에 내린 결정이었다. 뿐만 아니라 나의 마지막이 혼란스럽고 어수선해지는 것을 원치 않기 때문에 미리 준비하면서 나머지 삶을 살고 싶다. 살아가는 동안 죽음을 잊지 않으면서 내 삶을 가꿔가는데 긍정적으로 적용할 것이다. 막상 맞게 될 마지막은 준비된 절차에 따라서 진행될 것이며, 내가 바라는 조용한 작별이 이뤄질 것이다. 일찍이 친구 남편의 장례식과 그 이후 별안간 맞은 마리와 문우의 장례식과 한평생 살다가 끝맺은 팔구십 어르신들의 장례식을 찾으면서 바라게 된 나의 마지막 모습이다.

덧붙여서 장례식 문화에도 변화가 있기를 바라는 부분이 있다. 어느 문우가 아버지와 가졌던 마지막에 대해 얘길 해주었는데, 사자死者와 그 가족들에 대한 예의를 갖추는 장례 문화로써 한 걸음 더 성장해야 하지 않을까 생각한다. 문우가 뒤늦게 아버지의 임종을 보게 되었을 때, 아버지 얼굴에 가까이 대고 딸이 왔노라 말씀드리니 이미 임종했다는 아버지의 눈에서 눈물이 주르륵 흘렀다는 것이다. 문우는 아주 신비롭게 여기면서 신중하게 그때 이야기를 들려주었는데, 나는 문우의 심정에 공감했다. 요양보호사 공부를 하던 당시 배웠던 바가 있었다. 어르신들이 돌아가셨다고 하여 함부로 말하는 것은 절대 해선 안 될 행동이라는 것이었다. 사자死者의 감각 기관 중에서 청각이 가장 늦게까지 남아 있게 되는데, 산 자들의 얘기와 감정을 고스란히 듣게 된다는 것이었다. 어쩌면 아버지의 마지막 눈물을 보았던 문우의 얘기대로 딸의 목소리를 듣고 가고 싶은 아버지의 의지가 함께 해서 늦게 도착한 딸과 작별을 할 수 있었던 것이었는지 모를 일이다. 장례식 절차가 신속하고 순조롭게 진행되는 것이 빠르게 살고 있는 우리 사회에서 필요한 일일 수 있겠지만, 적어도 한 생生의 마지막을 치르는 의식으로서 떠나는 사람과 남게 되는 사람들이 좀 더 느긋하고 여유 있는 마무리를 할 수 있도록 돕는 장례문

화가 되길 바란다. 모든 것이 공空으로 돌아가며, 스스로 공空을
살아가는 것이 우리 삶일진대 조급하게 서두르거나 삭막하게 작
별할 이유가 무에 있으랴.

걸으니까 통하더라

걷기 참 좋은 세상이다. 어딜 가든지 감탄하면서 걸을 수 있는 길이 만들어져 있고, 그 길을 따라서 기분 좋게 휴식할 수 있는 공간들이 들어서 있다. 2007년 9월 제주 올레길을 시작으로 우리나라 둘레길이 조성된 지 불과 이십 년 되는 것 같은데, 둘레길이나 올레길 그 외 지방 특색이 짙은 이름들의 아름다운 길 명소가 세계 어느 나라에 못지않다. 길을 따라서 걷는 재미를 좀 더 일찍 알았더라면 하는 아쉬움이 없는 건 아니다. 젊었을 때 오롯이 혼자 또는 함께 길을 더 많이 걸었더라면, 좀 더 깊은 사람이 되지 않았을까. 그만큼 뒤늦게 걸으면서 얻는 기쁨과 만족감이 크다.

한 달에 30만 보를 걸을 계획 같은 건 없었다. 근력운동을 일주일에 두 번 나가는 건강증진센터에서 안내문을 보고 지인을 따라서 시작한 것이 일이 커진 것이었다. 힘에 부치다 보면 슬그머니 꼬리를 내릴 만도 하겠으나, 남편이 유튜브에 영상을 올리기 시작한 것과 맞물려서 외부로 알려졌기 때문에 나로선 성공해야 하는 이유가 생겼다. 이 정도로 포기하는 사람이 되고 싶진 않았다. 더군다나 내가 좋아하는 건 일인데, 못할 것도 없었다.

한 달에 30만 보를 채우려면, 하루에 만 보씩 걸어야 했다. 아니다. 사람의 일인지라 예상치 못한 상황이 닥칠 수도 있고, 컨디션에 따라서 만 걸음에 훨씬 못 미치는 날도 있을 수 있기 때문에 넉넉잡아서 만 이천 걸음씩 걷기로 마음먹었다. 예상대로 바쁜 일정이 있는 날에는 주로 운전을 하면서 이동을 하게 돼 이천 걸음을 겨우 넘길 때도 있었다. 몸의 컨디션이라는 게 오늘 나빴던 상태가 바로 다음날 좋아지는 것이 아니기 때문에 며칠씩 이어질 때는 사나흘을 만 걸음에 못 미치는 걸음으로 만족해야 했다. 그러다 보니 최상의 컨디션일 때는 걷기 좋은 곳을 찾아가서 그동안 부족했던 걸음을 만회하면서 나름 성취감을 크게 느꼈던 것 같다. 걷는 따위로 무슨 성취감이냐고 반문할는지 모르겠지만, 나의 경우 한 시간을 넘게 걸으면 몸과 맘이 개운해지는 느낌이 참 좋았다. 내재되어 있는 티끌마저 걷는 걸음 따라서 흘려보내고, 길에서 만난 바람 따라서 씻어내고, 햇볕과 바람에 잘 말린 손수건처럼 가벼워진 영혼을 느낄 때는 다음을 기약하기 바빴다.

일산 호수공원, 파주 마장호수 공원, 경의선 누리길, 정발산, 고봉산, 심학산, 파주 출판단지, 남양주 홍유릉 둘레길, 행주산성 가는 길, 아파트 주변, 아파트 안, 비올 때는 대형마트, 아파트 지하 주차장 등 만 보에 가까운 혹은 만 보 이상 걷기 위해 일부러 찾아갔던 장소들과 일상생활 속에서 자연스럽게 접하는 가까운 곳에서도 걸었다. 이렇게 걸으면 걷기 전과 달라지는 게 있다. 걷는 곳에 애정이 생긴다는 것이다. 천천히, 오래 보아야 사랑하게 된다는 말은 걷기에도 통한다. 한 걸음 한 걸음 걸으면서 관찰하고 사색하게 되는 주변 사물과 건축물들, 자연적인 것들, 인공적인 것들. 어느 것 하나 데면데면 낯선 채 지나치지 않게 되는 것같다. 눈길이 가는 곳에는 애정 한 송이 피어나는 게 자연스럽다. 손길이 닿은 곳에는 마음 한 자락 내려놓는 게 어렵지 않다. 지나치면서든 마주 보면서든 말을 주고받으면 기억 한 움큼으로 내게 스며든다. 걷는다는 것은 이처럼 세상과 천,천,히 몸과 맘으로 소통하는 일이 된다. 어찌 설레지 않을 수 있으랴. 어제와 같은 길을 걷게 된다 하더라도 어제와 같은 내가 아니므로 다른 세상을 만나는 것과 같으니 새롭지 않을 수 없다.

걷기는 한눈 팔기를 해야 풍성해진다. 초시계를 들고서 걷는 것도 아니고 더군다나 내 마음의 시계는 세상에서 멀리 떨어져 있으니 한눈 팔기는 내 걷기의 변주가 된다. 때로는 변주가 주인 노릇을 할 때가 있다. 어제 본 꽃이 오늘은 어떤 모습으로 피었을지 궁금해지거나, 일주일 전에 보았던 새 순이 얼마만큼 컸는지 보고 싶을 때는 그 목적으로 집을 나서게 된다. 새벽에 걸으면서 꽃잎을 오므리고 있는 개망초꽃들이 활짝 피었을 생각에 정오 무렵 그 자리를 찾아가기도 하고, 저녁놀로 하늘이 붉어질 때 개망초는 어떤 얼굴빛으로 어둠을 맞이하는지 궁금을 참지 못하고 걸음을 재촉하기도 한다. 지나가다가 동네 갤러리에 전시라도 바뀌어 있으면 가던 길을 멈추고 한참동안 그림 감상에 빠져버리기도 한다. 둘레길을 걷다가 도서관이 고즈넉하니 서 있으면 나는 참으로 쉽사리 그 유혹에 넘어가곤 하여 어느새 도서관 한쪽 구석에 자리를 잡고 책을 읽고 있다. 나는 현대판 김삿갓, 다다녀다!

다, 다녀, 는 유튜브를 하면서 내가 만든 별명이다. 남편이 여기저기 이곳저곳을 쏘다니는 나를 두고 정아무개식으로 함부로 명명해버리는 무심함에 내가 만들어서 불러달라고 한 이름이다. 무엇보다 걷기 좋아하고, 많이 걷고, 여러 가지 이유로 동분서주하는 나의 정체성을 잘 표현한 작명인 것 같다. 나는 이 이름이 썩 마음에 든다. 이름 값하느라고 올여름 여기저기 걷다보니, 산과 들로 쏘다니던 소싯적보다 더 검게 그을렸다.

아침에 걷기는 몸과 맘의 먼지를 털어내는 요가 같다. 며칠이라도 걷지 않으면 어김없이 후유증이 나타난다. 혈액순환이 안 되고 허리디스크, 목 디스크까지 있는 내게 걷기는 생명 주머니를 신선한 숨으로 채우는 보험과 같다. 걷지 않는 며칠이 계속되면 혈액순환이 안 돼서인지 디스크 때문인지 몸이 말썽을 일으킨다. 내 몸도 걷기를 통해 신선한 몸으로 바뀌는 시간을 가져야 한다. 그래서 매일 아침 나는 걷는다. 걸어야 덜 아프며 산다. 일산역 방향으로 경의선 누리길을 걸어서 일산역을 지나 더 걸으면 탄현동 입구가 나온다. 그 길을 따라 돌아서면 독점말길이 시작된다. 계절마다 여러 가지 꽃을 보면서 걸을 수 있는 소담스런 길이 열린다. 곧 일산도서관과 일산역 기찻길 공원이 나온다. '함께 가:게' 문패를 달고 있는 식당과 편의점을 따라 몇 걸음 걸으면 일산역이 나타난다. 역으로 들어가서 반대편 고양대로 쪽으로 나오면 아침 등굣길, 출근길에 오른 많은 사람들이 역으로 들어서는 걸 볼 수 있다. 풍산역 쪽으로 방향을 잡고 먼저 걸어왔던 길을 다시 걸어서 집까지 한 시간 삼십 여분이 걸린다. 찌뿌둥한 몸으로 출발해서 한결 가벼워진 몸과 맘이 되어 돌아온다.

아침에는 함께 동행 하는 사람 없이 혼자 걷는다. 혼자 걷기를 하는 이점이 많기도 하고 혼자 걷기를 워낙 좋아하는 나로서는 그 시간을 오롯이 즐긴다. 쉴 새 없이 일어나는 생각들을 흘려보내고 가다듬기도 하며 풍경 속으로 걸어가는 일은 삶을 느긋하고 윤택하게 만드는데 중요한 필수요소이다. 걷는 시간이 맞물려서 아는 어르신이나 강아지를 보면 인사를 나눈다. 그리고 잠깐이라도 함께 걷는다. 그러면 알게 된다. 동백의 할머니가 동백을 얼마나 기특하게 생각하는지. 동백이 짖지 않고 얼마나 의젓한지. 백구 녀석을 다른 이름 아닌 동백으로 지은 이야기. 말을 트고 난 다음에 만나면 모른 척 지날 수가 없다. 동백은 순한 얼굴로 꼬리를 흔든다.

함께 걸으면 넉넉하고 풍성해진다. 책 읽기의 다른 버전 같달까. 상대의 이야기를 듣게 되는 소중하고 귀한 시간이다. 걷기를 좋아하는 사람에게 걷기 동행이 있는 건 자연스럽다. 함께 걸으면 나누는 대화도 즐기는 풍경도 맛집도 하루 전체가 풍요롭다.

한 텍스트를 함께 읽고 이야기를 나누는 것처럼 시간이 알차다.

주말부부로 살기 전까지는 남편이 그 동행이 되었다. 북한산 둘레길, 제주 올레길, 연천에 이르는 평화 누리길을 오랫동안 함께 걸었다. 함께 걷는 우리도 평화로웠다. 한 번도 싸운 일이 없었다. 멀고 험한 길이었을 때는 오히려 서로에게 힘이 되었던 것 같다. 일상에서는 나누지 못한 대화를 하고, 서로를 이해하고, 서로의 삶을 수용하는 기회가 되었다. 말없이 걷더라도 함께 걷고 있다는 것만으로도 충만했다. 그러나 주말부부로 사는 날이 길어지면서 우리부부가 함께 걷는 일은 먼 얘기가 되고 말았다. 그때라도 함께 걸었던 시간들이 없었더라면, 나는 지금 얼마나 한탄하고 있을까.

까치샘들과 함께 걷기는 꽤 오랜 시간 동안 지속되고 있다. 아이들에게 독서와 글쓰기를 가르쳤던 세월이 십오 년이었으니, 샘들과 함께 여행하며 걸은 것이 십 년은 넘었다. 출발은 네 사람이었는데, 지금은 세 사람이 함께 걷는다. 한 분은 여덟 살이 많지만 언니처럼 친구처럼 지낸다. 시적 감수성과 삶의 깊이로 허튼소리 없이 명언을 남긴다. 다른 한 분은 나와 동갑내기로 인문학적 사고와 삶이 일관성 있게 연결된 사람이다. 우리나라 100대 명산 오르기를 하고 있다. 덕분에 산에 관한 배경지식을 두루 듣고 오를 때마다 길잡이가 되어준다. 그녀가 100개의 명산을 채우는 날이 멀지않았다. 선운사, 마곡사, 군산, 금정산, 채석강, 경복궁, 창덕궁, 덕수궁, 수원 화성, 강화도, 석모도, 전등사, 오대산

월정사와 상원사, 인왕산, 성북동, 삼청동, 갤러리……. 최근에는 철원 주상절리 길과 고석정을 다녀왔고, 뒤이어 인제 자작나무 숲과 양구 박수근 미술관에 다녀왔다. 함께 아침 해를 보고 저녁 놀을 즐기며 끼니를 함께 하면서 이야기꽃을 피웠던 지난날들이 모두 소풍이었다. 함께 독서논술 선생을 십 년 이상씩 했던 이력 때문에 얘깃거리는 문학과 인문학, 예술을 넘나든다. 두 사람 모두 내게는 스승 같은 벗들이다.

함께 걷는 사람들이 달라지면, 걷기 풍경도 달라진다. 명리 친구들과 함께 걸으면 대화 주제가 달라진다. 반나절 정도 걷는데, 저녁때가 되면 각자 집으로 돌아갔다. 그래서 주로 일산과 별내 가까운 곳을 걸었다. 두 친구가 두 해 전 함께 별내로 이사를 가면서 우리 걷기의 폭이 한층 넓어졌다. 일산 호수공원, 인왕산 둘레길, 부암동, 안산 자락길, 별내 둘레길, 광릉 숲 둘레길, 봉선사, 해방촌, 불암산, 천마산, 초소책방, 수성동 계곡, 서촌 등등. 걸으면서 사주명리 이야기를 나누었다. 아이들이 고3일 때 동국대학교 평생교육원에서 함께 명리 공부를 하면서 어울리게 된 친구들이다. 주변 사람들과 그 상황을 명리와 접목해 풀이하면서 공감대를 만들었다. 그러다 보니 서로의 가족과 본인들에 관한 많은 이야기들을 서슴없이 주고받았던 것 같다. 무엇보다 두 사람은 공감과 대응에 있어서 뛰어난 순발력을 가졌다. 어버이날과 스승의 날을 맞는 5월 초에는 꽃다발 만드는 아르바이트를 함께 한 지세 해가 되었다. 같은 목표를 갖고 협조하면서 일을 완수하는 것이야말로 함께 하기의 정수가 아닐까. 땀 흘리며 걷고 나서 마시는 맥주나 막걸리 한 잔은 감로수가 따로 없었다. 해방촌 일대를 걷고 하이볼을 마셨던 기억은 다시 그날로 돌아가서 건배를 하고 싶을 만큼 행복했다.

은숙 언니는 커피바리스타 자격증 공부를 하면서 친해졌고, 함께 걷게 되었다. 언니와 만남은 다른 팀들에 비해 짧은 시간이었지만, 여러 곳을 함께 걸었다. 북한산 둘레길, 서울 둘레길, 경기 둘레길, 정발산, 고봉산, 심학산 등. 집이 가까이 있는데다 며칠씩 앞서 선약을 하지 않더라도 서로 연락해서 일정이 없으면 함께 걷기에 나섰다. 걷기 베테랑인 언니가 알고 있는 정보와 경험이 풍부해서 내가 배우는 게 많았다. 언니는 둘레길 여권마다 스탬프를 찍으며 능동적이고 체계적으로 걷기를 하는데, 스탬프 찍기를 완성해 기념배지를 받을 만큼 적극적인 뚜벅이이다. 화성시에서 있었던 경기 둘레길 행사를 언니와 함께 참석했던 일이 엊그제 같다. 전철을 타고 수원역까지 가서 점심을 사먹고, 행사 셔틀 버스를 타고 화성시 매향리를 걷고 행사 뒤풀이를 마치니 저녁놀 지는 시간이었다. 다시 왔던 길을 그대로 거슬러서 돌아오는 시간만 세 시간을 넘었는데, 그날은 지쳐서 쓰러지다시피 잤던 기억이다. 남편과 함께 갔던 길이었지만 오래 전이어서 다 잊어버린 우이령 길과 북한산 둘레길을 언니와 다시 걸으면서 추억을 우물질했던 걷기. 언니와 나는 세심하게 관찰하고 긍정적으로 받아들이는 공통점 때문에 남편과 같이 갔던 우이령 길에서는 가

보지 않은 석굴암도 들렀다. 팔로우하는 연예인을 진심으로 응원하며 좋아하는 언니의 얘길 듣다가 길 위에서 그의 노래를 들으면서 김밥을 나눠 먹었던 그날 햇빛은 노래처럼 찬란하고 사랑스러웠다. 집 가까운 곳으로는 고봉산이나 정발산을 몇 차례 함께 걸었다. 지난해 여름 끝자락에는 고봉산과 정발산에 황톳길이 조성되었다는 소식을 들었다. 정발산을 맨발로 걸으면서 환절기 알레르기 때문에 몇 걸음마다 재채기를 하면서 코를 풀었던 힘든 시간도 있었다. 함께 걸으면서 언니는 혼자 걸은 얘기를 하곤 했다. 길에서 자연스럽게 인사를 하고 이런저런 대화를 하며 걸었던 이야기에 나는 귀를 기울였다. 그리고 그런 자연스러운 인사와 다정한 말을 건네는 언니를 함께 걸으면서 내가 목격한 날은 이야기 속 언니와 똑같은 모습에 고개를 끄덕이곤 하였다.

최근에는 건강증진센터에서 연결해준 걷기모임 식구들이 생겼다. 간헐적으로 절주 캠페인과 플로깅도 하고, 매주 월요일에는 일정 구간을 함께 걷고 각자 싸온 간식을 나눠먹으니 짧은 시간 안에 식구가 되었다. 집 가까운 곳에 맨발 걷기 좋은 곳이 있다는 걸 알았고, 얼마 전에는 함께 서대문 안산 자락길을 걷다가 봉수대까지 올라갔으며, 독립문을 거쳐서 영천시장 맛집에서 칼국수를 사먹었다. 모두 언니뻘이어서 내가 막내인데, 언니들의 걷기는 남다른 지구력을 가지고 있어서 감탄을 자아낸다. 잘 걷고 잘 먹고 잘 소통하니 다들 건강해 보인다.

이렇게 나열하고 보니, 나는 마냥 걷고만 사는 사람 같다. 틀린 말은 아니지만, 내 생활에 걷기가 중요한 일상으로 자리 잡고 있다는 것이 다행스럽고 한편 자랑스럽다. 누구와 함께든, 혼자든 걷는 것만으로도 평화와 온전함을 느낄 수 있다는 것은 감사한 일이다. 혼자 걸을 때면 온전히 자기와 대화하는 시간에 빠져들고, 함께라면 서로 소통하고 다양한 이야기를 통해 다른 사람과 다른 삶을 만나게 된다. 삶이 그렇듯 어디서 사느냐가 중요한 게 아니라 어떻게 사느냐가 중요한 것처럼, 어디를 걷느냐보다 누구와 어떻게 걷느냐에 따라 그 새로움이 있는 것 같다.

걷기 열풍에 '호모 트레커스(걷는 인간)'란 말도 생겼다. 일본의 걷기 전도사이자 의사인 나가오 가즈히로 박사는 병의 90%는 걷기만 해도 낫는다고 말했다. 또 아파서 못 걷는 것이 아니라 걷지 않아서 아픈 것이라며 걷기를 강조했다. 내가 그 말의 산 증인이다 보니, 나는 그 말을 의심하지 않는다. 좋은 사람들과 함께 자주 걸어보자. 또 때로는 홀로 길을 나서보자. 걸으니 건강해지고 원만해지더라. 긍정과 희망으로 삶을 대하게 되더라. 걸으니까 통하더라.

앉지 못하는 새의 노래

문학공작소에서 홀로 글을 쓰다가 때가 되면 선생님은 "잘했네, 정수남이"하고 혼잣말을 하면서 자리를 털고 일어나신다. 일정에 따라 외부로 나가거나 찾아온 제자들에게 문학을 가르치고는 저녁이 되기 전에 봉일천에서 숲속노을로로 가는 버스에 몸을 실으신다. 아내가 좋아해, 라며 자두를 사간다고 말씀하신 것이 엊그제인데, 오늘은 아내가 좋아하는 무엇을 사들고 가셨을까? 점점 기억을 잃어가는 아내에게 선생님은 무어라고 인사하면서 잠드셨을까?

15년 전 내가 선생님께 수필과 소설을 배웠을 때, 선생님은 요즘 같으면 청춘이라고 말하는 예순 줄의 나이셨다. 목소리도, 체격도, 활동도 건장하셨다. 그러나 팔순을 맞는 올해 선생님의 어깨는 눈에 띄게 말랐다. 왜소해진 몸으로 무거운 화분 옮기는 것도 마음에 걸리고, 문학공작소 지하로 내려가는 여러 계단을 오르락내리락 하는 것도 신경 쓰이고, 살림과 요리를 도맡으며 과로하시는 것도 속상하나. 사정이 이러하니 선생님이 소설로 쓰신 '앉지 못하는 새'를 멀리서 찾을 필요가 없다.

하지만 이것들은 나의 기우일 뿐, 선생님이 여러 계단을 오르내리면서 무거운 화분을 햇볕에 내놓았다가 들여놓는 일은 일상이 되었다. 아내를 돌보며 살림을 한 지 십여 년이 되었으므로 요리든 빨래든 청소든 여느 젊은 사람들에게 앞을 주지 않을 만큼 살림백단이라고 자랑하신다. 예순 줄의 선생님을 처음 뵈었을 때보다 반쪽으로 줄어든 어깨지만, 목소리와 기개는 충천하단 걸 보여주려는 듯 쉼 없이 소설을 쓰신다. 처음 뵈었을 때 이미 원로작가였던 선생님이 필력을 잃지 않고 여든이 되어서도 소설을 부지런히 쓰고 있다는 건 놀라운 일이 아닐 수 없다. 나는 참 신기하다고 말씀드렸다. 퐁퐁 솟는 샘처럼 글이 솟는 특별한 방법이라도 있는 것이라면, 선생님의 옆구리를 꿰어 차고 배우려고 했을 테지만, 그것만으로 글샘이 솟지 않는다는 걸 경험으로 안다. 마르지 않는 선생님 글샘의 원천은 무엇일까?

선생님에게 아버지는 고향이고, 고향은 아버지인 셈이다. 앞만 보고 가지 말고 뒤도 돌아볼 줄 알라는 아버지의 말씀을 귀에 담지 않았던 시절이 있었다지만, 이젠 그 말씀이 소설의 본질과도 닿아 있다는 것을 비로소 깨닫게 되는 나이를 먹었다는 소회를 밝히시는 선생님.

뇌경색으로 아내의 왼쪽 팔다리가 마비되면서 곁에서 수발을 들어주지 않으면 안 되었던 십여 년의 시간과 현재진행형. 노인성 질환이 그렇듯 치매가 진행되고 점점 나빠지고 있는 아내에게 매일 말동무가 되어주는 선생님. 그마저도 곁에 살아있으니 얼마나 고마운 일이냐는 말씀에서 내 수필 속에 그려진 그믐달의 달관을 본다.

작은아들을 먼저 하늘로 보내는 고통을 이 악물고 수직으로 서서 버텼을 선생님. 그 사실을 아내에게 전할 때는 얼마나 말문을 열기 힘드셨을까. 사춘기에 접어든 손자에게서 작은 아들의 모습을 발견하는 찰나 시선이 먼 허공으로 달아났을 선생님.

밉거나 곱거나 주변 사람들의 이야기와 요지경 같은 세상 이야기들, 마음은 아직 청춘인 선생님이 꿈꾸는 포부, 소소한 일상에서 출발하여 통일을 향한 행진에 이르기까지 길 위에서의 여정을 읽기 쉬운 이야기로 풀어놓으신다. 팔십 평생 팔짱 끼고 걸어온 친구 같은 소설이 있어서 비탈길도, 가시밭길도, 자갈길도 걸을 수 있었다고 올해 발간한 소설집 〈생명의 기원〉에도 쓰셨다. 작년 2023년과 올해 2024년에는 전영택 문학상, 이범선 문학상, 경기 문학상, 시선 문학상을 수상하셨다. 앉을 엄두도 못 내고 노래를 멈추지 않았기 때문에 얻을 수 있었던 만선일 것이다.

글에 대한 선생님의 집요함은 때때로 궁금증 해소를 위한 집요함으로 연결되는 것 같다. 바로 어제의 일이었다. 유튜브에 영상을 올리기 시작한지 두 달이 되는 시점인데, 선생님은 누구보다 먼저 영상을 시청하시고는 좋아요를 누르신다고 말씀하셨다.

내게 소설가 열혈 팬이 생긴 셈인데, 어제는 선생님의 소설 쓰기로 습관화된 그 집요함을 새삼 느낀 일이 있었다.

몽골보드카, 괜찮았어?

LP카페 영상을 찍으러 가기 위해 운전을 하고 있었던 상황이라서 신호 대기 중에 간단하게 답문을 넣었다.

입안에서 유리 깨지는
맛이었어요
유튜브에 올린 그대로~ ㅋ

여기서 끝난 줄 알았다. 대체로 선생님은 안부가 궁금하거나 행사 후 수고했다는 격려를 하실 때이더라도 한두 번 톡이 오가는 정도였기 때문이다. 그런데 바로,

유리 깨지는 맛이라면
청각적인데, 술맛은 미각
아닌가? 그게 도대체 어떤
맛이길래, 유리가 깨지는
맛이라고 했을까? 독해서,
혀가 굳는 걸 과장되이

그렇게 표현했나?

조수행만의 이미지화인강?

올라온 톡을 읽고 나는 운전에 이어 영상 촬영에 몰두했고, 선생님께 답문 넣는 것을 한 시간 정도가 지나서야 기억해냈다. 카페 영상을 찍고 드디어 음료를 마시면서 카페 음악에 취하는 여유를 가졌을 때 아차, 생각이 났다.

청각적인 이미지는 아니고

유리 깨지는 느낌은

시각적 촉각적인데

입안에서 느낀 거니까 촉각적 이미지~

혀가 굳는 게 아니라

깨진 유리들이 여기저기서

찌르는 느낌

과장 아니고 팩트

ㅎㅎ선생님~ 운전하고

은주랑 음악카페 가서 영상 찍느라

답문 못 넣었어요~

참~선생님은 보드카

드셔봤을 텐데요

보드카마다 다른가요?

전 몽골 에덴이 처음이라서~

이만하면 몽골보드카를 마신 내 느낌 전달이 충분할 거라고
생각하고 폰을 닫으려는데, 곧바로 선생님의 톡이 들어왔다.

아„ 그만큼 독해? 그런 거

잘못 마시면 위장에 손상을

입기 십상이야. 조심해.

위장 2/3를 잘라낸 선생님은 이윽고 제자가 걱정되셨던 모양
이었다. 얼음을 넣어서 마셨고, 셋이서 마셔서 얼마 안 마셨다는
톡을 받으시고서야,

그래야겠지.

한 문장 툭 던지시곤 톡을 마무리 하셨다.

15년이다. 선생님을 스승으로 따른 세월이다. 그동안 선생님

은 한결같이 성실하게 글을 쓰셨고, 한결같이 아내를 사랑하셨으며, 한결같이 제자들을 가르치셨다. 얼마 전 선생님께서 마흔여 명의 만학도를 가르치시는 파주문예대학을 다녀왔다. 선생님은 두 시간여 동안 줄곧 서 계시면서 강의를 이어가셨다. 노구라고 하면 틀림없이 역정을 내실 테지만, 강의가 끝나는 시각까지 노구의 두 발로 버티고 서 계셨다. 그런 모습을 보고 있으려니 코끝이 시큰해왔다. 조금은 덜어내어도, 느긋해도 될 것 같다고 말씀하시다가도 그동안 살아온 근성을 거스르지 못하고 계시는 것 같다. 선생님의 어깨에 올려놓은 것이 많으면 많을수록 여든 살 노령에도 불구하고 한사코 밀어붙이며 수직으로 서서 버틸 것이 틀림없다.

선생님은 사람들에게 나를 딸이라고 말씀하신다. 선생님의 큰아들과 생일이 며칠 차이가 안 나는 이유에서 출발했지만, 내가 선생님을 아버지처럼 여기고 따르다 보니, 선생님도 그렇게 느끼신 듯하다. 그러고 보니 이건 닭이 먼저냐, 달걀이 먼저냐와 같다. 내가 먼저 선생님을 아버지처럼 따른 것이 먼저인지, 아니면 선생님이 나를 딸처럼 대하신 게 먼저인지, 도긴개긴인가?
나는 아버지에게 시시콜콜 얘기를 다하며 다가가는 다정다감한 딸이 못 된다. 큰딸로서 자리도 그러하지만, 일흔을 넘은 지금도 일을 하시며 고생하시는 아버지를 생각하면 그 이름만으로도 눈시울이 뜨거워진다. 그런 감정을 감추려고 아버지 앞에서는 더

욱 냉정해진다. 그런데 선생님께서는 아버지에게 하고 싶었던 시시
콜콜한 일상을 얘기하거나, 선생님에게서 발견하는 허점을 직설
적으로 표현하거나, 속상한 넋두리를 풀어놓는 따위를 크게 어려
워하지 않는다. 아버지와 소통의 결핍 같은 것을 어쩌면 선생님
에게서 해소하고 있는 것인지도 모를 일이다. 그래서 내겐 또 다
른 아버지 같은 분이랄까. 딸이라면 응당 더 챙겨드리고 안부를
묻고 자주 찾아뵈야 하지만, 제자인 딸이라서 그런 의무감이나
부채감에서 다소 자유로운, 그래서 나로서는 선생님이 더 편하게
느껴지는 것이 아닐는지. 이 글을 쓰면서 비로소 이런 생각에 머
무르며 잠깐 창밖으로 시선을 돌려보았다.

선생님을 비롯하여 고양작가회의 회원들과 찾았던 교동도 화
개산 전망대와 망향대에서 물길 건너 북녘 땅을 향해 돌아선 선
생님의 어깨가 들썩였다. 누군가 선생님께 물었다고 했다. 아주
어렸을 때 고향을 떠났으니 고향에 대한 기억조차 없을 터인데,
무엇으로 고향이 그립다고 하느냐? 유년 시절의 어떤 경험들은
생 전체를 쥐고 흔들기도 한다는 걸 그 누군가는 모르고 있었던
것일까? 무의식으로 가라앉은 경험과 그때 놀라고 어리둥절했던
가슴 속 파장이 한 사람의 성격에 영향을 미치고, 방향을 바꾸는
요인이 되며, 한평생 헤어나지 못하는 늪이 될 수 있다는 걸 몰랐
던 것일까? 이호철 선생님께서 성인이 되어서 실향민이 된 것과
는 또 다른 결핍과 동경과 갈망이 나의 선생님에게도 만들어졌을
것이었다. 가족들과 이웃들이 온통 실향민으로서 그리움에 사무

처 사는 환경 속에서 자란 소년이라면, 그 소년의 어깨는 항상 물길 건너편으로 향하고 있는 법이다. 그 소년이 여든 살 소설가가 되었던들 그 궤적에서 자유로울 수 있을까? 죽는 날까지 실향을 쓰고, 귀향을 꿈꾸실 나의 선생님…….

"오늘도 잘 했네, 정수남이…….."

하며, 자리를 박차고 일어나시는 모습이 눈앞에 선하다. 길 하나를 오롯이 걸어서 끄트머리에 다다르면 선생님은 지금까지 여정을 모두 내려놓고 다시 빈 몸이 되어 새로운 길을 나설 여장을 꾸리실 것이다. 비록 천천히 가더라도 아직 쉴 때가 아니라며 마른 어깨를 들썩일 것이다. 나는 선생님의 멀지 않은 곁 어디에서 선생님의 노래를 듣고 있지 않을는지.

문학공작소의 가파른 계단을 하나씩 딛고 올라서는 선생님의 어깨가 물길 건너 북녘을 향하는 날개로 솟구쳐서 선생님의 소설과 선생님의 생이 장구한 노래로 남기를 바라면서 주먹을 쥐어본다.

4부

−**길을 떠나면** 만나게 된다. 수많은 사물들을, 나와 다른 사람
들을, 무한히 확장하는 사유들을. 그것은 기적과 같다. 돌연
히 나타나서 서로 유기적으로 연결된다. 길을 떠나보면 알 수
있다.

산山사람들의 거짓말

　기차를 타고 울산 신불산으로 떠났다. 차창 밖으로 본 들판은 드문드문 이 빠진 강냉이처럼 수확을 서두른 논보다 더 익혀서 거두려는 논이 많았다. 수확의 설렘과 풍요가 주는 기대감 때문일까. 익어가는 벼들 위로 내리는 가을볕이 따뜻한 기운을 느끼게 했다.

　가로수는 튼실하고 커다란 빗자루를 거꾸로 꽂아둔 것처럼 자루에 해당하는 부분은 튼튼해 보였고, 가지와 잎들로 풍성한 치마를 만드는 부분은 비질 잘 되는 상품上品의 빗자루처럼 보였다. 너도나도 저 빗자루들을 들고 비질하면 세상이 맑고 향기로워지지 않을까 하는 동화 같은 생각을 했다.

　작은 저수지들이 지나갔다. 한겨울이면 꽁꽁 얼어붙어 날을 세운 썰매와 포대 자루에 몸을 맡기고 얼굴과 손등이 빨갛게 언 것도 모른 채 뛰어 놀았던 어린 시절이 그리웠다. 그리운 가운데 웃음이 났다. 박완서 선생님이 〈그 많던 싱아는 누가 다 먹었을까〉에서 회상했던 작가의 옛일이 생각났기 때문이다. 작가는 서울로 올라와 국민학교를 다니다가 방학이 되면 고향 박적골로 내려갔다. 한 번은 엄마가 어디서 났는지 스케이트를 내주며 시골 가서 타라고 주더라는 것이다. 그는 시골 아이들에게 젠체하며 스케이트 날 위에 올라서서 균형을 잡으려고 안간 힘을 썼다. 그 때 사랑에서 손녀를 내다보고 있었던 할아버지가 그를 냉큼 불러다가 호통을 쳤다는 것이다. 스케이트를 한 번도 본 적이 없는 할아버지는 어디서 배워 올 게 없어서 무당 작두 타는 법을 배워 왔냐는 것이었다. 스케이트의 선 날을 보며 신들린 무당이 올라선 칼을 생각했다는 것이 얼마나 재미있는지. 그런데 요즘 같은 날도 저수지가 얼어붙을까? 저수지가 혹 얼어붙는다 해도 얼음 위를 지칠 아이들이나 있는지 걱정되었다. 열차 밖으로 펼쳐지는 자연 다큐에 눈을 떼지 못하고 사색하는 긴 시간을 가졌다.

신불산은 간월산, 가지산, 영축산 자락들과 산맥을 이루어 영남의 알프스라는 별명을 갖고 있다. 가지산에 이어 두 번째로 높은 해발 1209m. 가을에는 들꽃과 억새로 환상적인 장관을 펼치는 최고의 산으로 손꼽힌다. 이번 산행은 홍류 폭포 아래를 지나서 등산로를 따라 신불 공룡능선 일명 칼바위까지 올라 정상을 찍고 간월재로 내려와 다시 출발점으로 오는 코스(약 6시간)였다.

새벽 같이 일어나 콩나물국에 밥을 말아먹고 7시에 등억 온천

단지 무료 주차장에서 출발했다. 잘 만들어 놓은 등산로가 아니라 산사람들이나 오르내리는 길을 따라 끝없이 올라야 했다. 정말이지 정상까지 내리막길 한 번도 없이 오르고 또 올랐다. 신불산은 바위가 많고 경사가 가팔랐다. 흙먼지가 거의 일지 않아서 강원도 정선의 민둥산을 오를 때의 불쾌감은 없었다. 돌과 바위가 지천인 신불산은 큰 나무 종류가 많아 굵고 기다란 뿌리가 등산로 바깥으로 드러나기도 해서 산행하는 사람들의 발판이 되기도 하고 때로는 손잡이 역할도 했다. 그래서 길 주변의 나무줄기와 기둥이 산행을 돕는 이력으로 미끈미끈한 훈장을 자랑하는 것 같다고 남편에게 말했다가, 이것이 나무들 입장에서는 훈장이 아니라 사람들 손길 때문에 닳아진 상흔 같은 것일 수 있다는 생각에 훈장을 들먹인 내가 금세 부끄러워졌다.

일산으로 이사를 하고 등산다운 산행을 안 했을 뿐만 아니라 운동 부족으로 근력이 많이 떨어져 있었다. 게다가 경사가 급한 산행이다 보니 호흡이 금방 급해졌다. 중간 중간 쉬었지만 이내 숨이 차올라 쌕쌕거리기 일쑤였다. 허벅지에는 모래주머니를 달고 움직이는 것처럼 무거웠다. 보폭을 짧게짧게 디디라고 남편이 옆에서 말했지만 원래 보폭이 자잘한 위인이 못 되다 보니 큰 폭으로 경사를 오르는 일이 대부분이었다.

"지금 쌕쌕거리며 오르고 있는 사람은 돌아가서 운동해야 합니다. 운동 부족이에요."

울산 시청 산우회 회장의 일침이었다.

네 차례에 걸쳐 바위를 타고 오르기를 반복했다. 바위 위로 매듭을 지어 떨어뜨려 놓은 밧줄이 운명의 길에서 나를 시험하는 것 같았다. 왼손은 밧줄을 붙잡고 오른손으로 바위의 잡을 곳을 찾아 움켜잡고 몸을 끌어올렸다. 평소 사용하지 않던 골반에도 쥐가 날 것 같은 상태가 여러 번 있었다. 중간 중간 수월한 곳에서는 남편과 이야기를 나누었다. 수월한 코스여서 그랬는지 이야기를 하면서 올랐기 때문에 고통을 잊어서 그랬는지 덜 힘들었고 재미있었다.

"신불산 뜻이 뭘까요?" 나의 질문에 남편은 바로 "신에 불난다"고 말해 그의 순발력 있는 유머에 감탄했다. 나는 대화에서 빚진 것을 산을 내려오면서 만회했다. 사실 발가락에 불이 난 것은 산을 오를 때보다 내려오면서 더 심했다. 아까 산을 오르면서 신에 불난다는 표현이 재미있었다고 하니, 남편은 '신령님이 불도를 닦는 산[神佛山]'이라는 뜻으로 이름 붙여졌고, 사람이 곤경에 처했을 때 도와주는 산이라고 일러주었다. "부처님을 만나려면 그저는 안 되지. 적어도 신에 불이 나야 하지 않겠어"라고 응수했다. 재치 있는 유머가 산행의 고통을 잊게 만들었다.

신불산 등산의 묘미는 칼바위를 타는데 있었다. 바위가 칼처럼 뾰족뾰족 험하다고 붙여진 이름이다. "산에서 작두 타게 생겼군." 무심코 나온 나의 말에 남편이 웃었다. 칼바위는 예상 보다 더 험하고 위험했다. 안전장치가 전혀 없는 칼날 같은 바위를 한참 타고 지나가야 했다. 뜻밖의 모험과 스릴에서 용감한, 한 마디로 겁이 없기도 한, 나를 저지하느라 남편의 간담이 서늘하였을 것이다.

"자꾸 오른쪽으로 나가지 말고 왼쪽으로 붙어!"

칼바위를 타는 내내 남편의 잔소리가 뒤통수를 때렸다. 산 정상까지 칼바위가 이어졌는데, 왼쪽으로 가나 오른쪽으로 가나 낭떠러지였다. 그래도 오른쪽 경사가 더 급했다. 내 발길은 얄궂게도 자꾸 오른쪽으로 디뎠는데, 정말 오른편을 타는 것이 더 스릴 있고 아래 경치가 기가 막히도록 아름다웠다. 초록 나무 군락지에 단풍이 든 나무가 간헐적으로 눈에 띄어 단풍 초입에 들었음을 보여 주었다. 온통 흐드러지게 물든 단풍이 아니라 사이사이 봉숭아 물 들인 것처럼 수줍게 숨어 있어서 숨바꼭질하는 아이를 훔쳐보는 기분이었다. 밧줄을 이용해 칼바위를 오르고는 한숨을 돌리며 뒤돌아본 하늘과 산의 모습이 경쾌한 앵글로 사진 구도를 잡듯이 입체적인 느낌이었다. 뒤돌아본 앵글 속의 하늘과 산은 서로를 끌어당기고, 왼편과 오른편 산자락이 차전놀이를 하며 서로 윗자리를 차지하려드는 생동감이 느껴졌다. 영화 '와호장룡'에서 무당산의 운해 속으로 몸을 던진 '용'처럼 나도 뛰어내리고 싶었다. 떨어지는 나를 기꺼이 받아 주리라는 생각에 두려움 없이 뛰어내렸다……. 상상력 하나로. 내게 상상력은 짧은 시간 동안 나를 자유롭게 만드는 선물과 같은 거짓말이다. 위험한 산행을 겁 없게 즐길 수 있는 여유를 주는 것이다.

앞서 칼바위를 오르는 사람들을 보면서, 뭐야, 또야? 저건 더

심하네, 하고 죽었다는 생각에 침을 꼴깍 삼켰다. 그러나 내가 그 자리에 서게 되면 올라야 하는 뚜렷한 목표와 도전 의욕이 솟았다. "너무 용감해서 불안할 때가 많다"는 남편의 말은 사실이다. 난 너무 모르기 때문에 제멋대로다. 워낙 칭찬 잘하고 기분 좋은 말을 잘 하는 남편이 "고마워. 날 홀아비 안 만들어줘서"라고 산을 내려오면서도, 서울로 오는 열차 안에서도 말할 만큼 나는 한 번씩 나의 감각을 즐기는데 넋을 잃을 때가 있다. 함께 번지점프를 하는데 주저하지 않거나, 제트스키를 타고는 혼자서 금지선을 나가 한참을 다른 섬을 돌다 나타나기도 했던 전적이 있었으므로 마누라가 어디로 튈 지 알 수 없는 불안감이 그에게 있었던 모양이다. 남편의 그런 긴장과 노파심, 또 고맙다는 인사까지 그 말의 진위를 따질 것 없이 기분 좋게 들렸다. 그의 가슴에 내가 크게 자리한다는 사실이 사는 의미가 되기도 하고 감사하기도 했다.

등산을 하면서 최진실의 자살이 몇 차례 사람들 입에 오르내렸다. "왜 죽느냐, 이 좋은 세상에, 돈이 없길 하나." 비판의 목소리도 있었다. 나는 최진실을 비판하고 싶지 않았다. 얼마나 힘들었으면 자식을 두고 스스로 목숨을 끊는 선택을 했을까 하는 생각에 최진실의 죽음이 쓸쓸하고 안타까울 뿐이었다.

우울증과 자살을 예방하는데 산행이 최고라고 선전하는 산우회의 회장님은 거짓말도 수준급이었다. 선두에서 출발했지만 조금씩 뒤로 쳐져 등산을 하는 우리에게 "얼마 안 남았어요." 하고 말한 지 한 시간이 지나도록 나는 계속 산을 올라야 했다. "정상이 저기 보이네." 하고 손가락으로 가리키는 곳을 보니 정상이 지척에 보이기는 한데 올라도 올라도 산꼭대기는 늘 그 자리였다. 산행을 할 때 산사람들의 이런 말이 거짓말임을 뻔히 알면서도 그때마다 그 말에 기대고 속는 것이 참 신기하다. 속으면서도 그 거짓말을 믿고 따르는 것이 보약이 되는 것처럼.

산사람들의 '얼마 남지 않았다', '정상이 눈앞이다'라는 거짓말은 전염도 잘 되는 것 같았다. 세 시간을 걷고 칼바위를 타면서 정상까지 올랐다가 억새 풀밭이 펼쳐진 능선을 따라 걸어 내려오던 중턱에서, 돌아가자, 더 올라가보자, 실랑이를 하는 부부를 만났다. 나는 천연덕스럽게 "이제 얼마 안 남았어요." 하고 먼저 말을 건넸다. 사실 우리는 정상에서 한 시간 가량을 내려왔는데도 말이다. 산행을 포기하려던 여자가 "정말요?"하고 다시 물었다. "예. 정상이 저기 코앞이에요." 하고 남편도 거들었다. 내가 당했다고 하는 산사람들의 거짓말에 나도 전염이 되어 거짓말을 하고 말았다. 그러나 그 거짓말은 후환을 남기지 않고 달콤함마저 있다. 하얀 거짓말이 못마땅한 사람은 없을 것이다. 오히려 배려이고, 정상까지 가도록 이끄는 힘이 된다. 산사람들의 거짓말이 없다고 해서 정상까지 못 오를 것도 없지만, 아름다운 이야기를 만들면서 산행을 하는 복이 될 것이다.

힘든 산행은 인생과 같지 않을까. 포기하고 싶을 때가 있고, 쉬는 시간을 많이 가지다 보면 다시 발을 떼기 쉽지 않고, 정상이 눈앞에 있는 것 같은데 오를수록 꼭대기도 같이 움직이는지 더 멀어지고, 때로는 동행하는 사람보다 생각지 않은 나무가 나를 붙잡아주고, 큰 바위는 잘 타면서 오히려 작은 돌부리에 걸려 넘어지고 헛디뎌 미끄러지고, 정상을 돌아 하산하는 사람들과 "안녕하세요." 인사를 나누면서 나도 곧 저 자리에 서게 될 것이라고 스스로를 부추기고, 돌아오면서 지난 산행을 추억하는 것들이 인생과 많이 닮았다. 이 닮은 도형 속에서 중심점을 찾는 공식도 다르지 않을 것이다. 유머와 칭찬으로 서로에게 웃음을 주고, 정상이 저기 보이니 조금만 더 가보자며 손을 잡고서 자기 이야기를 만드는 상상들이 힘든 산행 가운데서도 정상까지 오르는 힘이 되는 것처럼, 우리 삶에서도 산사람들의 거짓말 같은 것에 기대고 마음을 붙여보면 어떨까. 산행도 삶도 고통과 비애로만 보이지는 않을 것 같다. 산사람들의 거짓말 같은 것들이 우리가 만드는 도형의 중심점은 아니지만, 중심을 있게 만드는 배경이 되지는 않을까. 그 배경이 허약하면 중심도 흐려지는 것이 아닐까.

집

지리산 자락에 있는 함양을 다녀왔다. 폐교에 황토 토담집을 임시로 짓고 생태 마을을 만들고 있는 사람들을 만났다. 세상 속 생업들을 내놓고 산으로 들어가기를 바라는 사람들이었다. 그런 사람들이라면 어떤 집을 꿈꾸고 있을까 궁금했다.

우선 모델 하우스 같은 토담집만 보아도 세속의 때를 벗은 집이었다. 뜨락에는 나무를 깎아 만든 남근상이나 괴목들이 한군데에 모여 있었고, 크고 작은 나무들이 군데군데 자리하고 있어서 아담한 조경원 같았다. 뜨락 뒤쪽에는 두 그루의 암수 은행나무가 맞붙어 있다시피 했다. 올려다 본 은행나무는 학교의 별채로 썼다는 작은 집의 뒤란을 에워싸고 있었다. 암나무에 매달린 초록색 열매가 탱글탱글했다.

본채 뒤쪽에는 부뚜막 위에 가마솥이 올라앉아 있었다. 허옇게 탄 아궁이의 재로 보아 가마솥에 음식을 해 먹기도 한다는 사실을 짐작했다. 본채 왼쪽으로는 텃밭이 있었다. 고추와 상추, 오이, 치커리를 심은 몇 안 되는 이랑이었다. 그 위쪽으로 별채 앞 마당은 제법 넓은 텃밭이었다. 그곳은 고추와 고춧잎들로 온통 초록이었다.

본채로 들어가는 문은 비닐로 만들었다. 자물쇠 따위는 없었다. 달리 찾아올 사람이 없고, 찾아오는 사람이 있다손 치더라도 경계할 필요가 없는 것 같았다. 초여름 그날은 문을 열어두고 있었다. 문턱과 같은 곳에 한 발짝 들여놓으니 분재가 많았다. 그곳에서 사부님이라고 부르는 분이 가꾸는 것이라고 했다. 지나치게 인위적이지도 않았고, 그렇다고 완전히 자연적인 모습을 하고 있는 것도 아니었다. 부지런한 손길을 짐작할 정도의 소박한 것들이었다. 그곳에서도 실내로 들어서는 문이 따로 있었다. 모기와 파리가 들어가지 못하도록 그 문은 닫아 놓았다. 비닐로 만든 미닫이문이었다.

문을 열고 들어서서 보게 된 실내는 조금 널찍하고 고즈넉해 보이는 시골방의 모습이었다. 천장에는 서까래가 겉으로 드러나 보이고, 벽은 황토로 덮여 있었다. 황토와 석면을 반반씩 섞었다고 한다. 점성을 강화해 튼튼하게 만들고자 고안해낸 방법이었다. 부엌이 붙어 있었다. 현대식 싱크대가 어울리지 않는 듯했지만 그 편리까지 내려놓으라면 지나친 기대일 것이다. 하지만 한쪽에 작은 단지들을 놓아둔 미니 장독대가 황토방과 잘 어울렸다. 그 방을 거실이라고 표현하는 것은 부적절할 것 같았다. 사랑방이라는 말이 더 어울릴 법한 그곳 한가운데에는 나무로 만든 앉은뱅이 긴 탁자가 놓여 있었다. 찾아온 우리들과 그곳 사람들이 모여 아홉 명이 그 탁자에 둘러앉아서 저녁식사를 했다. 텃밭에서 갓 따온 고추와 상추, 오이를 된장과 먹는 유기농 밥상이었다. 직접 담갔다는 술도 맛보았다. 소나무로 만든 술, 더덕 술, 앵두 술, 지금은 이름을 기억하지 못하는 것까지. 그 색깔과 맛이 도시에서 맛보는 맥주나 소주와 많이 달랐다.

그곳에서 불편한 점이 있었다면, 씻는 것과 화장실이었다. 뜨거운 물이 나오지 않았기 때문에 별채에서 찬물로 샤워를 해야 했다. 냉수마찰을 하는 것이나 다름없었다. 그러나 그 차가움이 불쾌하지 않았다. 처음 물을 끼얹었을 때 잠시 놀랐을 뿐 이내 견딜만했다. 샤워를 마친 뒤의 느낌이 아파트에서 따뜻한 물로 씻고 나온 것과는 달랐다. 상쾌하고 개운했는데, 내가 맑아지는 것 같았다. 어렸을 때 고향의 개울에서 여름밤 멱을 감았던 일이 떠올랐다. 달빛 아래 동네 여자들이 어울려 들어갔던 물은 서늘한 기운이 온몸을 감고 돌았다. 겨드랑이와 사타구니, 다리를 따라 휘감는 물살이 얼마나 시원했는지. 차가울수록 맑아지는 것일까. 예상치 않은 냉수욕으로 낮에 지리산 둘레길을 걸으면서 끈적거렸던 몸과 마음을 씻어내 투명해지는 느낌이었다.

화장실은 그야말로 시골에서 다녔던 초등학교의 변소를 그대로 옮겨 놓은 것 같았다. 무서운 이야기들이 한꺼번에 생각나면서 들어가기가 꺼려졌는데 어쩔 수가 없었다. 낯설고 불편해진 그곳에서 부리나케 볼일을 보는 사이 잠깐, 화장실 윗부분에 만들어 놓은 작고 네모난 구멍으로 보름에 가까운 달이 보였다. 하늘에 매달린 등처럼 낮은 조도로 빛나고 있는 달은 적적해 보였는데, 밖으로 나온 나의 등을 끝까지 비추며 따라와 주었다.

새벽에는 새소리에 잠을 깬다는 여주인의 이야기가 있었지만, 기대 밖으로 지리산 자락의 새는 길손의 잠을 방해하지 않았다. 어쩌면 고단한 밤을 보낸 아침이라서 더 아득하게 들렸는지도 모를 일이었다.

폐교 한쪽에는 시인이 살고 있었다. 약초로 엑기스를 만들어 팔고, 도보 여행을 안내한다는 초로의 남자였다. 교실 한 개 크기를 꾸며 만든 방에는 약초 단지들이 즐비했다. 그 맛 또한 상품이었다. 시인이 벗 삼아 기르고 있던 고양이가 새끼를 낳았다. 분양한다며 거저 주겠노라고 했지만, 나는 조용히 입을 다물었다. 큰딸이 이 사실을 알게 되면 큰일이라는 생각에 멀리 있는 것도 잊은 채 외면하고 돌아서 나왔다.

하루도 채 머물지 않았던 곳이었는데도 그곳 풍경이 선연한 까닭이 무엇일까. 나로선 동경에 그치고 행동하지 못하는 것을 실천하고 있는 사람들에게서 받은 감동 때문일까. 일 년이 넘는 기간 동안 작은 공동체 마을을 만들고 있는 그들의 용기가 부럽고 존경스러웠다. 중장기를 직접 운전하면서 터를 고르고, 오천 평을 다듬어서 십여 채의 작은 공동체 마을을 만들겠다는 사람들. 여러 차례 위험한 순간들이 있었다고 한다. 우리가 다녀간 뒤로도 작업 중인 중장기가 굴러 떨어지는 바람에 촌장이 다쳤다는 소식을 들었다. 그런 위험을 감수하고도 직접 집을 짓겠다는 그곳 사람들의 뜻이 맑은 풍경 소리처럼 들렸다.

그러고 보니 삼척에서 가족과 함께 살 집을 직접 짓고 있었던 부부를 본 적이 있었다. 도시의 집과 일을 과감하게 등지고 산으로 들어간 가족이었다. 황금빛 햇살 속에서 야생 딸기를 따서는 바로 입에 가져가도 겁날 게 없던 그곳. 두릅을 따서는 전을 부쳐 먹고 산나물을 캐서는 된장에 조물조물 무쳐 먹는 그곳. 선녀탕이라고 이름 짓기 좋은 계곡이 있는 그곳에서 그들이 살고 있었다. 한옥을 짓는 남편과 산나물을 캐다 반찬을 만들고 약초를 구해서는 식초와 술을 담그는 아내가 아이 셋과 함께 비닐하우스로 만든 집에서 임시로 살았다.

집 안은 토굴 같았다. 여러 겹의 비닐로 만든 미닫이문을 열고 들어서니 바로 부엌이었다. 바닥은 흙을 다져 만들었고, 아궁이가 두 개 있었다. 울퉁불퉁한 부엌 바닥을 걸어 들어갔더니, 마루쯤으로 보이는 곳은 차가운 구들장이었다. 그곳을 통하여 깊숙한 골방이 양쪽으로 두 개 있었다. 아파트에서 볼 수 있는 가구나 가전제품 따위는 없었다.

비닐하우스 뒤쪽에 짓고 있던 한옥은 지붕이 아래로 많이 내려온 형태였다. 겨울이면 바람 많고 눈이 많이 오는 점을 고려하여 설계한 듯했다. 놀라운 것은 그 집을 7년째 짓고 있었다는 것이다. 지금으로부터 12년 전이니, 오늘밤 그 가족들은 그들의 집

창으로 들어오는 별빛을 보다가 잠이 들지 않았을까. 곳곳에 아버지의 손길이 묻어 있는 집, 십 년을 같은 꿈을 꾸며 이루어 왔을 가족들의 시간과 기도가 그곳에 있을 것이었다.

때때로 나는 꿈속에서 내 고향 옛집을 본다. 옛집은 회색 슬레이트 지붕의 작은 시골집이었다. 흙 마당과 텃밭이 있고, 꽃과 나무가 많은 집이었다. 낮은 천장 때문에 집 안은 어두웠지만 아늑했다. 미닫이 방문의 창호지로 햇빛이 드리웠고, 옹이 마루에는 낮 동안 볕이 머물렀다. 아침이면 부엌에서 엄마의 도마질 소리가 잠을 깨우러 달려왔다. 나는 동생들과 계란프라이에 간장과 참기름을 넣어 비빈 밥을 먹고 온 동네와 뒷산을 누비며 다녔다. 뒷산이 지겨우면 마을 오른쪽 끝에 있는 개울에 가서 놀거나 마을 앞으로 펼쳐진 논둑을 뛰어 놀았다. 이것들이 모두 나의 집이었다. 내 고향집, 내 영혼이 머무는 곳. 엄하지만 한편 자상했던 아버지, 온후한 어머니, 밝고 명랑한 동생들이 있었다. 실유카 하얀 꽃망울을 따서 향기를 들이키고, 자두나무를 타고 올라서서 나뭇가지를 힘껏 흔들어대던 그때. 산으로 들로 시내로 뛰어놀기 바빴던 어느 날 문득 노랗게 익어가고 있는 모과를 보았을 때의 경이로움. 옆집 화장실까지 가기가 귀찮아서 집 앞 텃밭에 들어가 호미로 구덩이를 파고 볼일을 볼 때 얼굴을 간질였던 깻잎 이파리들, 그 위에 칠성무당벌레. 양철 지붕으로 만든 창고 안의 한갓진 곳 건초더미에서 발견한 손가락만한 쥐새끼들이 연분홍 살

갖으로 꼬물거리던 모습. 어미닭에게 쫓겨 뛰쳐나오면서 황급히 달았던 문, 소리. 세월이 흐를수록 옛집에 대한 그리움이 커진다. 그런데 막상 내가 지금 그곳으로 돌아간다면, 나는 그때처럼 맑은 그대로일 수 있을까?

옛집에 대한 기억은 노년에 접어들게 되면 시골집에서 살고 싶다는 꿈을 갖게 했다. 그렇지만 시골에서 전원생활을 한다는 것이 나 한 사람의 뜻으로 이뤄지는 것도 아니고 여러 가지 여건이 맞아야 가능하다는 생각에 이르니 힘이 빠진다. 지금 내가 할 수 있는 거라곤 풍경 좋은 집은 일단 제쳐두고, 살고 있는 아파트집에서 내가 지향하는 집을 가꾸어가며 사는 것이다. 아이러니하게도 고통과 상처가 시작되는 곳이, 그러나 사랑이 함께 있는 곳이 집이라고 한다. 요리를 하는 집, 이야기를 나누는 집, 자유로운 집, 평온하며 자신감이 생기는 집, 관대해지는 자신을 느낄 수 있는 집, 치유력이 충만한 집, 용서하고 너그러워지는 집 등등. 완벽한 집에 대한 희망을 쉽게 포기할 수는 없지만, 가끔 실망하게 될 부분은 역시 집의 외관이 아니라 식구들이 사는 모습 같은 것이리라.

친구와 이웃이 인연이 되어 함께 집을 짓는 일도 훌륭하고, 온 가족이 꿈꾸며 오랫동안 짓는 집도 정성스럽다. 그래서 그토록 꿈꾸며 짓는 집을 나도 언젠가 실현해보고 싶은 욕심이 있다. 그러나 집이란, 정말 중요한 것은 집에서 사는 가족들의 마음과 태도 같은 것들이 아닐까. 함양의 벗과 이웃이, 삼척의 한 가족이 보여주는 것처럼 맑고 소박한 뜻으로 정성스럽게 집을 짓고 있는 그 과정이 내 마음을 빼앗았던 것이었다. 정작 완성된 집이 어떤 집일는지 그것이 궁금했던 것이 아니었다. 불편한 생활임에도 불구하고 함께 쌓게 될 시간과 추억이 훗날 맑은 풍경소리처럼 댕그렁, 찾아올 것을 알기 때문이었다. 마치 나의 고향 옛집처럼.

함양의 폐교와 삼척의 비닐하우스와 나의 옛집을 한 문장, 두 문장, 세 문장, 글로 쓰면서 집을 지어보았다. 문장으로 정성스럽게 짓는 집처럼 그런 마음과 뜻으로 나의 집을 만들어 가면 좋겠다.

'원 달러'를 외치는 아이들

구릿빛 아이들이 웃고 있다.

캄보디아에서 찍은 사진들 속에서 눈길이 간 것은 그곳 아이들의 모습이었다. 서너 개의 팔찌를 내밀며 '원 달러'를 외치던 바라이 저수지의 아이들, 앙코르 와트 유적지들 입구에서 꽁무니를 쫓아다니던 아이들, MBC 일요일일요일밤 프로그램의 단비팀이 우물을 만들어 주었다던 학교에서 사탕을 달라고 줄을 섰던 아이들, 톤레삽 호수에서 자기키만 한 뱀을 목에 두르고 사진을 찍으라고 하고선 '원 달러'를 받아갔던 아이들.

미리 읽었던 여행서 두 권과 가이드의 설명에도 불구하고, 바라이 저수지에서 만났던 아이들의 모습은 충격이었다. 버스에서 내리자마자 구릿빛 아이들 수십 명이 몰려왔다. 형형색색의 아기자기한 팔찌들이 수북한 바구니를 들고 손목에 대여섯 개씩을 감고는 "세 개, 원 달러!"를 외치며 꽁무니를 졸졸 따라다녔다. 사모님 예뻐요. 머리카락 예뻐요. 날씬해요. 피부 하얘요. 늘어놓는 말들을 처음에는 진심으로 들었다가 이 아이 저 아이에게서 같은 말이 계속 되는 걸 알고는 한국 관광객을 상대로 외운 말임을 깨달았다. 그러나 무작정 외우기만 한 것은 아니었다. 우리 쪽에서 하는 말들을 되풀이하거나 즉각적인 대응을 하는 것을 보면 한국어를 열심히 배우고 연습하고 있는 것이 틀림없었다. 옆에서 걷던 남편에게 어떤 남자 아이는 사장님 멋져요, 날씬해요를 반복해도 팔찌를 팔지 못하자 사장님 뚱뚱해요, 라며 서운한 기색을 드러냈다. 우리는 제법이라고 말하며 웃어넘겼다. 하루 양식을 버는 아이들의 행렬 때문이었을까. 그곳 저수지의 물빛도, 구릿빛 흙도, 어른들의 얼굴마저도 그늘져 보였다.

불쌍하다며 여러 장의 천 원짜리까지 풀어 대량 사 주는 여행객이 나타났다. 팔찌를 들고 있는 아이들이 그 여행객에게 우르르 몰려갔다. 고집스럽게 사지 않는 다른 여행객을 떠나지 못하고 인심 좋은 여행객과 자신의 손님을 번갈아보는 아이들의 눈빛이 점점 조급해졌다. 그 여행객은 자선이라도 베푸는 것일까. 동정과 연민의 손길이었을 테지만, 나는 괜스레 심기가 불편해졌다. 무엇보다도 아이들에게 바구니를 들려 보낸 그곳 어른들을 보는 눈이 곱지만 않았다. 속에서는 자꾸만 뜨거운 것이 부걱부걱 괴어올랐다.

'원 달러'를 외치는 아이들은 다른 유적지에도 있었다. 예전에는 유적지 안에까지 호객 행위를 하는 아이들이 많았다지만, 이제는 단속 때문에 유적지 입구에서만 볼 수 있었다. 여러 군데의 유적지를 돌아보면서 아이들이 파는 품목도 다양하다는 걸 알았다. 피리, 자석, 부채, 스카프, 작은 악기 등등. 아이들이 '원 달러'를 버는 방법도 다양했다. 킬링필드 유골 전시관이 있는 한 사원에서는 열 살의 남자 아이 둘이 실로폰 같은 악기를 연주하거나 향 피우는 것을 안내하면서 '원 달러'를 받아갔다. 똔레삽 호수에서 배를 타고 수상촌을 둘러보고 있을 때는 어느새 다가온 작은 배에서 남자, 여자 아이들이 뛰어올라와 콜라를 주거나, 뱀을 목에 두르고 사진 모델을 하고는 '원 달러'를 달라고 했다. 다섯 살이 안 된 어린아이들은 어떤 상행위 없이 그저 구걸하듯 손을 벌리기도 하였다. 그때까지만 해도 나는 '원 달러'를 외치는 아이들을 가엾어 하는 눈길 그 이상으로 보지 않았던 것 같다.

그러나 가이드의 설명은 뜻밖이었다. 대부분의 아이들이 오전반 오후반으로 나뉘어 학교에 다닌다는 것이다. 학교에 가지 않는 시각에는 이렇게들 나와 '원 달러'를 번다는 것이었다. 물론 강제로 나선 아이들도 없진 않겠지만, 끈질기게 관광객에게 따라붙는 아이들의 억척같은 모습에는 다부진 데가 있었다. 6·25 전쟁을 전후해 우리나라 아이들이 헤진 옷을 걸치고 누렇게 뜬 얼굴로 '쪼콜렛', '씨가'를 외치면서, 미군 군용차를 따라다녔던 것처럼. 그때 우리나라 아이들의 모습도 이곳 아이들의 모습과 크게 다르지 않았을 것이다. 구걸하고 소극적이었던 몇 년 전에 비해 캄보디아 아이들도 돈 맛을 알게 되었다고 조소할 일만은 아니다. 비록 지금은 굴욕적이고 부끄러운 모습으로 비춰질지 모를 일이지만, 그래서 무책임한 어른들을 탓하고, 무능하고 부패한 정부를 비판하곤 있지만, 캄보디아의 앞날이 비관적이지만은 않다. 유창한 외국어 실력을 갖추고 '원 달러'를 외치는 아이들이 있질 않은가.

그들을 불행하다고만 볼 수는 없을 것이다. 바라이 저수지 옆에는 거적때기를 두른 집들, 곧 부서질 것 같은 수상가옥들이 즐비하다. 그런 환경들 때문에 아이들이 불쌍했지만, 그곳 아이들에게는 반짝반짝 빛나는 것이 있었다. 아열대의 땡볕 아래에서 구릿빛으로 빛나는 아이들의 웃음과 미소. 바캉 사원에 있는 사면관음상의 미소나 반디 스레이 사원에서 본 크메르 미소처럼 온화하고 수줍은 웃음을 띠고 있었다. 비록 가난한 나라의 멍에를 지고 있긴 하지만, 그 웃음과 미소에서 아이들의 건강한 현재와 미래를 보았다.

아프리카의 작은 나라 말라위 사람들이 쥐를 먹는다고 하면, 우리들은 그들을 불행하다고 본다. 얼마나 굶주렸으면 쥐까지 잡아먹을까, 그 나라에서 태어나지 않은 것이 얼마나 큰 행운이고 행복인가. 이렇게 생각할 법도 하다. 그러나 말라위 사람들이 쥐를 먹는 이유는 굶주림 때문이 아니라고 한다. 꼬치에 꿰어 구운 쥐고기가 그들이 좋아하는 오래된 간식이라는 것이다. 바깥에서 보는 불행이 정작 그들에게는 행복일 수 있다는 것이다. 캄보디아 아이들의 모습도 그럴까. 안쓰러움과 동시에 의연함에 감탄하게 된다. '원 달러'를 외치는 아이들에게서 동정과 연민을 갖는 것은 당연한 일이다. 그러나 천진난만한 아이들이 무거운 짐을 감당하고 있는 모습에서 희망도 함께 보고 싶다.

현지인 집을 탐방하고 버스로 돌아가던 나에게 풀꽃 반지를 손가락에 끼워 주던 남자 아이가 있었다. 그리고 한 여자 아이는 네 잎 크로버를 주었다. 나는 뜻밖의 선물에 감동해 얼굴을 쓰다듬으며, 정말 예쁘다고 고맙다고 말했다. 하지만 대가로 '원 달러'를 주지는 않았다. 만약 그랬다면 아이들의 진심을 돈으로 산 게 되어 두고두고 불편했을 것이다. 설마 그 아이들은 내게서 '원 달러'를 받지 못해 속상했을까.

나는 지금 손을 내밀면서 '원 달러'를 외치는 사진 속 아이들에게서도 희망을 읽고 있다. 이 아이들이 앞으로 캄보디아를 일으키는 힘이 될 것이다. 그리고 내가 오래도록 보고 싶어 하고 궁금해 할 캄보디아의 얼굴이기도 할 것이다.

그녀와 새만금

얼마 전 1900번 버스를 타고 광화문으로 가고 있었다. 그날도 뒷자리에 앉았다. 바쁜 일상을 핑계로 미뤄놓은 생각들을 정리하기에 좋은 시간이었다. 눈을 감고 꼬리에 꼬리를 물며 한창 사유를 늘어뜨리고 있는데, 진한 향내가 코를 자극했다. 여자의 향수 냄새였다. 아무리 유니섹스 시대라고 하지만 향수 냄새엔 아직 성별이 구분된다. 어느 여자가 무스크향의 향수를 쓸 리 없고, 어느 남자가 장미향이나 라벤더향을 사용할 리는 만무할 테니까. 어떤 향인지, 무슨 향수인지는 모르겠다. 나는 향수라면 기겁을 할 정도로 싫어하기 때문에 쓰지 않을 뿐만 아니라 그쪽으로는 통 문외한이다.

잠깐 내가 향수를 쓰지 않는 이유를 굳이 말하자면, 누구보다 예민한 후각 탓이다. 반려견 마리가 화장실에 볼일을 봐두면 나는 집 안 어느 방에 있든 알아챈다. 작은 평수의 집이기도 하지만 다른 식구들에 비해 그 감각이 발달된 것만은 사실이다. 그래서 방향제를 두거나 살충제를 뿌린다든가 모기향을 피우는 것마저 질색이다. 하물며 내 몸에 향수를 뿌리는 건 두말할 것도 없다. 남편이 고가의 향수를 사준다면서 한 번 써볼 것을 회유하기도 하였지만 딱 잘라 거절했다. 그러고 보니 요즘 시중에 나와 있는 진한 향이 들어간 화장품을 무심코 샀을 때 낭패를 보기도 했다.

그런 내가 바로 앞에 선 여자의 향수 냄새 때문에 곤혹을 단단히 치러야 했다. 언제 내리려나. 난 아직 갈 길이 먼데……. 애써 눈을 감고 외면하려 해도 냄새는 눈으로 보는 게 아니라 코로 들어오는 것이어서 어쩌지를 못했다. 코도 눈처럼 내 의지대로 열고 닫으면 얼마나 좋을까. 꼬리를 물고 이어지던 생각은 산산이 흩어지고, 내 머릿속은 온통 그 냄새로 채워졌다.

어떤 여자인가 싶어 곁눈질로 찬찬히 살폈다. 정수리쯤에서 파머머리를 질끈 묶었고, 옅은 황토색깔의 바바리코트를 입었다. 아직 쌀쌀한 날씨에 이르다 싶은 하늘하늘한 천의 원피스가 코트 밖으로 짧게 흘러내려 약간 통통하면서도 늘씬한 다리가 돋보였다. 검정 다리가 미끈하게 이어진다 싶더니 검정색 워커 하이힐이 보였다. 한쪽 어깨엔 가방 이음새에 여러 가닥의 술을 늘어뜨린 풀색 가방을 멨다. 얼굴은 미처 쳐다보지 못했다. 어차피 얼굴 생김새로 사람 알아보는 데는 재주가 없으므로 아쉬움도 없었다. 그러나 가방끈을 잡은 손을 보고 원하던 것을 찾은 것처럼 반가웠다. 손톱이었다. 빨간 매니큐어를 칠한 손톱. 어쩌면 그 차림새

와 나이에 맞는 화장일 수 있는데, 나는 내가 목적하는 퍼즐을 맞
춰가듯 잠정적으로 결론을 내렸다. 분명 빨간색 또는 주황색 립
스틱을 바른 화려하게 예쁘고 섹시한 젊은 여자가 아닐까. 편견
을 가진 판단이란 생각도 잠시 했다. 그러나 그 냄새가 결정적이
었다. 짙은 향수를 얼마나 뿌렸기에 주변 사람을 이토록 힘들게
한단 말인가. 나는 장님들이 만진 코끼리 다리와 몸통, 꼬리를 종
합하여 결론을 짓듯이 나름대로 여자의 나이와 직업을 짐작해보
았다. 20대 중후반 또는 30대 초반. 대학생이라면 예대생, 직장인
이라면 디자이너, 디스플레이어, 패션몰 판매원 또는 뷰티샵 운
영자 정도.

향수를 싫어하는 나에겐 고통스런 시간이었지만, 출근길에 시
달리는 남성들에겐 그녀가 좋은 눈요깃거리가 되었는지도 모를
일이었다. 결국 내가 먼저 내려야 했다. 광화문에서 내리는 사람
들이 많은 것을 핑계로 나는 여유를 부리며 그녀를 다시 한 번 관
찰했다. 빈자리를 찾아 앉은 그녀의 얼굴이 간밤에 많이 울기라
도 했던 듯 제법 부어 있었다. 피로에 지친 모습이었다. 뒤늦게
발견한 그녀의 얼굴은 앞서 보았던 그녀의 차림새나 향수 냄새와
어울리지 않았다. 무엇이 그녀를 지치고 슬프게 만들었을까. 화
려한 의상과 화장으로 자신의 감정과 상황을 감추려 했던 그녀가
스스로에게 기분을 고양시키기 위해 애쓰는 모습을 본 것 같아
안쓰러웠다.

가면을 쓰고 사는 것은 결코 유쾌하지만은 않다. 자신을 숨기

는 일에 피로해질 즈음에는 종종 가면을 벗고 있는 그대로의 모습으로 가볍게 존재하고 싶을 때가 있다. 쉽게 화장을 하면 뭔가 답답하고 무거운 것처럼 가면이 주는 억압도 만만치 않을 것이기 때문이다.

그렇다고 민낯으로만 살 수 없는 게 우리의 운명이 아닐까. 민낯으로 대해야 할 때가 있고 가면을 써야 할 때가 있는 법. 오히려 그 가면으로 관계의 진전을 가져오고, 업무를 원활하게 수행하며, 상대를 예우하게 된다. 민낯이 건강하다면 걱정할 일이 아닐 것이다. 가면을 통제할 힘이 있기 때문이다. 그러나 민낯이 병들었다면 두려운 일이 될 것이다. 복잡다단한 사회 속에서 우리는 여러 겹의 가면을 만들고 있으며, 부끄러운 민낯과 대면하기 두려운 나머지 가면을 벗으려고도 하지 않을 것이기 때문이다.

고양시 덕양구 중남미문화원에 가면 남미의 많은 가면들을 볼 수 있다. 벽을 둘러가며 다양하고 다채로운 가면이 무릎 높이에서 천장 가까이에 이르기까지 마치 박제된 짐승들처럼 벽에 걸려 있다. 어떤 것은 정감 있는 표정으로, 또 어떤 것은 우스꽝스러운 얼굴을 하고 있으며, 가면 하나에 여러 개가 겹쳐 있어서 어떤 복합적 의미를 지니고 있는 듯 보이는 것도 있다. 어떻든 모두 다른 얼굴들이지만 공통적으로 위압감 같은 걸 준다. 무슨 의도에서 이런 많은 가면들이 만들어졌을까. 특히 인상 깊었던 가면이 있었는데, 몇 개의 가면이 겹쳐 있는 형태였다. 가장 바깥의 가면이 갈라져 그 안에 다른 가면이 있고, 또 그 가면이 갈라진 안쪽에 다른 얼굴이 있는 것이었다. 전체적으로 오랜 세월을 견디면서 어둡게 퇴색된 붉은 색은 남미 원주민들의 붉은 피부를 가리키는 것 같았다. 가면들의 방에 있는 안내문에는 '가면을 씀으로써 우리는 진실에 가까워진다'고 쓰여 있었다.

그러고 보면 나는 매일 가면을 쓴다. 아이들과의 수업에 들어가기 전에 행하는 의식과 같은 것이다. 엘리베이터 안에서 거울을 보며 또는 초인종을 누르기 전에 심호흡을 하면서 자기암시를 한다. 나는 유쾌하다. 씩씩하다. 아이들과 신나게 수업 한다. 이 의식은 수업을 시작했던 초창기에 의도적으로 했던 것이었는데 이젠 습관처럼 되었다. 그래서 때로는 정말 내가 유쾌하고 씩씩하며 신나게 수업 하는 선생인 것처럼 느껴질 때가 있다. 한편으로 나의 민낯은 아니지 않느냐고 반문하기도 한다. 민낯이라고 믿었던 것도 또 하나의 가면이라는 것을 깨달을 때는 나의 정체성에 대한 생각이 흔들린다는 사실을 고백하지 않을 수 없다. 겹겹이 쌓인 채석강의 지층들처럼 나는 수많은 가면에 가면을 겹쳐 쓰고 있는 것은 아닐는지.

동백꽃을 보러갔다가 허탕을 치고 돌아오던 길, 채석강에 들러서 지층들을 올려다보면서 던진 질문이 있었다. 양파와 지층과 사람의 공통점이 무엇일까? 그 중 가장 깊은 것은 무엇일까? 그때 남편은 내가 바라는 대답을 했다. 벗기고 벗겨도 그 안에 또 뭐가 있다는 공통점을 갖고 있으며, 그 중 사람이 가장 깊지 않겠냐는. 누구나 알고 있는 상식선의 질문과 답이었는데도, 나는 새만금으로 가는 길에서 그 생각을 하고 있었다.

부안에서 군산으로 쭉 뻗어 있는 길을 30분 넘게 달려도 도로는 끝나지 않았다. 바다에 길을 내고 메운 대형 공사가 실감나는 현장이었다. 이미 메운 곳과 지금도 적재해 놓은 그 많은 흙들을 다 어디서 구해왔을까. 불가사의했다. 곳곳에 세워둔 휴게소와 화장실은 관광자원으로 활용할 앞으로의 계획을 보여주고 있었다.

이제는 끝날 때쯤 됐겠지. 이정표를 열심히 보는 가운데 맞은 편 언덕에 '녹색성장 새만금'이란 표어가 나타났다. "저건 거짓말이다!" 나도 모르게 말을 뱉은 나는 남편의 눈치를 살폈다. 보수 성향의 남편 생각이 짐짓 궁금했는데 아쉽게도 조용히 넘어갔다. 모처럼 소풍 나온 분위기를 깨고 싶지 않아 나도 입을 다물었다. 우리 부부는 싸울 일이 없다가도 이런 안건에 서로 얼굴을 붉히는 일이 종종 있었기 때문에 나로선 조심하는 편인데도 내가 즉각적인 반응을 보일 만큼 그 말은 너무도 뻔한 거짓말이었다. 새만금사업이 어찌하여 녹색성장이란 말인가. 눈 가리고 아웅도 유분수지. 속으로 구시렁거렸다.

녹색성장은 가면이다. 정부가 녹색성장이라고 화장한 가면 속에는 대형 토건 한국이라는 민낯이 있다. 그리고 토건 한국은 또 하나의 가면으로 그 아래 지층에는 대기업 불려주기가 숨어 있다. 그 가면을 벗기고 아래 가면을 또 벗기면 어떤 가면이 숨어 있을까. 손이라도 덥석 잡아주고 싶은 그녀의 가면과는 다르다. 정부와 새만금이 쓰고 있는 가면은 국민을 상대로 하는 거짓이다. 우리국토가 마치 지치고 슬픈 그녀의 민낯처럼 애처롭게 느껴진다.

목요일에는 길을 떠난다

목요일에는 길을 떠난다. 목요일이 되면 가슴 설레는 이유가 거기 있다. 길 위에 있음은 도전이고, 모험이며, 만남을 예정한다. 그것들은 창조적 과정에 영감을 주기도 해서 한층 더 설렘을 낳는다.

내가 태어난 날이 목요일이라는 사실을 알게 되면서 아마도 나는 목요일에 대한 특별한 정서와 애정을 갖게 된 것 같다. 그리고 함께 알게 된 '목요일의 아이는 길을 떠난다'는 말은 얼마나 시적이고 구도적인가. 비록 종교를 가지고 있진 않지만, 삶도 그런 측면이 있으니 순례하는 마음으로 길을 떠날 수 있음은 맑은 복일 것이다.

그날 장대비가 내렸다. 굵은 빗줄기에 몇 걸음 앞을 볼 엄두도 나지 않았다. 그렇다고 며칠 전부터 광화문에서 공부가 끝나면 덕수궁이나 인사동을 걸으리라 마음먹고 있었던 계획을 물리고 싶진 않았다. 빗속 걷는 걸 책만큼이나 좋아하는 나로서도 갈 길이 있으니 우산에 의지해야 했다. 집을 나설 때 가장 큰 우산을 찾아 들었건만, 다른 우산의 두 배 크기였던 검정 신사용 우산은 곧 결함을 보였다. 우산이 접혀지지 않는 것을 버스를 타게 되면서 뒤늦게 알게 되었다. 부러 끈으로 묶어 놓아야 했다. 목요일을 더군다나 빗속을 걷는 즐거움을 우산 때문에 망칠 생각은 추호도 없었다. 그래서 교보문고에서 우산을 샀다. 가져온 우산의 절반 크기밖에 되지 않지만, 남색 셔츠와 흰색 반바지 차림에 잘 어울릴 것 같아서 파랑색으로 골랐다. 바깥으로 나서니, 우산치마를 두드리는 여름 장마 빗줄기가 비발디 사계 '여름'의 선율처럼 야성적이고 맹렬했다. 한 손에는 검정색 큰 우산도 들고 있었다. 비가 더 억수 같이 쏟아지면 바꿔 쓰리라 마음먹었다. 그러나 인사동 골목에 이를 때까지 줄곧 나의 몸은 파랑색 작은 우산 속에 있었다.

인사동 골목에서 처음으로 들어선 곳은 갤러리 라 메르. 이영희 그림전이 열리고 있었다. 온통 파랑색 계열로만 그려진 추상화들이 크고 작은 액자를 프레임으로 하얀 벽에 걸려 있었다. 동그라미 세모 네모가 무한대 기호(∞)와 잎사귀와 의자와 섞인 크고 작은 그림들의 제목은 'Infinite dream'. 꿈과 이상과 행복의 원천을 찾아 떠난 작가의 여행을 넋 놓고 바라보았다. 그림마다 그려져 있는 의자에 눈길이 갈 때면 파란 숨을 쉬고 있는 내가 의자에 앉아 있거나 의자를 붙잡고 서 있는 모습을 상상했다. 파랑색이 다채로웠다. 밝은 색에서 어두운 색에 이르기까지 파랑색 계열로 채색된 그림들은 꿈과 이상과 행복을 찾은 기쁨과 즐거움을 수면 위로 드러내고 있다기보다는 그 과정의 고통을 내면화하고 있는 것처럼 느껴졌다. 깊숙이 잠겨 있는 파랑이랄까. 꿈과 이상이 그것에 도달했을 때는 이미 꿈과 이상이 아니다. 그것을 찾아서 이루기 위해 노력하는 과정에 뜻이 있고 행복이 있다는 것을 말하고자 함인가. 작가의 의도가 궁금했다.

그림 감상에 몰입하고 있는 내가 자못 진지해 보였던지 그림을 그린 작가가 자신을 밝히고 전시를 소개하고 있는 잡지 기사를 건넸다. 주관적이었던 감상과 비교해가며 꼼꼼하게 읽고는 다시 한 번 그림들 앞에 섰다.

명도와 채도를 달리 한 파랑색 일색의 그림들은 얼마나 다른 파랑색들이 있을 수 있는지 보여주었다. 동그라미 세모 네모 무한대(∞)는 세상의 것들이 어느 하나둘의 도형으로 꼴을 갖춘 것이 아니라, 동그라미 세모 네모 등등 수많은 다른 것들이 공존하고 있음을 말했다. 그 잎사귀는 동그라미 세모 네모 무한대(∞)의 것이 되어서 저마다 꿈꾸는 꿈과 이상과 행복이 다를 수 있음을 보여주었다. 그리고 그 세상 속에서 자아를 깨트리지 못하고 있는 자신이 또는 우리들이 의자로서 형상화 되어 어떤 무한성과 영원성을 꿈꾸고 있는 것은 아닐는지.

파랑만 보다가 나왔기 때문일까. 한결 수그러진 빗줄기속에서

푸른빛을 머금은 물안개 드리워진 거리가 아련하면서 또 새로웠다. 안개 속에서 나의 의문은 얽히고설키면서 더욱 혼란스러웠다. 작가가 그의 자아를 그린 의자 대신 나의 자아를 그려 넣는다면, 나는 무엇을 선택할까. 질문 하나가 더 생기면서 미궁 속으로 빠진 나는 거리를 기웃거리기 시작했다. 거리에서 만나는 사물들로 나의 자아를 표현해 보자는 생각이 떠올랐다.

걷다 보니, 눈길을 끄는 전시가 있었다. 박목수의 '찻상전'. 소품에 이르기까지 작가의 손길이 닿은 작품들이 저마다 다른 나뭇결을 드러내며 빛나고 있었다. 좌식 찻상이 있는가 하면, 어떤 것들은 나무의자와 함께 세트로 만들어졌다. 그러나 뭐니 뭐니 해도 앉은뱅이 찻상이 차茶를 나누는 자리에는 제격이다. 차를 마시는 사람은 의자가 아니라 자신의 등뼈를 세워서 마주앉아야 다도답다. 순간, 이거다! 하고 머릿속에서 의자 대신 찻상으로 바꿔 놓았다. 그리고 한달음에 써 내려간 메모.

나에게 글을 쓰는 것은 무릎 아래 낮은 찻상에 앉아 뜨거운 차를 마시는 것과 같다. 찻상보다 무릎을 높여 앉고서는 차를 제대로 마실 수 없는 것처럼, 글을 쓰는 것은 먼저 무릎을 낮추고 앉는 데서 시작한다. 글을 쓰면서 내가 얼마나 모르고 있는지를 새삼 깨닫는다. 써 놓은 글을 읽으면서 비로소 보게 된 나의 생각과 나의 세계가 또 얼마나 보잘 것 없는 것인지도 알게 되었다. 그 부끄러움에 찻잔만 물끄러미 내려다본 일이 어디 한두 번이었던가. 때로는 백운산 작설차의 맑은 물빛을 보는 감격도 있었지만, 그저 빈 잔만 하염없이 들여다보다 돌아설 때가 더 많았던 것 같다. 글쓰기란, 그런 것인가 보다. 무릎 아래 낮은 찻상을 두고, 두 손 그러모아 찻잔을 들어, 사람살이의 빛깔과 향기와 온기와 맛을 찾아 떠나는 순례 같은 것.

'찻상전' 작가의 짧은 문구가 눈길을 끌었다. 1무2불. 무형태·불균형·부조화를 구현하는 마음으로 찻상을 깎았다는 설명이었다. 작가는 나무가 가진 특질을 최대한 살려서 조각을 했을 것이다. 만드는 사람의 틀에 가두지 않고 자연이 가지고 있는 개성을 드러내도록 힘썼을 것이다. 무형태·불균형·부조화는 바로 장인의 마음을 배제한 자연지도自然之道를 말하는 것이 아닐까. 그런 점에서 나는 남이 만든 틀에 꿰맞추는 억지를 부리며 글을 쓰고 있지는 않은지 잠시 생각에 잠겼다.

얼마 전 인천 차이나타운에 갔을 때 만난 괴목 공예가가 했던 말이 있었다. 말라버린 나무뿌리 부분을 다듬고 있던 초로의 그분에게, 나무를 보면 무엇을 만들어야겠다는 생각이 절로 드시나봐요? 하고 물었다. 그때 그분이 아니지, 하고 고개를 저으면서 했던 말이, "그건 하느님만이 아시지." 하는 것이었다. 만들고 싶은 사람 마음대로 억지로 꾸며내는 것이 아니라 그것이 갖고 있는 본래 성질을 발현시켜야 한다는 뜻이었을까. 점점 옅어져가는 안개 속에서 다시 걸음을 멈췄다. 글쓰기도 그러지 싶은 생각에 고개를 끄덕였다. 찻상을 만든 작가나 괴목 공예가는 이미 무심인 채 구도하는 순례자들일 것 같다. 그들이 구도하는 것이 어디 작품뿐이랴. 그들은 삶도 마음을 비우는 순례로서 살아가고 있지 않을까.

이탁오의 '동심童心'과도 통한다. 도리와 견문이 들어와 내면을 주재하게 되면 동심童心을 가리게 되고 자연의 도를 잃게 된다. 견문과 도리가 마음이 되고 나면, 말하는 바는 모두 견문과 도리의 말이요, 동심에서 우러나오는 말이 아니게 된다. 천하의 명문은 동심에서 나오지 않은 것이 없다. 1무2불(무형태·불균형·부조화)처럼 틀이란 존재하지 않으며, 그것들이 균형을 이루거나 조화를 이룰 필요나 당위성도 없다면, 이 얼마나 자유로운가.

길을 떠날 일이다. 나의 세계를 벗어나서 새로운 세계를 만나는 순례와 같은 길 위에서 자유를 얻고 싶다면. 길을 떠나면 만나게 된다. 수많은 사물들을, 나와 다른 사람들을, 무한히 확장하는 사유들을. 그것은 기적과 같다. 돌연히 나타나서 서로 유기적으로 연결된다. 길을 떠나보면 알 수 있다.

시적인 것에 대하여

둘러본다. 영원을 부러워하지 않는 찰나의 황홀이란 이를 두고 하는 말이리라. 온통 불타고 있는 산. 땅에서는 낙엽 냄새가 옅은 향내를 풍기며 올라온다. 북한산이 자아내는 빨강, 주황, 노랑, 갈색 향연에 취해 발길이 좀체 떨어지지 않는다. 나그네는 활짝 열린 가을을 걸으며 발견한 시적인 것들에 탄성을 지르고 그 비밀을 상상한다.

몇 길 허공으로 올라가 내려다본다면, 산은 탈피하기 전 껍질이 들뜬 뱀처럼 보이지 않을까. 알비노 쌍두사가 스르르르릇 산을 타며 붉은 혀를 내밀곤 하며 늦은 오후 드리우는 산그늘 사이로 점점 사라지고 있는 모습이 그려진다. 동면에 들기 전 여름내 자란 몸의 마지막 허물을 벗어야 할 때가 지금이다.

진관동으로 가는 북한산 둘레길, 새 집들 사이에 한두 채 겨우 남은 옛집 앞을 지나게 되면 백화사가 나온다. 어느 여염집과 다

248

를 게 없어 보인다. 작은 집과 마당. 고향 옛집에 와 있는 느낌이다. 아이들을 데려와 마당에서 자치기를 하고 구슬을 굴리며 놀게 하고 싶다. 그때 눈에 들어오는 삼존불의 미소. 얼굴을 가닐거리는 햇살을 가린 소나무 그늘 안에서 부처는 나비처럼 웃고 있다. 연이어 들리는 맑은 소리. 고개를 돌린다. 빗물받이 두른 처마 끝자락에 걸려있는 풍경이 살짝 몸을 흔들고 있다. 그래, 절이었지. 비로소 기와 불사를 받고 있다는 안내문을 발견한다. 부처를 향한 사람들의 쌀 공양, 과일 공양, 기와 공양이 눈에 들어온다. 사람들의 공양에 비하면 저 소나무와 풍경의 것은 얼마나 시적인가. 병을 낫게 해 달라, 우리 자식 합격하게 해 달라, 백년해로하게 해 달라, 저승길 편안하게 해 달라는 조건이 붙지 않는다.

해우소에서 나온 남편을 따라 걷는다. 더 머물고 싶지만, 이울고 있는 해 그림자를 밟는 남편의 발걸음이 바쁘다. 뒤돌아본다. 절은 그것 자체만으로 좋다. 그리고 시가 있어서 기껍다. 보이고 들리는 것에 의미를 부여하면서 언어를 접목시킴과 동시에 그 순수를 잃어버리는 것 같은 상실감이 뒤따른다. 관찰하고 해석하는 습관이 발동하곤 순수를 따르지 못하는 표현에서 오는 절망감 때문에 급히 발걸음을 떼는 일이 종종 있다. 겁나는 것이다. 시적인 것들과 맞붙어 그 비밀을 끄집어내는 게임에서 처절하게 나락으로 떨어지게 될까봐. 내 그릇에 차마 담을 수 없는 무력감을 느끼게 되면 모든 게 무의미해지므로. 산행을 시작도 하기 전에 나는 지친다. 두 개의 뇌가 내리는 명령을 하나의 몸이 감당하기 어려워 질척대는 쌍두사처럼 내 몸은 무겁게 산을 오른다.

시가 되는 것, 시적인 것이란 무엇일까?

내 마음의 그물에 걸리지 않고 그저 빠져나가는 일상은 시가 되지 못한다. 시적인 그물에 걸려 마음에 흔적을 만들고서야 시가 된다. 이를테면, 교복 치맛단이 올라간 딸의 무릎을 보고 완경에 가까운 나이가 된 나를 보게 되는 것 따위. 일학년 때까지만 해도 주는 대로 있는 대로 입고 다니던 딸이 한 뼘을 재며 치맛단을 올려달라고 했다. 나는 그 절반만 잘라달라고 수선집에 부탁했다. 그러나 딸은 한 뼘을 더 올려달라고 투덜거렸다. 다시 찾아간 수선집 아주머니가 다시 올 줄 알았수, 하고 말했다. 요즘 아이들은 본인들 원하는 만큼 해야 직성이 풀린다는 것이다. 이번에도 그 절반을 깎았다고 이실직고 했더니, 아주머니는 혀를 차며 딸이 원하는 만큼 치맛단을 올려 핀을 꽂아버렸다. 다음날, 다드러난 무릎으로 등교하는 딸을 보면서 나는 한참을 쪼그려 앉아 있었다. 자라고 있구나. 키만 그런 것이 아니라 네 세계도 바뀌고 있구나. 넌, 봄이구나. 연둣빛 이파리 무성하고 아지랑이 피어오르는……. 난, 가을이구나. 갈빛 이파리 돌돌 말며 매달려서는 때가 되면 낙엽 되어 떨어질…….

어김없이 올해도 찾아온 가을은 언제나 그랬듯이 조금 다른 느낌으로 다가온다. 시적인 것들의 순수와 비밀이 다정하게 속삭인다. 그러면 나도 다감하게 귀 기울인다. 시인은 다정다감해야 해요. 강연에서 이기형 시인이 하신 말씀이다. 그렇다. 시인은

250

다정다감한 사람들이다. 세상 모든 것들과 사귈 수 있는 사람. 사람은 말할 것 없고, 개들과도 나비들과도 애벌레와도 나무들과도 이름 모르는 꽃과 풀과도 바람과도 바위와도 소나무 그늘과도 처마와 풍경과도 딸아이 무릎과도 통증과도 외로움과도 잠 못 이루는 밤과도. 그러고 보면 예외가 없다. 모든 시인이 그러하다. 그러고서야 시를 쓰게 되기 때문이다. 역으로 다정다감하게 사귀는 사람은 누구나 시를 쓰게 되고, 누구나 시인이 될 수 있다. 시적인 것의 실존을 몰라도 된다. 사귀면서 알게 된다. 다정다감할수록 더 많이 알게 되고, 더 많이 사랑하게 될 것이다. 나는 얼마나 다정다감하게 세상과 만나고 있었던 것일까. 고작 시적인 것들과 맞붙어 게임을 하며 뽐내거나 또는 좌절하지 않았던가.

소설 알기를 세상 할 일 없는 사람이나 읽는 거짓부렁 정도로 생각했던 청춘이 있었다. 그런 내가 소설을 배우게 되면서 처음으로 아주 심각하게, 진지하게 읽었던 것이 천운영의 소설집 〈그녀의 눈물 사용법〉이었다. 일주일을 울며 다녔다. 햄스터 묻어둔 자리에 핀 손톱만한 꽃들을 보고도, 나뭇가지가 바람을 안고 흔들리는 것만 봐도, 저녁하늘 충혈 되는 하늘을 쳐다봐도, 누군가 부딪치며 미안하다고 말해도 몸 속 세포가 터지면서 눈물이 핑 돌았다. 글자와 이야기만으로 읽었던 이전의 것들과는 달랐다. 지금 생각해 보면, 그것이 시적인 것에 눈을 뜨기 시작한 게 아니었을까. 냉정하기 이를 데 없었던 내가 시적인 것들을 만나면서 느끼는 감흥, 기대하지도 의도하지도 않았던 만남에서 건져 올리는 순수와 비밀들에 가슴이 뜨거워지기라도 했던 것일까.

효자리에 떨어지는 금빛 솔잎들, 바람의 까붐질에 흔들리는 갈빛 나뭇잎들, 아득히 들리는 사람들의 발자국 소리들, 말소리들. 흐르는 계곡물소리로 착각한 바람 소리, 서산 능선 위에 올라선 해, 산에 드리워지는 산 그림자. 쉼터에 이르기 전부터 들려온 여자 아이의 노랫소리, 그 아이 옆에서 지팡이를 깎는 아버지와 그것을 들여다보고 있는 사내아이의 풍경. 그것들이 내게로 와 시가 된다. 벤치에 앉아 손을 맞잡고 청송 사과를 먹고 있는 남편과 나의 모습도 누군가에겐 시가 되었을까. 둘러본다.

그림자

1. 어느 날

지구는 달 없이는 생명의 땅이질 못할 거라는 다큐멘터리를 보았다. 달은 35억 년 전 지구가 화성 크기의 별과 충돌하면서 생긴 파편들이 지구를 따라 돌다가 합쳐지면서 만들어졌다. 달의 수많은 분화구가 그것을 증명하고 있다. 우리는 달의 한쪽만 볼 수 있다. 어두운 부분을 사람들은 마리아, 바다라고 부른다. 반대쪽은 그런 어두운 부분이 없다. 그것은 화산 활동이 있었을 때 용암이 한쪽 방향으로만 흘러서 그곳 지표면이 두꺼워졌기 때문이다. 달에도 남극이란 데가 있다. 햇빛이라곤 든 적 없는 암흑이며, 수소와 얼음이 있을 거라는 추측을 한다. 그런 달이 인력으로 지구의 주변을 돌고 있기 때문에 지구가 살아 있을 수 있다는 설명이었다. 그런 걸 보면, 천연색일 수 있는 지구와는 반대로 달은 흑백의 그림자로서 지구의 무의식 역할을 해왔다고 볼 수도 있겠다.

어쩌면 우리의 모습과 이렇게 비슷할까. 세상을 살아가면서 깨지거나 보태져가며 만들어지고 있는 '나'. 그 과정에서 생겨난 파편들이 무의식으로 침잠하고 때로는 상처로 드러나기도 한다. 의식하는 부분만 '나'가 아니라 의식하지 못하는 부분과 인류의 원형까지도 '나'의 일부라는 것이다. '나'를 두고 소우주라고 말하기도 하니, 지구와 달의 관계 같은 우주와 연계해 생각한다면 '나'에 대한 이해가 훨씬 쉬울 거라고 다큐멘터리를 보면서 생각했다.

2. 또 어느 날

얼마 전에 S대학교 도예학과의 졸업 판매전에 다녀왔다. 학생들이 만든 것이니 시중에서 살 수 있는 가격보다 쌀 것이라고 예상했고, 학생들의 작품이니 신선하고 새로운 시도들을 만날 수 있을 거라고 기대했다. 그런데 전시 판매 기간 마지막 날에 갔기 때문일까, 너무나 평범해서 적잖게 놀랐다. 나는 강원도 삼척에서 살았을 때 1년 동안 도자기를 배우고 만들었다. 여성회관에서였으니 주부들이 중심이었다. 몇 명 안 되는 주부들이어도 작품전에 나온 그릇들이 제각각이었고, 그릇들 속에는 새로운 시도들이 있었다. 그릇들을 들여다보며 만든 사람만의 기예를 찾는 재미란 게 있었다. 그런데 가장 실험적이고 모험을 감행할 대학 졸업 작품전에서 그런 점들을 찾아볼 수 없었던 것이 지금도 의아하다. 이미 재미있고 좋은 작품들이 빠져나갔기 때문일까. 그렇게밖에 생각하지 않을 수 없었다. 기어코 이해하려 든다면, 원형을 튼튼히 하는 교육에 중점을 두었기 때문이 아니었을까 하는.

　의아스런 일이 하나 더 있었다. 맑고 흰 피부에 곱게 늙은 여교수가 내가 연적을 찾는다니까 가르쳐준 게 있었다. 그녀가 손짓하며 나를 불러 갔더니, 판매장으로 들어오면서부터 나의 소정의 목적이었던 연적을 꼼꼼히 찾다가 지나쳤던 곳이었다. 소금, 후추통으로 쓸 수 있는 것들이었다. 백자로 주먹 안에 쏙 들어오도록 만들어 깨끗한 이미지에 앙증맞았다. 밑에는 구멍과 고무마개가 있었다. 그 고무마개를 뺏다가 끼우기를 반복하면서, 이걸 연적으로 쓰게 되면 물이 흐르지 않을까, 하는 의문이 일었다. 그녀가 큰 거 하나 작은 거 하나 사시면 되겠네요, 하고 말하며 또 다른 손님을 찾아 자리를 떴다. 나는 물이 새어나오는 소금통을 연상하면서 좀 더 생각해볼 요량으로 작은 하나를 사기로 했다. 판매대에 올려놓으니 학생이 소금통이라고 기록을 했다. 누구나 다 아는 사실을 그 여교수는 왜 내게 연적이라고 소개를 한 것일까? 처음에는 그녀가 공부하고 가르치기만 했지, 소금통이니 연적이니 하는 걸 모르는 게 아닌가 의심했고, 차츰 나를 조롱하기 위한 것이 아니었을까 하는 데까지 생각이 꼬리를 이었다. 연적이 없는 곳에서 연적을 찾는 손님이 있으니, 여교수는 연적을 대체할 수 있는 소금통을 건넸을는지도 모른다. 이해의 눈으로 보면, 그럴 수 있나고도 볼 수 있겠다.

S대학교 전시장을 나오고 나서 다음으로 내가 간 곳은 코엑스였다. 마침 그곳에서 이천 도자기 전시를 하고 있었다. 뜻하지 않은 우연에 놀라워하며 아직 연적을 사지 못한 나는 전시장을 향했다. 연적을 사고 싶어 오래도록 벼르고 별렀던 외출이었으므로 신바람이 났다. 전시장에는 예술가들과 장인들이 다양하고 화려한 솜씨를 선보이고 있었다. 새로운 색조로 물든 그릇들, 깊은 여운을 느낄 수 있는 디자인과 채색, 생활 도자기와 예술성의 접목. 이런 다양한 볼거리들이 앞서 보고 온 대학교 전시와는 차원이 다른 세상처럼 느껴지면서 묘한 기분이 들기도 했다. 나는 이곳에서 연적을 샀다. 물 한 방울 허투루 흘리지 않고 물을 따라 쓸수 있는 환상은 깨졌지만, 그래서 연적이란 이름의 것이 굳이 필요 없으며, 그 유사한 어떤 것들로 그 역할을 잘 수행할 수 있다는 사실을 단단히 기억하기로 했다. 그런 점에서 대학교 여교수의 미심쩍은 대응에 황당해했던 마음이 누그러졌다.

열등의식 때문일까. 잘난 학교 출신들이 기대에 못 미치는 결과를 보였을 때 통쾌하게 반응하는 경향이 있었다. 좋은 결과를 내놓더라도 그쪽은 잘났겠지만 다른 쪽은 허술하겠지 생각하며 자신을 위로할 때도 있었다. 박수를 보내는 페르소나 속에서 이러한 미성숙한 모습이 고개를 들 때면, 나는 내가 슬펐다.

이명박 대통령이 꿈에 나타났다고 하니까, 누군가는 내가 남보다 잘 되고 잘 살게 되기를 바라는 마음이 속에 있는 거라고 해석했다. 잘난 사람에 대한 열등감이 오히려 내가 누구보다 잘난 사람이 되고 싶어 하는 욕망을 낳거나 또는 낳을 수 있다는 충고로 들었다. 열등감에서 자유로운 사람이 몇이나 될까. 때로 자기비판이 지나쳐서 자기비하로 가기를 잘 하는 나로선 이쯤에서 제동을 걸어야 했다.

나의 열등의식은 잘난 사람들뿐만 아니라 실은 내게서 그런 점들을 확인할 때 훨씬 크게 실망한다. 제대로 해야 한다는 욕심이 큰데, 그 점이 나를 힘들게 할 때가 있다. 기대만큼 되지 않았을 때 실망은 그래서 더욱 크다. 누구나 실수 할 수 있고, 기대에 못 미칠 수 있고, 안간힘을 써도 능력 밖의 일이 있음에도 불구하고, 못난 구석을 산뜻하게 인정하지 못할 때가 많다.

3. 또 다른 날

두 사람을 오랜만에 만났다. 각각 다른 장소에서 다른 볼일이었다. 모처럼 만나고 보니 그동안 있었던 일이나 근황을 묻게 되었다. 그림 그린다던 큰딸이 어떻게 됐는지 궁금해 했다. 예고에 보내고 싶어 했던 내 바람을 알고 있었던 그녀였다. 딸은 내 기대에 못 미쳤다. 자신이 좋아하고 원하는 방향만 보고 가는 아이라서 애써 보내려는 마음을 접었다.

큰딸이 나의 무의식의 발현이라고 생각할 때가 더러 있다. 자유롭게 사는 것, 원하는 것을 당당하게 주장하고 실현하는 것, 남보다 자신을 챙길 줄 아는 것, 좋다 싫다가 분명한 것. 그런 딸을 보면서 아마도 나는 상당히 대리만족을 하고 있었는지도 모른다. 어려서 내가 할 수 없었던 것들, 내 능력 밖의 것들을 딸이 누리며 이뤄가는 모습들을 보면 뿌듯하다. 내 마음껏 하지 못하고 성장한 데서 오는 상실감이 딸을 통해 치유 받는 느낌이랄까. 그래서 딸을 누구보다 응원한다. 자신의 뜻과 꿈을 펼치며 자기의 길을 가길 바란다.

자기실현을 반드시 자신이 이뤄야 하는 것인 줄 알았다. 그러나 지나온 시간들을 돌아보고, 융의 자기실현에 대한 이부영 교수의 해석을 읽으면서 이 실현의 범주를 확장할 필요가 있다는 생각을 하게 되었다. 예를 들면, 큰딸이 나의 무의식을 실현하고 있는 것들, 쌍둥이아들을 낳겠다고 무심코 말했던 것이 동서에게서 이뤄지는 것, 대학원 진학을 거론하다가 나로선 여건이 맞지 않아 접어야 했던 상황에서 남편이 공부를 할 수 있게 된 것, 수학적 이해와 적용 능력이 미흡한 내게서 비상한 학습능력을 보여주고 있는 작은딸의 경우 등등을 볼 때, 자기실현이라는 것이 반드시 내가 하는 삽질일 필요는 없다는 생각이다. 그래도 자신이 이루는 것과 같겠느냐고 반문할는지 모르겠지만, 앞으로 더 생각해 보겠지만, 지금은 그것으로 만족한다. 실현하고자 하는 나의 몫은 따로 있다는 생각, 애써 억지로 끌어다 붙일 필요 없다는 생각, 자기를 공 굴리듯 불릴 것이 아니라 텅 비워 다른 데서 자기를 느낄 수 있다는 생각. 무의식의 실현을 어디에서 공감하고 만족할 것인가. 요즘 내가 궁리하고 있는 것들이다.

E여대 서양학과에 수석으로 합격해 매 시험마다 수석을 놓치지 않았고 곧 유학을 보낼 거라는 소식을 들었을 때 기쁘지만은 않았다면, 나의 열등의식이 만든 그림자 때문이 아니었을까. 북아트로 멋진 수업 결과물을 만들어내는 동료 교사의 수업 스타일에 감탄하면서도 회의적인 내 모습 또한 열등감이 사로잡은 그림자 때문이 아니었을까.

이젠 그런 그림자를 의식화하여 갈고닦음으로써 더 넓고 깊은 자기에게로 접속할 수 있다는 희망을 갖고 싶다. 무의식을 소외시키지 말고 끊임없이 대화하며 내가 할 수 있는 만큼은 내가 실현하되, 그 밖의 것은 무의식에 맡기고 누군가 그것을 실현하면 맑게 기뻐하기. 무의식 같은 달이 없이는 지구가 생명의 땅이지 못할 거라는 말처럼, 타인을 자신의 무의식으로서 건강하게 받아들이기. 그것이 자기 길이라면, 걸음마다 시원한 바람, 지나가는 누군들 마음에 걸리겠는가.

우이령길

우이령길을 가자고 마음먹은 것이 몇 년 전이었는데, 드디어 다녀왔다. 우이령길은 북한산 둘레길 21구간 중 유일하게 산 중간을 가로지른다. 소의 귀를 닮은 고개란 데서 붙여진 이름이다. 북쪽 도봉산과 남쪽 북한산의 경계를 따라서 서울시 강북구 우이동과 경기도 양주시 교현리를 연결한다. 1968년 1월 무장공비의 청와대 침투 사건으로 민간인의 출입이 금지되었다가, 2009년 7월 오로지 탐방 예약제로 하루 만 명 정도의 탐방만 허락하고 있다. 탐방 예약제 때문에 적어도 탐방 전날까지 예약을 하고 가야 한다.

교현 탐방지원센터에 전화 문의를 해서 알아보았다. 65세 어르신이 아닌 이상 전화 예약은 안 된다는 안내에 끝내 노트북을 켜야 했다. 오래전부터 몇 차례 시도했지만 번번이 잘 안 됐다고 엄살을 부렸는데도 지원센터의 도우미는 냉정하게 인터넷 예매를 하라고 했다. 그래서 교현 탐방지원센터에서 접수증을 받아

체크를 하며 아이젠을 가져왔는지 물어보는 센터의 젊은 남자 도우미 두 사람의 얼굴을 유심히 번갈아 보았지만 냉정한 구석이라곤 없이 유순한 얼굴빛에 친절하기까지 하였다.

오는 길에 전철 안에서 산 아이젠이 있어서 얼마나 든든했는지 모른다. 요즘 들어 남편의 마음씀씀이나 하는 일들이 선견지명 있는 인사처럼 잘 맞아떨어지는 걸 보면 나를 향한 남편의 주파수가 제법 잘 맞는 모양이다. 남편은 아이젠 없이 고생했던 등산 경험이 있었기 때문이라며 말했지만, 이번 일뿐만 아니라 요즘 들어 남편의 관심과 애정이 가족과 집으로 향해 있음을 느낀다. 한창 회사를 위해 헌신하는 나이라는 걸 알면서도 때로는 무심함에 서운했었던 것 같다.

우이령길 처음부터 아이젠이 필요하진 않았다. 얼어붙은 길이 미끄러울 때는 쌓인 채 녹지 않고 있는 길 가장자리 눈을 밟으면 되었다. 그러나 우이령에서 오봉을 바라보는 포토존을 지나서부터는 언 길이 한낮의 햇볕에 표면이 녹아 제법 미끄러웠다. 남편의 지도편달에 따라 아이젠을 신었다. 한 짝씩 나누어서 신자는 내 제의를 한사코 거절한 남편은 몇 차례 미끄러질 뻔했던 순간들이 있었다. 아내를 지키고 배려하느라 자신은 미끄러운 길을 마다하지 않는 남편의 동행이 따뜻하고 든든했다. 신발 곁으로 걸친 아이젠 하나가 얼음길 등산을 한결 편안하게 만들어준 것처럼.

우이령길이 주는 다채로움의 하나는 길목을 돌아서 걸을 때마다 다른 모습의 오봉을 보는 것이었다. 오봉은 북한산국립공원의 도봉산에 있는 다섯 개의 암봉으로 660m 높이에 있다. 새로 부임한 사또의 딸에게 장가들기 위해서 오봉 위에 바위를 던져 힘자랑을 했다는 다섯 형제를 나타낸다고 한다. 그래서인지 커다란 바위 자락 위에 둥근 모양의 바위가 올라 선 것이 마치 그 다섯 형제를 가리키는 것 같다. 그런 오봉이 여러 자태를 자랑한다. 굽어진 길을 따라 걷다보면 오봉의 모습이 다르게 나타난다. 처음엔 첫 번째 봉과 두 번째 봉만 보이다가, 길을 돌고 돌아 걸어갈수록 점점 일어선 모습으로 바뀔 뿐만 아니라, 셋째 넷째 다섯째 봉도 그 위용을 드러낸다. 교현에서 우이 쪽으로 방향을 잡은 우리로선 하나씩 나타나는 바위 순서대로 다섯 형제를 가늠하는 게 자연스러웠다. 비록 우리가 걷는 곳에서는 한 걸음 더 먼 거리였지만, 산 위에 우뚝 서 있는 다섯 봉우리의 위용을 등산객들이 좋아할 수밖에 없었다.

각도에 따라 나타나는 오봉을 보면서, 바위자락에 오른 팔을 걸친 채 산 아래를 바라보는 첫째 형과 바위 자락 위에 드러누워 얼굴을 살짝 들어 올린 채 산 너머를 바라보고 있는 둘째가 보인다고 내가 말했을 때, 남편은 북한산에 내려온 외계인으로 보인다고 말해 실소를 터트렸다. 같은 그림도 보는 이에 따라서 오리로 또는 토끼로 달리 보인다. 마주보고 있는 두 사람의 모습으로 보이거나 또는 여러 개의 기둥으로 보이기도 한다. 어디에 중심을 두고 보느냐에 따라서 다르게 나타나는 것이다. 시선의 차이

때문이다. 따라서 풍경에 대한 감상이 저마다 다를 수 있다.

서술자에 따라서 이야기가 다르게 해석되어 전달되는 것도 같은 맥락이다. 우리 삶도 그렇지 않은가. 누군가 내 삶을 서술한다면 그 내용은 나의 입장과는 거리가 멀어지게 된다. 그래서 때로는 다른 사람의 시선으로 살아가기도 한다. 다른 사람의 눈으로 세상을 보며, 다른 사람에게 내가 어떻게 비춰지는지 전전긍긍하며 살게 된다. 결국 나의 삶이 아니라 다른 사람을 위한 삶이 된다. 남이 아닌 바로 자신의 삶을 살라는 많은 현자들의 말씀이 있는 이유일 것이다.

남에게 휘둘리지 않고 자유롭게 살 수 있다면 큰 행복일 것이다. 누군가에게 어떻게 비춰지길 바라면서 자기를 속이면서 살다 보면 안과 밖의 간극이 커짐에 따라 내면이 점점 공허해지게 된다. 그렇게 되지 않으려면, 자기 생의 서술자는 자신이어야 한다. 어떤 삶을 살고자 했는지 가장 진솔하게 말할 수 있는 사람은 바로 나이기 때문이다.

우이령길도 오봉과 더불어서 사계절마다 다른 모습을 보여줄 것이다. 그때마다 찾아가볼 일이다. 계절이 들려주는 오봉과 우이령길을 만날 수 있을 것이다. 어쩌면 자기 삶의 계절을 추억하면서 앞을 내다볼 수 있는 지혜가 생길는지도 모를 일이다.

저 많은 돌탑들은 누가 다 쌓았을까

이대로 발길을 돌릴 순 없습니다. 누군가 세워둔 나지막한 돌탑 위에 나의 돌을 올려봅니다. 계곡에서 구르던 돌이었지만 지금부터는 나의 돌이 됩니다. 이 돌은 여름이 오기 전 어느 돌탑 위에 있던 돌이었을는지 모르겠습니다. 혹은 백 년 전 백담사를 찾은 어느 독립군이 쌓은 돌탑 사이에 있던 돌이었는지도 모를 일입니다. 거슬러 올라가서 천 년의 이야기보따리를 풀어놓을 오래된 돌일는지도 알 수 없는 일이지요. 어쨌든 이제 내 손에 잡힌 돌이 낮은 돌탑을 우뚝 세웁니다. 이후 이 돌은 계곡을 찾는 또 누군가의 소망이 될 것입니다. 이런 식으로 수렴동 계곡에는 수많은 돌탑들이 솟아나며 노래합니다.

남편은 35년 만에 이 계곡을 찾아온 것이라고 합니다. 작은 절이었던 백담사는 그동안 이름을 얻고 많은 사랑을 받아서 우리나라 대표 사찰이 되었습니다. 돌탑들이 솟아 있는 길게 뻗은 계곡을 바라보는 남편의 눈길이 쉽게 돌아서지 않았습니다. 아마도 35년 전 이곳을 찾았던, 사법고시에 떨어지고 마음을 추스르기 위해 이곳까지 왔던 그날의 자기에게로 훌쩍 넘어간 게 아닐까요. 나는 모른 척 발길을 슬그머니 돌렸습니다. 그날 그 청년은 재도전을 다짐하며 돌탑을 세우고 주먹을 거머쥐었을 것입니다. 어쩌면 문득 찾아온 사랑이라는 것을 잠시 생각해보았는지도 모르겠지요. 그 사랑이란 것이 바로 나란 걸 짐작해 봅니다. 35년 전 나는 이 계곡에서 보내온 그의 편지를 받았으니까요. 그때 돌탑을 세웠던 돌이 돌고 돌아서 지금 내 손에 있는 건지도 또 모를 일이지요.

백담사에 갈 거라는 말에 어머니는 법당 같은 곳에서 수많은 사람들이 눕지 못하고 앉은 채 새우잠을 자고 다음날 설악산 대청봉 오른 이야기를 두 번 세 번씩 되풀이 했습니다. 지금처럼 템플스테이나 숙박시설이 잘 갖춰지지 않은 그 당시에도 설악산의 유명세는 대단했었다고 합니다. 얘기를 듣고 보니, 당시 새우잠을 청했을 그 많은 사람들의 모습이 마치 계곡에 솟아 있는 돌탑들 같지 않았을까요. 그날 밤 사람들은 저마다 희망과 소망을 주문처럼 외며 탑을 쌓았을 것입니다. 어머니도 밤새 떠올리는 누군가가 있었겠지요.

돌탑은 백담사 입구의 녹음 속 길가에서부터 쌓여 있습니다. 작은 돌탑들이 계곡까지 이어집니다. 수심교에서 바라보는 계곡의 수많은 돌탑들이 무지막지하게 쏟아지는 여름 땡볕을 견디고 있습니다. 마음속에서 무언가가 끓어오릅니다. 저 돌탑들 사이로 내려가서 계곡물로 적셔주고 싶습니다. 쉬지 않고 흐르는 계곡물이니 이 더위에도 아랑곳하지 않고 시원하겠지요. 그러나 계곡으로 내려가는 일은 잠시 제쳐두고 백담사 경내를 먼저 둘러보았습니다.

백담사는 수렴동 계곡의 돌탑들과 운명을 같이 해온 것이 틀림없습니다. 신라시대 선덕여왕 원년에 '한계사寒溪寺'라는 이름으로 세워졌다가 여러 차례 불에 타기를 반복하며 이름 또한 계속 바뀌어서 마침내 오늘의 백담사百潭寺에 이르렀습니다. 백담사 이름은 조선시대 정조 때 지어졌습니다. 이곳에 절을 세우려는 주지승에게 설악산 산신령이 나타나서 대청봉에서 이곳까지 작은 물웅덩이가 몇 개나 있는지 세어 보라고 해서 그대로 했더니 백 개의 물웅덩이가 있었다고 합니다. 불이 잘 나는 곳이어서 예부터 물이 들어간 절 이름들을 지었다는데, 이번에는 백 개의 물웅덩이가 들어간 셈이지요. 무너지면 다시 세우고 또 무너지면 또 다시 세워진 돌탑들처럼 이곳 사찰이 명맥을 이어왔으며, 계곡의 돌탑들도 그렇게 천 년을 지나왔을 것입니다.

이곳에서 만해 한용운 선생님은 〈님의 침묵〉과 〈불교유신론〉을 쓰셨습니다. 지금 솟아 있는 수많은 돌탑들은 만해 선생님의 정신을 닮았지요. 폭우가 내리면 여지없이 쓸려 내려가지만, 어느새 계곡을 가득 채우는 돌탑들. 다리를 짓는다고 허물기도 해 보았지만, 저항의 정신처럼 땅위로 솟아나는 돌탑들. 땅위에서만

266

솟아나는 것이 아니라 물속에서도 솟아나는 돌탑들. 아무도 세우라고 강요하지 않지만, 무더기로 세워지는 돌탑들. 사람들의 수고로움을 덜기 위해 천 년 전부터 삼층석탑이 서 있었지만, 쉼 없이 작은 돌탑들이 세워졌습니다.

거대하지도 않으며 화려하지도 않은 돌탑들이 끊임없이 세워지는 이유가 무엇일까요? 숱하게 무너지고 숱하게 세워지는 이곳 돌탑들은 우리들의 모습, 우리들이 사는 세상, 우리들의 삶을 닮았습니다. 사라질 것을 알고, 다시 올 것을 아는 까닭에 담담하게 쌓을 수 있는 것입니다.

백담사는 전두환 전 대통령과 이순자 여사 부부가 3년 동안 은둔한 곳이기도 했습니다. 수심교修心橋라는 다리 이름을 전두환 전 대통령이 지었다고 합니다. 그들 부부가 이곳에 왔을 때는 작은 외나무다리가 놓여 있었다고 합니다. 그 자리에 시멘트로 튼튼한 다리를 놓은 것입니다. 무엇을 위하여 놓이게 된 다리인지 싱숭생숭 하지만, 전 대통령 부부는 별세하고 이곳에 다리는 남았습니다. 그리고 그 다리를 건너서 수많은 사람들이 백담사를 찾고 있으며, 계곡에서 수많은 돌탑들을 쌓고 있습니다. 물소리 바람소리 들리는 그곳에서 돌탑들이 솟아나며 침묵으로 노래합니다.

영웅이 찾아왔건, 불청객이 찾아왔건 절과 계곡은 아랑곳하지 않습니다. 분별은 절 밖의 일이기 때문일까요. 이렇게 맑은 물 흐르고, 울울창창한 사찰에서 전두환씨 부부가 국민의 뜻에 호응하는 성찰에 도달했더라면 그나마 나았을까요. 수심교라는 다리 이름이 무색해집니다. 당시 백담사는 사복경찰과 전·의경들이 보초를 서는 절이었다고 합니다. 이 깊은 산 속에서 경찰들의 보호가 필요할 만큼 두려움이 컸던 모양입니다. 천 년 동안 여덟 번이나 소실되고도 계속 복구되고 중창되어서 끝내 사라지지 않고 살아남은 백담사에서 비굴하게 지냈던 전직 대통령 부부의 날들조차 우리들의 역사가 되었습니다. 우리들의 이야기가 되었습니다.

쉰다섯 살에 백담사를 처음으로 찾은 내가 돌탑을 쌓습니다. 말복을 앞둔 8월 중순의 맹렬한 더위를 핑계로 설악산에 오를 엄두는 내지 못하고 남편을 따라서 발을 들여놓은 터라서 처절한 다짐이나 간절한 기도가 있는 것은 아닙니다. 몽골 어워를 세 바퀴 돌면서 소원을 빌어보라는 현지 가이드의 말을 듣고, 그때 내가 기도한 것은 무탈한 몽골 여행이 될 수 있도록 해달라는 것이었습니다. 나이를 먹어갈수록 소원이라는 것이 점점 크지도 멀지도 않은 데서 찾게 되는 것 같습니다. 이번 백담사 수렴동 계곡에서는 다음에는 아버지를 모시고 함께 오고 싶다는 바람으로 돌탑을 쌓습니다. 대형 트레일러로 전국을 다녔을 아버지이지만, 정작 이렇게 사찰이나 계곡을 찾는 여유를 가지지 못했던 아버지와 어머니를 함께 모시고 여행을 하고 싶은 것입니다. 만해마을과 백담사에 오기 위해서 우리 부부는 부산에서 출발하여 포항을 거쳐서 동해에서 자고, 다음날 영월을 들러서 인제까지 왔습니다.

아직 끝나지 않은 늙은 아버지의 밥벌이가 끝나면, 이번 우리 부부의 여행 지도를 따라서 아버지, 어머니와 함께 여행을 해볼 계획입니다. 그때에도 수렴동 계곡의 돌탑들이 땅위에서도, 물속에서도 솟아나고 있을 것 같습니다.

5부

—내게 배우고 익힘은 딸아이 첫걸음 떼던 것처럼 기쁜 일이다.
그러나 변태變態를 기다리며 세상을 만나는 애벌레의 **그것 없이**,
울타리 밖으로 나온 어린 새가 땅으로 곤두박질치는 가운데
날갯짓 하는 **그것 없이**, 자기부족에 대한 자각에서 출발하여
새로움과 만나는 나의 **그것 없이**도 건강하고 아름다운 삶을 살
수 있을까.

산의 미덕

북한산 등산로를 따라 올랐다. 봉고차들이 심심찮게 오르내리고 있었다. 매연을 마시지 않고 산을 오를 권리가 내게 있을 것 같은데 누구에게 하소연도 못하고 혼자 투덜대기만 하였다. 요즘 불자들은 너무 쉽게 산사山寺를 오르내린다는 생각에 봉고차 앞에서 비껴서고 싶지 않았다.

30분을 걸었을까. 산중에 먹자 촌이 나타났다. 국내산임을 강조하는 돼지 바비큐, 해물 파전, 도토리묵 무침, 어묵, 순대, 막걸리, 소주, 맥주……. 거나하게 차림표를 준비하고 호객 행위를 하는 사람들을 보니 속에서 불끈거리는 게 있었다.

"이쪽으로 오세요. 주차장까지 모셔다 드릴 게요. 술 한 잔 하고 가세요."

산사로 들어가는 봉고차 수가 많다 싶었는데 매연을 내뿜던 봉고차의 출처가 어딘지 알고 나니, 덤터기를 씌웠던 불자들에게 미안했다. 그리고 돈벌이에 산이고 사람이고 안중에도 없는 북한

272

산동 사람들이 원망스러웠다. 저걸 하지 말라고 하자니 저들이 먹고 살 길이 막막하고, 저 꼴을 두고 보자니 산이 울고.

그러나 나의 이런 감정에는 아랑곳하지 않고 하늘은 쪽물로 깊었다. 깊은 물 위에 비친 산 그림자가 그윽하듯이, 짙은 쪽물이 비치는 가을 산은 색의 향연에 흠씬 젖어 있었다. 단풍들의 다채로운 색상을 읽어내고 싶은 충동이 일었지만, 색에 대해 너무 무지하기 때문에 색깔의 이름 찾기를 포기하고 "아, 예쁘다"만 남발하였다. 찬란하지만 서늘한 가을볕 속에서 나는 아주 서러워져서는, 떨어지는 낙엽 대신 내가 알몸으로 매달려 있어야 할 것만 같았다.

아이들에게 보리사까지 가자고 했다가 생각보다 빨리 나타나는 바람에 머뭇거리다 현수막을 발견했다.

'산사의 음악회와 그림 전 / 노적사露積寺'.

우리의 행선지는 노적사로 정해졌다. 일찍이 절과 교회, 박물관에 가는 것이 가장 싫다고 선언했던 큰딸의 얼굴이 일그러졌다. 구시렁구시렁 말이 많긴 했지만, 안 따라오면 지가 어떡할 거야, 하고 대범한 척 했다. 하지만 딸아이 여덟 살 때 태백산에서처럼 홀로 가버릴까 봐 짐짓 걱정이 되기도 하였다.

노적사 길목에 들어서기 전, 다리가 나타났다. 몸과 마음을 씻고 산사에 들라는 목소리가 들리는 듯하였다. 오후 2시 30분 음악회, 산사의 그림 전 마지막 날. 산 아래에서 보았던 현수막이 다리에도 걸려 있었다.

노적사 오르는 길. 마치 고향 마을 어귀를 돌아 집으로 들어가는 길목이 보였을 때 느꼈던 설렘과 반가움처럼 흥분하였다. 계단을 오를 때마다 조금씩 드러나는 노적사의 모습에 취해 오늘의 만남을 서정으로 이끌고 싶었던 욕심이 과했나. 산사에서 흘러나오는 마이크 소리가 거슬렸다. 중심을 가라앉혀 한가득 감로수를 끌어올리려 했던 우물질이 허투루 돌아가고 말았다. 텅 빈 채 올라온 두레박이 무색하여, 음악회 무대에는 눈길도 주지 않고 바로 대웅전으로 향해 걸었다.

대웅전의 본존 불상과 눈 마주치기도 거부했다. 봉고차와 먹자골목, 산사에 뽕짝과 확성기라니. 이것들이 사람의 짓거리인 걸 알면서도 불상에게 화가 났다. 엄마 탓이 아닌데도 엄마에게 투정을 부리는 어린 아이처럼. 본존 불상은 분별없이 성깔을 받아주는 엄마처럼 아무 말 없이 그저 미소만 지었다.

대웅전을 돌아 뒤란에는 두 길 높이의 석불이 있었다. 수능을 얼마 앞두지 않은 때인지라 '대학 수능 시험 성취기도'를 위해 밝힌 촛불이 많았다. 오른편의 미륵불은 사모관대의 차림으로 성군처럼 서 있었다. 계단을 더 올라, 나한전의 오백 나한상들을 보았다. 나한상들의 표정 하나 하나를 관찰하고 싶었는데, 작은딸아이에게 이끌려 대웅전 앞 계단에 앉았다.

음악회 무대에서는 송해 아저씨를 연상시키는 작달막한 초로의 아저씨가 인사말과 함께 구수한 노래 가락을 뽑았다. 이어 주먹만난 얼굴에 늘씬한 러시아 아가씨가 인형처럼 노래를 했다.

영화 '타이타닉'의 주제가 'My heart will go on'이 산사와 풍경들을 휘몰이 하였다. 동굴 깊숙한 곳에서 울려 나오는 것 같은 불경이 아닌데도 산사와 어쩜 그렇게 잘 어울리는지. 마침 구름을 뚫고 깔때기 모양으로 내리 비추는 햇살 속에서 산사는 신비한 정취를 자아냈다. 바로 뒤에 앉은 작은딸이 서툰 발음으로 노래를 따라 불렀다. 귓속말로 '엄마, 나 저 노래 알아. 학교에서 급식 때마다 틀어줘'라고 말했다. 딸아이의 노래로 듣는 산울림이 환희의 볕을 드리우는 것만 같았다. 산사의 향연이 내면 깊숙이 촛불을 밝히며 들어왔다. 그러나 뒤이어 트로트 분위기로 바뀌면서 나는 전시된 그림으로 눈길을 돌렸다.

'산사의 그림 전'은 화가 고은철高殷喆의 수묵 담채 개인전이었다. 그 가운데 '젊음'(42x105cm)이라는 그림. 고등학교 때 내가 그렸던 그림과 많이 닮아 있었다. 산의 보편적인 모습을, 그때 나는 관념으로 그렸지만, 화가는 산을 여러 차례 밟으며 그렸을 것이었다.

미술 선생님이 '산'을 주제로 아크릴 화를 그리라고 했었다. 친구들 몇몇은 교정으로 나가 뒷산을 모델로 그림을 그렸다. 나도 그 무리에 있었는데, 소나무 한 그루를 그리고는 더 그리고 싶어서 두 그루 더 붙여 그리고, 좀 떨어져서 두 그루를 더 그렸다. 열매 주렁주렁 매단 과실나무를 앞쪽에 크게 그리고, 그대로는 아쉬워 개울을 그렸다. 산봉우리를 여럿 그렸고, 먼 산은 파란 새벽

빛으로 칠했다. 너무나 눈에 선한데, 그림은 온 데 간 데 없고 기억 속에만 남아 있다.

"덕德이 많구나."

예상치 못한 결과에 올려다본 미술 선생님은 아직도 나의 그림에서 눈을 떼지 않고 있었다.

"물살이 급한 것이 좀 걸리네."

열일곱 그때나 마흔 살 지금이나 그 말이 무엇을 뜻하는지 모르기는 마찬가지다. 23년 동안 매일 생각한 것은 아니지만, 화두삼아 늘 상기했던 말이었다. 그러나 건진 것이라고는 '덕자불고린德者不孤隣'. 강원도 삼척에서 서예와 한자를 가르치는 수진 선생님에게 들은 것이다. '덕이 있는 사람은 이웃을 외롭게 만들지 않는다.'

북한산을 오르고, 노적사에서 있었던 향연을 통해 내가 본 것은 산山의 덕德이었다. 산행을 할 때마다 생각했다. 산이 사람을 좋아할 리 있을까, 사람이 좋아 산을 찾는 게지. 저 배 부르자고 이용하고, 마음이 복잡하다며 등을 타며 오르고, 정진한다며 수행 터를 만드는 사람들이다.

그런데 산은 엄마처럼 그 자리에 있다. 그곳에서 기꺼이 받아주고 베푼다. 산은 사람을 외면하지 않는다. 그러나 사람은 산을 배신하기도 한다. 서울시에서 북한산을 관광단지로 조성할 계획을 발표한 것을 지면을 통해 읽은 적이 있다. 케이블카를 만들고, 무슨 열차도 설치하겠다고 했다. 오히려 쉬도록 배려해야 할 북한산이건만 더 바쁘게 이용할 생각만 하는 사람들의 이기심은 어디까지일까. 봉고차로 오르내리면 사람은 편해서 좋다. 먹자 촌이 있으면 시장할 때 배부르게 먹을 수 있어서 좋고 돈도 벌어서 사람은 좋다. 케이블카를 만들면 시간을 아껴서 산을 오르고 감상하게 될 것이다. 그러나 산은 어떤 마음일까. 순응과 인내로써 사람들을 포용하는 산처럼 우리도 덕德을 베풀면 얼마나 좋을까.

귀로歸路에 그믐달

밤길을 천천히 달리며 바라본 하늘에는 그믐달이 덩그러니 걸려 있다. 코흘리개 동생의 소맷자락처럼 번들거리는 밤하늘을 홀로 지키며 서 있는 마음은 어떤 것일까. 누군가의 시선에 머물러 있다가, 새롭게 등장한 나의 눈길도 외면하지 않고 머무르는 친절을 베푼다. 덕분에 일과에 지치고 메마른 마음 자락에 온유한 빛 한 줄기 수유 받듯 나는 힘을 얻는다. 그러니 그믐달이지. 혼잣말이 절로 나온다. 바라는 마음 가진 누구라도 그 하소연 들어주며 맑은 빛줄기 기꺼이 덜어주다가 조금씩 사그라진 모습. 머잖아 그 빛 온통 덜어주고 밤하늘 깊숙이 잠수하고야 말 그믐달의 소멸이 애잔하다. 나고 드는 달의 변화를 따라서 내 마음도 덩달아 나고 들며 흔들리기 일쑤. 마치 긴밀한 코드로 연결이라도 된 것처럼 달의 행보를 따라서 나의 마음도 그믐을 맞이할 준비를 한다.

어려서부터 나는 달을 찾아서 밤하늘 헤매길 좋아했다. 오늘은 어떤 모습일까 궁금함에 살짝 설레기도 했던 것 같고, 하늘 기슭까지 훑어서 달을 찾은 순간은 나도 모르게 피어 있는 꽃을 보는 기쁨 같은 것으로 마음자리가 환해지곤 하였다. 추석이 되면 고향 마을회관에서 가래떡을 받아들고 동생들과 나눠먹을 생각을 하면서 걸었던 마을 큰길 위에서 보았던 쟁반 같이 크고 둥근 달. 겨울 서릿발 내린 마당을 가로질러 텃밭에 들어가 볼일을 보며 달과 마주보았던 낮게 뜬 달. 하룻밤을 떼어놓은 엄마를 기다리며 마을 이름을 새긴 비석에 기대어 하염없이 올려다보았던 중천의 달. 아버지에게 혼쭐이 나 쫓겨났을 때 아무도 찾지 않는 나를 외면하지 않은 높이 뜬 달. 어려서부터 혼자 있는 밤이면 버릇처럼 달을 찾아서 밤하늘을 기웃거렸다. 열 살 안팎의 소녀와, 사춘기 여중생이었던 그녀와, 밤길을 걸어서 집으로 돌아가던 여고생 그때에도 함께 있어주었던 달, 달, 달. 고마워라.

달은 내게 다정했고, 나는 달이 신묘했다. 늘 감동에 겨웠던 것 같다. 보름달을 보면 부풀어 오른 갓 나온 밤빵처럼 그 넉넉함이 고소했다. 고팠던 내 영혼이 부풀어 오르는 것 같았다. 반달을 보면 단발머리 소녀의 감수성이 삐딱하게 꿈틀거렸다. 그래서 생기가 돋아나곤 하였다. 초승달에선 시작하는 기세가 느껴졌다. 비탈에 선 위태로움마저 두려워하지 않을 결기가 전해졌다. 초승달과 반대로 누운 모양의 그믐달을 보면 맑은 마무리를 위해 힘을 빼게 되는 마음가짐이 생겼다. 의연해지는 것이란 어떤 것인지를 사색했다. 그럴 때마다 나의 달멍은 기분 좋은 산책을 만들었다.

예나 지금이나 달은 그래서 나에겐 밤에 만나는 특별한 친구. 하물며 오롯이 홀로 있는 늦은 귀로라면 나의 특별한 친구와 각별한 시간을 갖는 절호의 기회가 된다.

오늘은 달빛이 사그라지는 그믐 언저리. 파고드는 지구 그림자를 달이 오롯이 품는 시간. 사나흘이면 빛이 모조리 사라진 그날이 찾아올 터. 끝이며 시작이 되는 수레바퀴가 내장되어 있는 어둠. 그래서 잊히는 것이 서럽지만 않으며 다시 꿈꿀 수 있는 날을 기다리는 여유를 찾는다. 아이들과 수업을 하다보면 이러저러한 이유들 때문에 수업이 없어지기도 한다. 한동안 나는 허전한 마음에 휘말린다. 정들었던 아이들을 못 보는 안타까움이 가장 크고, 수업을 위해 펼쳤던 책이 한동안 책꽂이에 고스란히 꽂혀 있는 안타까움도 있으며, 그동안 들어오던 수입이 뚝 끊긴 비워진 시간을 채워야 할 것만 같은 강박이 밀려온다. 강박은 불안을 낳고, 불안은 우울로 이어져서 생활에 빛을 빼앗아가기 십상이다. 이럴 때 그믐달은 위로가 되어준다. 이 또한 지나가면, 초승달 같은 시작과 반달 같은 성장에 이어서 풍성한 보름달 같은 때를 만나게 된다는 걸 상기시켜 주기 때문이다. 나는 그믐달의 실낱같은 금빛 침묵을 더없이 사랑한다.

때때로 늦은 밤 귀로에서는 낯선 나를 만난다. 물질이나 명예 혹은 행복을 위해 더욱 박차를 가하는 내가 생경하다. 먹고 살 만큼은 풍족하여 삶이 구차하지 않았으면 좋겠고, 남다른 재능으로 세상의 인정도 받고 싶고, 문화생활을 누리면서 즐거움도 알고 성찰하는 힘도 기르고 싶은 욕망들로 채운 나에게서 벗어나고 싶을 때가 있다. 그 욕망이란 것들이 삶의 힘이 되기도 하지만, 때로는 그림자처럼 나를 덮어씌워서는 참된 나를 가리고 있는 것 같다. 피로한 탓일까, 한 살을 더 먹은 까닭일까. 욕망의 그릇을 쥐고서 그것을 채워가는 시간이 허허롭게 느껴지기도 하면서 달을 바라보게 되는 것은.

어디선가 붙잡는 눈길이 또 나타난 것일까. 슬그머니 밤물결 따라서 떠내려가며 내게 손짓하는 달. 늦었으니 서둘러 돌아가라며 등 떠미는 달. 비로소 나는 기다리고 있을 가족 생각에 달에게서 눈길을 거둔다.

그 여름날 주말농장

1. 주말농장의 여름

화요일마다 아파트에는 7일장이 열린다. 큰 규모는 아니지만 최소한의 먹을거리는 구할 수 있다. 그러나 때로는 소비자를 속이는 경우도 있어 언짢을 때가 있다. 야채가 그랬다. 특히 고구마를 좋아하는 아이들 때문에 자주 사곤 했는데, 유통 기간이 오래되어 신선도가 떨어질 경우가 있었다. 봉지 안에 넣어둔 고구마는 분간하기가 힘들었다. 씻으면서 한 번 실망 하고, 쪄 먹으면서 두 번 실망할 때가 더러 있었다. 그렇게 장을 볼 때마다 주말농장이 아쉬웠다.

2년 전, 남편 회사에서 공동으로 분양 받은 땅에 우리도 여러 가지 채소를 키웠다. 한 가족 당 분양받은 땅이 크지 않았기에 우리는 돈을 주고 열 평을 더 빌렸다. 적상추, 청상추, 치커리, 케일, 고추, 가지, 오이, 호박, 돌미나리, 딸기, 방울토마토, 옥수수, 감자, 고구마, 시금치, 무, 배추. 계절에 따라 다품종 소량을 원칙으로 세웠다. 그 중 여름에 재배하는 채소들이 키우는 재미가 좋았다. 적상추, 청상추, 치커리, 케일, 고추를 수확해서는 아는 사람들과 나눠먹었는데도 다음 주에 가면 또 거둬들일 수 있었다.

우리 옆에는 한 가족이 아예 토마토만 키웠다. 작은 땅에 한가득 들어찬 토마토 줄기와 주먹 크기의 열매는 주말농장의 여름을 만끽하는 주인공이었다. 다른 작물에 비해 키가 컸던 탓도 있겠지만, 토마토 잎과 열매가 어찌나 무성한지 보기만 해도 배가 불렀다.

한여름 김매는 일은 장난이 아니었다. 땡볕에서 모자 안에 수건을 둘러쓰고, 면장갑 끼고 한참동안 쭈그려 앉아서 움직였다. 호미질을 하다가 허리를 펼 때는 온몸의 뼈와 근육이 아우성을 지르는 것 같았다. 원체 땀이 나지 않는 체질이지만 여름날 김매기에서 땀을 흘리는 데는 예외가 없었다. 뽑아서 한 무더기씩 올려둔 잡초들은 곧 시들해졌다. 그것들을 다 모아서 한쪽에 쌓아놓은 다음 바라본 우리 밭은 세수를 한 것처럼 말끔했다. 그렇게 상쾌할 수가 없었다. 그러나 땀 때문에 옷이 붙은 몸은 눅눅했다. 빨리 씻고 한숨 자면 좋겠다는 생각이 간절했지만, 채소 수확을 하면서 금방 잊어버렸다.

청상추는 잎이 여리고 부드러웠다. 자칫 잘못 뜯으면 쉽게 찢어졌다. 적상추는 잎이 더 두꺼웠고 웬만하면 본래 형태대로 뜯을 수 있었다. 치커리와 케일도 상추들과 함께 참 잘 자랐다. 뜯

어낸 횟수가 더할수록 대가 올라와서는 나중엔 꽃대가 만들어졌
다. 왕성한 생명력이었다.

고추는 나눠주고도 남았다. 재배한 채소들 가운데 유일하게
잉여 생산에 성공했던 품목이었다. 나중에는 잘게 잘라서 냉동실
에 재워두기까지 했다. 풋고추는 쌈장에 찍어먹었다. 시간이 더
흐르면 서서히 독이 올라서 매워졌다. 그러면 그대로 빨갛게 익
도록 내버려 두었다.

팔뚝보다 더 큰 가지를 딸 때는 머뭇거리기도 했다. 가지를 떼
어낸 뒤 남은 가지나무가 그렇게 허전해 보일 수 없었다. 그만큼
가지나무는 잎이 넙적하고 열매도 크지만 적게 열렸다.

밭의 이랑을 따라 심어둔 옥수수는 나보다 키가 더 크는가 싶
더니만 어느 날 주머니를 찼다. 매주 차오르는 주머니를 보는 기
쁨이 컸다.

오이, 호박은 실패한 경우였다. 오이집을 감고 올라갔는데도
정작 오이는 몇 개 열리지 않았다. 열린 오이들도 사먹는 오이 모
양은 구경도 못했다. 커봐야 손바닥만 한 길이에 뭉툭하거나 안
으로 말려들어가서 남들 주기는 체면이 안 섰다. 모두 우리 밥상
차지였다. 밭 한쪽에는 봄에 호박씨를 뿌려두었는데 호박잎만 무
성할 뿐이었다.

방울토마토도 마찬가지였다. 열매가 주렁주렁 열리긴 했는데,
시퍼런 것들을 딸 수 없어서 기다린다는 것이 다음에 갔을 때는
이미 벌레나 곤충들 차지가 되고 말았다. 관리를 잘못한 탓인지

대개 갈라지고 말았다.

여름과 함께 무럭무럭 자라고 있는 주말농장의 푸성귀와 열매들에 감사했다. 행복의 조건 하나를 더한다고 하면 될까. 문득 법정 스님이 말씀하신 행복할 수 있는 일곱 가지 방법 중 하나가 생각난다. 채소밭을 갖는 것. 채소밭과 풀뿌리 생명들이 주는 다른 의미도 크겠지만, 손수 가꾼 채소를 먹는 기쁨 또한 컸다. 돈 주고 사 먹는 소비 활동으로는 상상할 수 없는 즐거움이 있다.

2. 장마

뜨겁게 달아오른 주말농장에도 장마가 왔다. 비가 왔을 때는 한 주를 걸러 가곤 하였다. 그러니까 근 보름 뒤에 가서 본 농장은 딴 세상이 되어 있었다. 정글처럼 우거진 밭을 허리를 구부리고 들어가야 했다. 많은 비를 감당 하지 못해 이랑이 허물어지고, 고추들이 떨어져 있는가 하면, 옥수수는 더욱 자라 억세진 잎에 살갗이 벨 정도였다. 물 먹은 상추들은 싱그러움을 잃었고, 치커리는 이파리가 너무 세져서는 먹기 곤란했다. 그리고 일찌감치 터진 방울토마토 다발들은 볼썽사나운 모습을 하고 있었다.

농사초보자를 꾸짖는 것 같았다. 그동안은 책 보고 알음알음 잘해 왔지. 씨 뿌리고 모종 심고 김 좀 맸다고 다 되는 게 아니거든. 꾸준히 잊지 않고 돌봐야 해. 한숨을 쉬며 둘러본 다른 밭도 우리와 사정이 다르지 않았다.

그래도 항상 부지런한 사람은 있기 마련이다. 그동안 꾸준히 손길이 닿았던 곳은 무성하지만 질서가 있어 보였다. 옆집 토마토가 그랬다. 토마토만 심은 밭이니 관리가 훨씬 수월했을까. 아니면 토마토란 것이 본디 장마에 강한 것인가. 토마토는 많이 따갔는지 예전처럼 많지 않았다. 뒤늦게 알이 찬 토마토들이 장마를 모질게 견뎌내고 있었다.

갯벌처럼 물을 먹은 땅이 운동화를 빨아들였다. 푹 들어간 발을 뺄 때는 운동화가 벗겨지기도 했다. 귀찮았다. 자기들 세상을 만난 것처럼 기세등등해 있는 잡초는 땅속 깊숙이 뿌리를 내리고 있어서 좀체 뽑히지 않았다. 특히 바래기는 한 뭉텅이씩 잡고 뽑아야 하는데 힘 싸움 했다가 지레 지쳐 손을 놓곤 했다. 일일이 호미로 파내다시피 해야 했다. 제때에 처리해주지 않아서 곤란을 당하는 것이었다. 기울어진 지렛대를 바로 세우고, 폭우에 쓰러진 고추나무를 일으키고, 날 선 옥수수의 잎을 쳐냈다. 두어 시간 땡볕에서 일하는 내내 구이가 되는 듯했다. 마지막으로 이랑을 깊게 파서 흙을 밭으로 올리거나 북을 돋워 주었다. 비가 오더라도 빗물이 흘러나갈 길을 터주고, 뿌리를 보호하기 위해서였다.

이것으로 여름 농사는 끝이다. 가을이 되면 김장을 준비하는 주말농장으로 바뀐다. 이쯤으로 농사를 운운하기에는 부끄럽기 짝이 없지만, 농사는 시간과 자연에 대한 순응인 것 같다. 시간을 거슬러 농부가 하고 싶은 대로 농사를 주재할 수 있는 게 아니었다. 계절에 맞는 작물이 있고, 그 계절 따라 우리들 밥상이 달라졌다. 계절과 대지는 사람의 능력 바깥의 것이었다. 순응하는 가운데, 생명을 대하는 일을 하면서 겸손을 배우는 곳이었다. 도시인의 변덕스런 마음으로 농사를 지어서는 성공할 수 없다는 것도 알았다. 실패를 통해 농심을 배우고, 생명의 소중함도 깨달았다.

3. 속물

주말농장은 나눔이 무엇인가를 가르쳐주었다. 수확한 것을 나눠주는 것만을 말하는 게 아니다. 자연의 이치랄까, 주말농장의 질서랄까.

일주일에 한 번 밭의 작물들을 살펴보면 꼭 허전한 곳이 있었다. 다음 주쯤이면 수확해 갈 계획에 눈도장을 찍어둔 것들이 사라지고 없었다. 상추 이파리를 따간 흔적이며, 몇 포기 심지 않은 케일 가운데 어린 이파리들만 남아 있다든가, 눈도장을 찍어둔 가지가 온 데 간 데 없다든가, 옥수수 주머니가 뜯겨나간 자국을 본다든가.

처음에는 속상했다. 어떻게 기른 건데, 니 것 내 것도 모르는 사람이 다 있다니. 무엇보다 누군가에게 내 땅이 침범을 당해서는 내 것을 도둑맞았다는 생각에 속이 끓었다. 함께 하는 사람들을 믿고 했던 농사일이었는데, 하물며 농사를 짓는 사람이 이처럼 부정직할 수가 있을까 개탄도 했다. 우린 법 없이도 살 사람인데 남들은 왜 그럴까 불병이 커져갔다. 나음에는 더 눈에 띌 수밖에 없었다. 깐깐하게 내 것들을 머릿속에 넣어두었기 때문이다. 한 번만 더 발견하면 농장 관리인에게 말을 하자고 남편에게 말했다. 나는 본전도 못 찾았다. 너도 그런 생각을 다 하냐는 투였다. 착한 사람으로 알고 있었는데 별 것 아닌 일에 속상해 하고 열을 올리는 게 새삼스러웠던 모양이다. 그러거나 말거나 사람들이 공동체로 뭔가를 할 때에는 예의 같은 게 있질 않겠느냐, 손해가 생기면 그 공동체는 오래 가지 못한다며 목소리를 높였다.

그러나 나는 잠시 뒤 꼬리를 내리고 말았다. 남편이 대파 밭을 가리키며, 저건 공동 구역이라고 말했다. 필요한 가족이 수확해 가면 된다는 것이다. 그리고 집집마다 비슷한 작물을 재배하고 있긴 하지만 그래도 품목들이 조금씩 달랐다. 그러다 보면 아쉬운 채소들이 있기 마련이었다. 그때 그 집에 피해가 되지 않는 선에서 조금씩 뜯어 가는 게 뭐가 대수냐는 것이다. 그러면서 남편은 옆집 깻잎도 따고, 쑥갓도 한 번 먹을 만큼 뜯고, 또 다른 집에서 토마토를 식구 숫자만큼 따는 것이었다.

그 다음부터 주말농장이 달리 보였다. 비록 남의 손길이 닿았던 흔적들은 여전히 내 눈에 들어왔지만, 예전처럼 속상하지만 않았다. 나도 옆집에서 조금씩 거둬 오는데 익숙해졌다. 사실 마주친 가족들 사이에 인사가 오가고, 서로들 그렇게 뜯어다 먹자고 말이 오간 약속이 있었기 때문이기도 했지만. 남들 것에 손 안

대고 내 것 손해 안 보고 싶었던 것은 바로 도시인이 사는 방법이
었다.

주말농장에는 사람들의 나눔만 있는 게 아니었다. 주변으로
온갖 풀과 나무들이 울창한 곳이다 보니 벌레와 곤충과 들쥐들이
있었다. 그 녀석들도 내가 가꿔온 채소들을 나눠먹고 있었던 것
이다. 그래서 10퍼센트 나눔이란 말이 생각났는데, 가만히 생각
해 보니 계산이 과한 것도 같다. 1퍼센트라고 해야 할까? 그 1퍼
센트 때문에 나는 속물임을 인정하고야 말았다.

4. 착한 토마토

토마토 한 상자를 선물 받았다. 푸른빛이 남아 있는 싱싱하고
잘 생긴 토마토였다. 토마토는 울퉁불퉁하지 않고 얌전하게 둥근
것이 맛있다고 한다. 주먹만 하거나 그보다 조금 작은 토마토들
이 먹음직스러워 보였다.

이틀을 바깥에 두었던 토마토들이 놀 색깔로 익어 있었다. 물
에 씻어 한 입 베어먹었다. 유기농이라고 했으니 문제없었다. 껍
질이 탄력 있게 느껴지고 새콤한 속이 입 안에서 터졌다. 씹을수
록 달콤한 맛이 우러났다. 어머니는 당뇨에 토마토가 좋다는 방
송을 보았다고 한다. 한곳에 정신을 팔다 끼니를 거르기 일쑤인
내게도 토마토는 수월한 먹거리였다. 아이들은 그다지 좋아하지

않았지만, 남편도 아침에 토마토를 먹고 출근했다. 그렇게 일주일을 보냈다.

토마토가 동이 나고 수박으로 대체했다가 다시금 싱싱한 토마토가 생각나기 시작했다. 가까운 마트에 가서 토마토를 샀다. 이런 경우 한 상자씩 사게 되지 않았다. 우선 먹어본 다음 맛있고 신선해야 살 엄두를 냈다. 한 봉지만 샀다. 토마토에 대한 신뢰가 서질 않는데다가 대형 마트에서 유통하는 토마토에 대한 기사를 읽은 것이 생각나서였다. 아는 언니가 준 토마토처럼 유기농인지 확신할 수 없었고, 노동의 착취나 생산자를 기만하는 유통구조를 가진 토마토를 사먹고 싶지 않았다.

사소한 습관이 우리 사회의 구조를 만들어간다는 말은 과장이 아니다. 비록 유럽의 예이긴 하지만, 서유럽에서는 신토불이 토마토들이 서서히 종적을 감추고, 스페인산이 재래시장과 슈퍼마켓 진열대를 독점하고 있다고 한다. 소비자들은 제철이 아닌 계절에도 토마토를 싼 가격에 사려고 한다. 때문에 업계는 겨울철에 토마토를 경작할 뿐 아니라 생산 단가를 낮추기 위한 자구책이 필요했다. 그래서 예전에는 황야지대였던 안달루시아의 소도시 알메리아라는 곳에서, 수만 명의 외국인 노동자가 법정 최저임금(44.40유로)에 훨씬 못 미치는 일당(32~37유로)을 받으며 일을 하고 있다. 급수나 전기 공급도 되지 않는 화학비료를 쌓아두는 시멘트 건물에서 생활하다가 주검으로 발견되기도 한단다. 유럽 사람들의 소비 습관이 비인간적인 토마토 시장을 만든 예이다.

어떤 유명 요리사(자크 푸르셀)는 여름에만 토마토 요리를 한다고 말했다. 제철 토마토가 맛도 좋고 착하다는 것이다. 여름이면 밭에 햇살 가득, 흙을 품고 자라난 토마토가 살짝 신맛이 가미된 향미가 뛰어나다는 것이다. 그래서 그 언니가 준 토마토가 그토록 맛있었을까? 제철에 난 유기농 토마토인데다가 생산지에서 바로 가져온 착한 토마토였기 때문에? 새콤달콤한 놀빛 토마토가 눈에 삼삼하다. 그 여름날 주말농장 노지에서 키웠던 옆집 토마토가 다시금 생각나는 것도 그 때문이다.

다음에 주말농장을 하게 된다면 꼭 착한 토마토를 길러보고 싶다.

연蓮

장맛비를 맞고 있는 연蓮은 수련하다 못해 비장해 보인다. 비 오는 풍경부터가 가슴을 적시는데, 연의 드레진 자태는 비애를 안고 인내하다가 초월하는 아름다움을 가지고 있다. 빗속의 연은 나를 실망시킨 적이 한 번도 없다. 커다란 잎에 떨어진 빗방울들이 모여 영롱한 구슬을 만들고, 만개한 꽃잎이 곧 떨어질 듯 위태한 모습을 지켜보면서 나는 시간을 잊어버리곤 한다.

작달비에 태연한 연을 보면 발이 간질거린다. 신발을 벗어두고 맨발로 걷는다. 나무쪽을 이어 만든 다리를 벗어나 연을 밟고 디디는 상상을 한다. 물 위로 높이 솟아오른 연잎과 연꽃들, 물을 덮은 수련의 작은 잎들과 꽃들 하나하나에 살포시 올라서 본다. 지나가는 초로의 아주머니가 발 시리지 않느냐, 나무가시 박힐라, 염려해주는 말 한 마디에 나는 어느새 다리 위로 돌아온다.

연잎을 뒤집어 아래를 본다. 연하고 부드럽다. 빗방울 듣는 위쪽은 동물의 가죽처럼 탄탄하고 질기다. 웬만한 빗줄기가 꽂혀도

끄떡하지 않는다. 연잎은 스무 개가 넘는 주맥이 방사상으로 퍼져 호를 만들고 있다. 측맥이 따로 없다. 가시가 돋아 있는 잎자루는 뻣뻣하고 튼튼하다. 잡아당겨도 물 아래에서 얼마나 단단하게 얽히고 자리 잡았는지 꼼짝도 하지 않는다.

연꽃의 변화는 경이롭다. 야무지게 오므린 꽃봉오리만 보고 장차 필 꽃의 크기를 짐작했다가 막상 만개한 모습을 맞닥뜨리면 어쩜, 하고 감탄사가 나온다. 놋그릇처럼 묵직해 보이는 꽃에는 어딘지 모르게 신묘한 분위기가 감돈다. 대범하게 벌어진 십여 장의 꽃잎들 가운데에 돋은 노란 수술들, 그 끝에 하얀 꽃가루가 묻어 있다. 또 그 가운데에 초록 또는 검은 연밥이 자리한다. 꽃잎은 끝에서 안쪽으로 붓질을 하며 색을 물들여 놓은 듯하며 꽃잎을 따라 끝자락에 분홍색 꽃물이 머물러 있다.

흔히 연꽃이라고 부르는 하화荷花는 물 위로 줄기가 높이 솟고 잎이 큰 꽃을 말한다. 수면에 잎이 떠 있고, 꽃줄기가 수면에서 약간 솟아 핀, 보통 수련睡蓮이라고 하는 것은 연화蓮花라고 한다. 수련이 가늘고 뾰족한 꽃잎 때문에 감상적이고 다채로운 색깔이 짙어서 개성이 강하다면, 연꽃은 둥글고 부드러워 원만하고 인자해 보인다.

이러한 연꽃의 이미지는 우리 신화 '오늘이' 이야기에서 그 뜻을 잘 헤아릴 수 있다. 오늘이는 학이 길러준 부모 없는 아이였다. 이름 없는 이 아이를 많은 사람들이 돌봐주고 이름을 오늘이라고 지어주었다. 어느 날 오늘이는 백씨부인에게 부모님이 원천강에 있다는 말을 듣고 길을 떠났다. 저승길까지 가는 길에 책만 읽는 장상도령, 연화못의 연꽃나무, 야광주 셋을 물고 있는 이무기, 매일이 아가씨, 선녀들을 만나 도움을 받고는 원천강까지 갈 수 있었다. 그곳에서 부모님인 신관 부부를 만난다. 오늘이는 그곳에서 행복하게 살 수 있었지만 다시 길을 떠난다. 원천강으로 오던 길에 만났던 이들이 부탁한 고민들을 해결해주기 위해서. 그들의 고민을 해결해준 오늘이는 연꽃과 야광주를 얻어 얼마 후 옥황상제의 부름을 받고 하늘나라 선녀가 된다. 그리고 원천강에서 부모와 함께 살며 사계절을 돌보는 일을 맡게 된다.

오늘이는 세상 사람들의 이야기에 귀 기울이고 문제해결을 위해 함께 노력한다. 부드럽고 원만하며 인자한 인물이라면 가능한 일일까. 오늘이가 한손에 연꽃을 들고 있는 것은 연꽃의 그런 뜻도 담고 있는 게 아닐는지. 아름답다기보다 보고 있으면 마음 깊이 평온해지는 느낌. 관음보살상의 둥그런 얼굴과 미소, 부드럽게 흐르는 옷자락에서 느껴지는 평화롭고 온화한 분위기를 연꽃과 오늘이에게서 보게 되니 덩달아 흐뭇해진다.

내가 여성신화 가운데 특히 오늘이를 좋아하는 것은 바로 오늘이를 닮고 싶은 바람 때문이다. 종종 분에 넘치는 욕심이라고 치부하고 마는데, 그래도 다시 꿈꾼다. 나의 이야기, 만나는 사람들의 이야기, 능력이 허락한다면 세상 사람들의 이야기를 글로 쓰면서 현대판 오늘이가 되는 것. 그러기 위해서는 석가모니와 같은 눈으로 세상을 볼 수 있어야 하지 않을까. 보리수 아래에서 깨우쳐 부처가 된 석가모니에게 인간이 호수의 연꽃으로 보였다는 말이 있다. 어떤 것은 진창 속에 있고, 어떤 것은 진창을 헤어나려 하고 있고, 또 어떤 것은 간신히 머리만 물 위로 내밀고 있고, 어떤 것은 꽃을 피우려 애쓰고 있는 연꽃이 고해를 헤매고 있는 중생의 여러 모습이었다고 전해진다. 그렇게 진흙탕에 뿌리를 내리고서도 수련한 모습으로 피어 있는 연꽃을 보면 세상속의 나는 어떤 모습일까 돌아보게 된다.

글쓰기 공부를 하고 있는 동안 오늘이와 같은 내 자리가 있을 거라는 희망을 가져보았다. 희망은 스스로 믿는 것에서 꽃 피는 것. 사람 사는 이야기를 통해서 인간의 근원과 사는 방법을 찾아보고 싶다. 연꽃을 보고 있으니 안개 속에 숨어 있던 나의 길이 보이는 듯도 하다. 운명으로 점지된 길이 아니라 내가 바라고 좋아서 선택하는 길. 수련하기만 해서는 안 된다. 비장해야 한다. 오늘이처럼 사람들 속으로 세상 속으로 뛰어들어야 한다. 연꽃처럼 진창 속에서도 꽃을 피울 수 있어야 한다. 빗속에 있길 주저하지 않는 사람이어야 한다. 그리고 기억하고 싶은 말. 바로 오늘이의 말처럼, '우리는 모두 세상을 돌게 하는 순리 안에 있으니, 저는 이제 흠 없는 마음으로 살아갈 것입니다.'

일본 지진해일, 그날 이후

3월 11일 금요일 일본에서 일어난 지진해일[1]의 결과는 상상을 초월했다. 영화 '해운대'와 비슷한 장면이 많은 것 같으면서도 더 심각한 피해가 속출하고 있는 영상들을 보면서 가슴이 마구 뛰었다. 쪽빛 하늘을 담았던 바다는 온데간데없었다. 바다는 평소 알고 있었던 생명의 보고가 아니었다. 마치 만화 장면을 보는 것처럼 검은 물살이 먹구름 달려오듯 마을을 삼키고 차를 휩쓸고 갔고 작지 않은 배들을 난파시켰다. 집은 금세 무너져 내리고, 갈라진 도로는 가쁜 숨을 쉬는 것처럼 벌어졌다 붙기를 반복했다.

주말 내내 텔레비전을 틀어놓고 오고가며 특보를 보고, 발길이 채 떨어지지 않을 때는 방송에서 눈을 떼지 못한 채 의자에 앉아 넋을 잃고 현장 보도를 보았다. 인간이 아무리 뛰어나고 위대하

---

1 2011년 3월 11일 금요일 일본 동북부 태평양 연안에서 거대한 지진해일이 발생했다. 대지진, 쓰나미, 원전 폭발이 동시에 발생한 여파로 당시 일본 사회는 제2차 세계대전에서 패전한 이후 가장 큰 사회적 충격을 받았으며, 지금도 그 수습이 이어지고 있다.

다고 한들 자연의 숨 고르기 앞에서는 한낱 작은 생명에 불과한 것인가.

재해에 대한 가족들의 생각이 크게 다르지 않았던지 성금을 내자는 나의 제의에 가족들 모두 만 원씩을 쾌척했다. '바보의 나눔'에 송금을 하고 돌아오면서 의문이 들었다. 부끄럽게도 앞서 있었던 다른 나라의 재난에 나는 고작 몇 차례 ARS을 이용하여 성금을 낸 것이 다였다. 한 번에 2천 원씩 들어가는 성금이니 그동안 낸 것을 다 합쳐도 이번에 낸 액수보다 작았다. 왜일까, 내가 일본 지진해일에 더 감정이입을 하고 가슴 아파 하는 이유는?

불과 일주일 전에 나는 독도에서 있었던 3·1절 기념 음악회 신문기사를 가지고 아이들과 열을 올리며 수업을 하지 않았던가. 가수 김장훈이 민간외교 단체 '반크'와 대학생 자원봉사 단체 'V원정대' 회원들과 독도를 찾아가 '독도는 우리 땅' 노래를 불렀던 행사였다. 직접 참여한 것은 아니었지만 우리나라 사람이라면 누구나 공감할 수 있는 감정으로 이야기를 주고받았던 일이 며칠 지나지 않은 뒤였다.

재난 발생 이후에도 이백여 차례의 여진과 후쿠시마 원전 폭발로 인한 방사능 유출 때문에 긴장감은 수그러들지 않았다. 매일 일본의 상황을 전하는 뉴스 보도를 지켜보면서 하나의 자연재해가 쏟아내는 다양하고 복잡한 인문사회과학적인 문제들과 입장 차이들에 가위 눌리듯 하였다. 그리고 이어지는 일본 국민들에 대한 찬사와 우리 민족성에 대한 열등감들을 들으면서 화가 났다. 하나같이 언론과 학교 선생님들은 일본인들의 차분하고 침착한 태도를 극찬하였고, 반면 불같은 우리 민족성을 대조시키며 앞날을 걱정하는 것이었다.

내가 수업하고 있는 아이들은 본 수업에 들어가기 전에 신문기사로 반시간 정도 이야기를 나눈다. 아니나 다를까, 독서수업을 하고 있는 중학생 여자아이가 우리나라에 그런 일이 생기면 우린 어떻게 할까요? 물었다. 난 솔직한 내 생각을 들려주었다. 많은 사람들이 지진해일에 대처하는 일본 사람들을 극찬하고 우리나라 같으면 흉내도 못 낼 일이라고 말하지만, 내 생각은 다르다는 내용이었다. 그러나 내 생각이 대부분 사람들의 생각이 아니라 나의 개인적인 의견임을 미리 밝혔다. 언론뿐만 아니라 내 생각과 다른 견해를 가진 사람이 많다는 것을 알고 있었기 때문이다. 자기생각이 정립되어가는 시점에 있는 아이들에게 선생의 생각을 주입하는 행동은 경계해야 했다. 선생의 생각을 모범답안처럼 여기는 아이들이 대부분인 것이 현실이기 때문이다.

결론부터 말하자면 우리나라에 그런 재해가 생기면, 우리는 일본 만큼 일본국민들 만큼 잘해내지는 못할 것이다. 그것은 당연한 일이다. 우리나라는 진도 높은 지진이 자주 일어나는 나라가 아니기 때문에 거기에 대한 준비나 대처 방안들이 턱없이 부족하다. 체계적이고 믿을 만한 매뉴얼도 없다. 있는 매뉴얼도 허접하기 이를 데 없을 것이고, 그 매뉴얼은 국민들에게 인식조차 안 되어 있다. 우리는 민방위 훈련 정도가 고작이지 않은가. 우리나라에서 민방위 훈련이 얼마나 날치기로 진행되고 있는지는 초등학교 4학년인 작은딸도 알고 있는 현실인 것을. 그러나 의협심 강하고 정 많은 우리나라 사람들은 단기적인 혼란 속에서 질서를 찾아가고 재해 현장에 몸 사리지 않고 뛰어들 것이다. 이것이 우리 민족의 의병 정신이다. 이런 감동은 잘난 사람 많은 여의도나 강남에서가 아니라, 전국 곳곳에서 제각각 자신의 삶을 일구던 일반 시민들, 작은 공동체로부터 만들어질 것이다. 글을 쓰고 있는 지금 내 발바닥부터 머리끝까지 열이 차오르는 것을 느낀다. 설레기도 한다. 누가 뭐래도 나는 의병 정신이 깃든 한국인이라는 것을 느낀다.

일본은 환태평양 지진대 위에 위치해 있다. 지구상 지진의 70% 이상이 발생하는 나라이다. 일본국민들은 인간이 자연 앞에 작기만 한 존재라는 것을 오랜 역사 속에서 그들의 땅에서 몸소 체험한 민족이다. 거기에다가 기댈 곳 없는 외로운 섬나라이다. 2차 세계대전의 역사와 냉정하고 치밀한 국민성, 그들의 자긍심이 그렇게 만들었다. 그들이 살아남기 위해서 게다가 지향점이 명확했으므로 오늘날과 같은 국민성과 매뉴얼이 발달할 수밖에 없었다.

일본인들의 정신과 태도를 깎아내리려는 의도가 아니다. 그것과 대조해 우리 자신을 비하시키지 말자는 생각이다. 이번 지진 해일에 대처하는 일본국민과 일본정부는 감동과 실망을 함께 보여주고 있다. 그 감동에 우리는 지나친 감복에 그쳐서도 안 되고,

실망에 지탄만 해서도 안 될 일이다. 우리나라에서 똑같은 상황일 때 최악의 시나리오를 점치는 사람들의 우려를 무색하게 해줄 준비와 훈련이 필요하다. 수많은 일본국민들의 하나 같은 태도와 행동이 있었던 것처럼, 그들의 질서와 배려 앞에 다른 선택이란 없을 것이라고 단언하는 여러 일본인들의 의식처럼, 우리가 재난에 대처하기 위해서는 얼마나 많은 시간이 필요할까. 그럼에도 불구하고, 공중으로 구호품을 나를 생각을 하고 시민들이 구호 현장으로 뛰어들며 보다 감성적으로 품어 안을 매뉴얼 밖에서 우리 국민들이 보여줄 의협심을 나는 믿는다.

이렇게 토로하는 와중에 '정의란 무엇인가' 책이 베스트셀러가 되고 있다는 이야기는 아주 고무적이다. 물론 이 문제에 대해선 우리사회에 얼마나 정의가 메말랐으면 이토록 대히트를 치겠느냐고 반문할 사람들이 적지 않겠지만, 그것은 한편 우리 민족성의 가능성과 희망을 보여주는 것이다. 정의에 대한 목마름은 정의에 대한 호기심으로 시작되었고, 정의에 대한 인식과 정의를 실현하고자 하는 의지가 움트고 있는 것이라고, 나는 또 반문하고 싶다.

행동으로 옮기지 못하는 무비판적 낙관은 비판 받아야 하겠지만, 어떤 상황에서도 우리는 포기해선 안 된다. 인내해야 한다. 일본은 재해로부터의 복구와 상처를 치유하는 데, 우리는 새롭게 발견한 우리의 허점과 필요한 정책을 위해. 포기에는 희망이 없지만, 인내는 희망을 품고 있다고 하지 않는가. 나는 일본 지진해

일에서 우리국민들의 적극적인 응원과 협조가 한일 간에 새로운 역사를 만들어가는 희망이 될 것이라고 본다. 아픈 역사 때문에 일본에 대해 지니고 있었던 적개심을 뛰어넘는 우리나라 사람들의 관용을 일본이 느낄 수 있을 테고, 우리들 입장에서도 설움이나 분개에 그칠 수 있는 국민감정을 승화시킬 수 있다는 자신감을 갖게 하였다. 남에게 폐를 끼치지 않는 일본식 화和가 남의 어려움을 내 것으로 은유하고 아껴주는 한국식 화和와 만날 때 얼마나 뜨거운 정이 흐를 수 있는지 보여줄 수 있지 않을까.

이러한 영향이나 결과들을 바라고 돕고 싶었던 것은 아니었다. 남 몰라라 할 수 없었다. 함께 견뎌나가자고 격려하고 싶었다. 한 마디 말도 소중하지만 십시일반이 더 큰 힘이 될 것이다. 그리고 여기에 과거사는 다른 문제였다. 당장 눈앞에 원수가 또는 적이 물에 빠졌는데 내게 잡고 나올 수 있는 밧줄이 있다면 앞뒤 생각할 겨를이 어디 있나, 바로 던져줘야지. 우선 살려놓고 따지든가 다시 싸우든가. 난 그렇다. 이웃사촌은 빈말이 아니다. 일본과 우리나라는 비록 청산해야 할 역사과제가 남아 있긴 하지만 현재 이웃사촌임은 틀림없다.

일본 지진해일 참사는 독도문제와 달리 두 나라 간의 역사 문제를 뛰어넘는 인류애 차원의 문제이다. 그리고 가까이 있다는 것은 사람이건 동물이건 나라이건 그 유대가 특별난 것이다. 특별한 유대는 좋을 때는 잘 모르는 법이며 어려울 때 진가를 발휘하는 것이다.

혹자는 일본국민들의 태도와 정신을 인류 정신의 진화라고까지 표현하고 있다. 일본국민들의 태도와 행동이 앞으로 세계 여러 나라의 재난에 대처하는 매뉴얼이 되어서 세계 인류 정신의 진화를 가져오길 나도 바란다. 더불어 우리나라와 일본의 관계에서도 역사적, 정서적 진화가 이루어지길 바란다. 고난을 받아들여 직면하는 데서 새로운 차원이 시작되고, 고난을 인내하는 시간이 충만할 때 비로소 진화가 이루어지는 것이 아닐까. 여기에 인간의 위대함이 있는 것이다.

김치찌개 VS 불고기

어떤 의지로 현상을 쫓아갈 수 있고, 거부할 수도 있을 것이다. 그럴 때는 숨겨둔 욕망 같은 것을 누르고 옳다고 믿는 바를 따라서 혹은 양심을 따라서 행동하게 된다. 그때 작용하는 것이 생각이며, 이성이다.

생각과 존재가 따로 따로 놀면 어떻게 될까? 적어도 줏대 없이 살고 있진 않다고 생각하는 사람이라면, 그 순간 자기와의 싸움이 시작된다. 자신에 대한 믿음이 흔들리는 순간을 맞이한다.

저녁 식사로 김치찌개가 나왔다. 입맛을 잃은 큰딸이 아침에 현관을 나서며 부탁하더니, 어머니가 잊지 않고 장만하신 것이었다. 숙성된 김장김치로 끓인 찌개가 그 어느 때보다 맛있어 보였다. 바로 군침이 돌았다. 밥 한 숟가락 뜨고 국물을 들이켰다. 맵고 시큼한 맛에 이어 달콤한 맛이 입안에 감돌았다. 건더기를 먹으려고 다시 숟가락을 가져갔을 때였다. 풍성한 줄기와 이파리 속에 살코기가 보였다. 이미 찌개 맛을 들인 혀는 다음 숟가락을 기다리고 있는데, 내 머릿속은 복잡해졌다. 먹느냐, 마느냐, 그것이 문제였다.

작년 11월 말 시작되었던 구제역 사태[1] 이후 나는 한 가지 결심을 했다. 오랫동안 망설였지만 과단하게 실천하지 못하고 있었던 것이었다. 채식주의자가 되자. 사람들 필요에 따라 공장에서 물건 만들어내듯 사육되고, 전염병이 돌자 무더기 살처분 당하는 가축들을 보고 더 이상 동물을 학대하는 일에 동참하고 싶지 않았다. 이게 우리가 할 수 있는 전부인가, 물음을 던져 보았지만 명쾌한 답을 찾기 어려웠다. 전문가들이 말하는 동물 생명권이니, 생태축산이니, 순환 농업이니 하며 거론하는 것들도 결국 인간 편에 서서 고민하는 것들이었다.

산업화된 축산을 반대하는 입장에서 결심을 하고 육식을 안한 지 세 달을 넘기고 있던 차였다. 채식 프로젝트가 슬슬 삐걱거리기 시작했다. 뷔페에 가면 채소는커녕 육식만 잔뜩 가져오는 남편은 고기를 들먹였고, 한창 자라는 아이들이 행여 영양 부족이 되는 건 아닌지 나로서도 걱정하기 시작했다. 고기도 적당히 먹어야 한다는 게 주변 사람들의 생각이었다. 군이 육식을 하지 않아도 영양 섭취에는 큰 문제가 없고, 고기를 얻기 위해 우리가 파괴하는 환경과 비인간적인 행태를 문제제기하는 몇몇 글과

---

1 수년 마다 구제역 사태가 재연되고 있는 것 같다. 당시 2010~2011년 구제역은 거의 공포 수준이었다.

책을 읽었음에도 불구하고 나는 확신이 서지 않았다. 따라서 다른 사람들을 설득할 수가 없었다. 이렇게 되다 보니 다른 가족들이 고기를 먹는 식탁에서 나는 채소만 먹는 일이 벌어졌다.

그런데 그게 쉽지 않았다. 별미로 비빔밥이 나왔을 때 무심코 비빈 것이 계란 후라이까지 함께 비벼 놓은 꼴이 되어 어쩔 수 없이 먹어야 했을 때, 생각 없이 자장면을 먹고는 그릇에 남은 야채를 집어먹으면서 고기도 함께 씹고 있는 나를 발견했을 때의 그 황당함이란. 더 기가 찼던 것은 뒤늦게 알았더라도 젓가락을 내려놓아야 했지만, 나는 남은 고기들을 하나씩 하나씩 다 집어 먹고 있었던 것이다. 생각과 존재가 불일치하는 순간이었다.

생각이 혀를 이기는 때도 있었다. 하지만 그때마저도 인정할 수밖에 없는 사실, 고기 맛의 유혹을 느낀 것이다. 금단 증세라는 것이 담배나 술 따위에만 있는 말이 아니었다. 고기 맛이 어땠었지? 돌연히 궁금해서는 골똘히 생각한 적도 있었다. 이상하게도 달디 달게만 기억되는 것이었다. 고기가 주재료가 아니라 부재료로 들어가 있는 요리에서 어이없게 참패를 했던 나는 식탁 앞에서 정신무장을 다시금 해야 했다.

불고기가 나온 얼마 전이었다. 주말을 이용해 온 식구가 다 모인 저녁 시간이었다. 큰 접시에 수북이 담겨서는 김을 모락모락 피우고 있는 불고기가 당근, 양파, 대파와 함께 어울려 맛깔스러웠다. 남편과 아이들은 오랜만에 고기를 부지런히 먹었다. 상추와 깻잎에 싸서 한입 가득 가져가던 남편이 어서 먹으라고 눈짓을 했지만, 나는 상추와 깻잎에 밥을 얹어 쌈장을 찍어 먹을 뿐이었다. 오히려 나는 불고기 앞에서는 강했다. 기를 쓰고 먹지 않으려고 했기 때문인지, 생각과 이성의 힘이 그때만은 욕망을 제압하고 태연하게 식사를 할 수 있었다.

불고기가 너무나 뚜렷한 정체성으로 위압감을 주었을 때 나는 결연한 의지로 무장을 하고 대항했다. 그러나 기묘하게 숨은 교란에는 정신무장할 기회도 놓칠 뿐만 아니라 작은 유혹에도 쉽게 무너지고 마는 꼴이 되고 말았다. 큰일 앞에서는 의연할 수 있다가도 사소한 일에서 무너지는 경우랄까.

이성의 힘은 세다. 때문에 그 냉철한 이성에 과단한 행동을 더해 자기 극복을 꾀하고 세계를 변화시켜가는 것이다. 그러나 존재의 힘도 만만치 않다. 욕망과 습관으로 표면화되는 존재는 비빔밥의 계란 후라이나 자장면 속 고기처럼 대수롭지 않은 것들에 굴복할 수도 있다. 결국 나는 김치찌개에 있는 살코기에도 무릎을 꿇고 말 것인가, 갈팡질팡 하고 있었다.

가만히 생각해보면 습관과 식욕만 의지를 전복시키는 것이 아니다. 그것들이 개인적인 차원의 문제라면, 사회 환경과 시대성은 또 거부하기 어려운 힘을 지니고 있다. 지난 설에 시댁에 갔을 때였다. 시누이가 내놓은 가죽 재킷을 마다했다. 동물 보호는 못할지언정 학대를 반대하는 입장이니 가죽 옷은 입지 않을 거라고 말했다. 내 앞에서 언짢은 기색을 보이진 않았지만 시어머니와 시누이는 내가 유별스럽다고 생각했을 것이다. 그런 일이 있고 나서 천천히 내 안을 들여다보니 마음이 무거워졌다. 신혼 한 때 입은 후 드라이클리닝한 채 십 년을 묵혀둔 토스카나가 있었다. 세무 점퍼도 하나 있고, 소가죽 가방도 있질 않은가. 신발장은 한 술 더 뜬다. 구두와 부츠도 모두 가죽으로 만들어졌다. 지갑도 있다. 이러고 내가 동물학대 반대, 동물 보호를 부르짖을 수 있을까. 결혼 당시 남편은 특별한 선물을 주고 싶어 했다. 나는 고가의 토스카나를 받고 한동안 입고 다녔다. 이후 딱히 어떤 계기랄 것도 없이 토스카나는 옷장 맨 안쪽을 벗어나지 못하고 있다. '아름다운 가게'에 내놓거나 아는 사람에게 줄까 생각해보지 않은 것도 아니었다. 그때마다 남편의 특별한 마음이 있었던 것이라 처분할 마음을 접고 십 년을 간수해온 것이었다. 가방이나 구두, 부츠, 지갑은 요즘 가죽 아닌 걸 찾기가 되레 힘들다. 다른 소재의 것을 사면 되지 않느냐고 반문하겠지만, 마음에 차는 것을 구하기 쉽지 않은 게 현실이다. 생각 따로, 현실 따로. 여기서도 이성의 힘은 욕망과 시류에 무너지고 만다. 그럼에도 불구하고 아예 가죽 제품을 외면하고 사는 사람들도 적지 않다. 하지만 그런 확고부동한 가치관과 사상을 가지지 못한 나는 이러한 모순에서 자유롭지 못하다. 사회와 시대라고 하는 공간과 시간의 범주를 벗어날 수 없는 나의 한계이다.

지금 시점에서 나는 채식주의자나 동물보호협회 회원들처럼 명징한 사상도 실천도 주장할 수 없다. 애매한 육식반대론자이며, 어정쩡한 동물학대 금지론자에 불과하다. 그렇다면 나는 생각 따로, 존재 따로인 것을 부끄러워해야 할까. 이런 질문을 던져놓고 생각해보니 또 그건 아니다. 삶의 내부분이 논리적이지 못하고 애매하며 우연성이 크다고 말한다면 자기합리화라는 비난을 받게 될까. 앞으로 어떻게 될는지 모르겠지만, 지금의 나는 자기기만과 반성의 경계선에 있는 모양이다. 경계에 서 있는 한동안 모순된 안과 밖의 부대낌이 계속 나를 괴롭힐 것이다.

김치찌개에 든 고기를 궁굴려 본다. 입에 넣고 씹는다. 김칫국이 스며든 고기가 쫄깃하다. 금세 비운 밥공기를 들고 부엌으로 간다. 조금 더 먹어볼까, 여기서 숟가락을 내려놓을까. 순간 고민하다가 씽크대에 그릇을 놓고 수돗물을 튼다. 때로는 존재뿐만 아니라 이성조차 이기적인 나를 이 물살에 씻어 흘려보내고 싶다. 결국 인간의 입장에서 한 발자국도 넘지 못한 지난 몇 달이었다.

행복으로 가는 길

삼십 대에는 행복으로 가는 길이 어두웠다. 휘청거리면서 달라이 라마의 행복론을 기웃거리기도 했었지만, 그 언어들은 내안에서 하얗게 탈색되어 버렸다.

나는 순간순간 행복하다, 행복하다, 생각하면서 살진 않는다. 그러나 어느 순간 '감사합니다'란 말이 절로 나오는 때가 있다. 나는 이때가 바로 내가 행복한 순간이 아닐까 생각한다.

그 순간은 좋은 일과 기쁜 일에서만 느끼는 것은 아니다. 아주 소소한 데서도 삶의 기쁨을 찾을 수 있는 여유가 내게 생겼고, 삶에 겁먹지 않을 만큼의 용기도 생겼다. 이것은 참 놀랍게도 생명과 삶에서 아름다움을 발견하는 힘이 되기도 한다.

그렇다고 해서 지금 삶이 백 퍼센트 행복으로 채워져 있는 것은 아니다. 나로 인해 또는 내 의지와는 상관없이 불안정한 상황에 놓이기도 한다. 그러나 그 상황들이 마음의 평화와 삶의 기쁨 내지는 행복을 느끼는 것을 방해하진 않는다. 이 말은 또 내가 항

상 평화와 기쁨과 행복을 느끼는 항상심을 갖고 있다는 말도 아
니다. 인간으로서의, 너무나 인간적인 존재로서의 불완전함을 인
정한다는 말이다. 즉 때때로 중심을 잃고 경쟁에 사로잡히거나,
권태를 느끼고, 쓸데없는 걱정에 휘둘리기도 하며, 질투심을 느
끼기도 하고, 죄의식을 가질 때도 있는 나를 이해한다는 것이다.
피해의식에 젖을 경우가 있고, 세상과 어울리지 못한다는 생각으
로 자책하며 피로감을 느끼기도 한다는 것을 고백하는 것이다.
이유 없이 불안하고, 지나치게 자아에 몰입해 우울해지곤 하는
나를 바라본다는 것이다. 하지만 이러한 불완전한 요소들은 언
제나 내가 인간적인 사람임을 깨닫게 해주며, 오히려 살아있음을
깨우치게 만들기도 한다는데 그 역설이 있다.

　그래서 힘든 가운데서도 감사와 행복을 느낄 수 있다는 생각
은 어떤 허영심에서 거저 나온 것이 아니다. 나는 이미 힘든 일이
라는 게 내 삶 전체를 채우고 있지 않다는 것을 알 나이이다. 힘
든 순간이 왔을 때 얼마 지나지 않아 괜찮아질 거야, 이건 끝이
있는 일이잖아, 이게 다가 아니야, 하며 내게 말을 건다. 그리고
다른 일을 한다. 그래도 힘들면 산을 찾아 물을 찾아 길을 떠나거
나 이야기 속에 빠져본다. 어딘가에 나를 맡길 때는 내 힘으로 어
쩌지 못하는 경우이긴 하지만, 사실 많은 우울은 내가 통제하고
해결할 수 있을 때가 대부분이다. 예전처럼 한 가지 일 때문에 삶
을 포기하려들고 나를 외면하는 어리석음을 되풀이하지는 않는
다.

버트런드 러셀이 행복은 저절로 굴러들어오는 것이 아니라 끊임없이 쟁취해야 하는 것이라고 말하며 '행복의 정복'이라는 책을 쓴 것처럼, 프랑수아 를로르는 꾸뻬라는 정신과 의사를 앞세워 세계 여행을 하면서 행복에 대하여 사색을 하고 행복에 이르는 비결을 얻었다. 행복에 대한 설법을 하면서 법정 스님은 일곱 가지를 정리해 주었다. 첫째, 행복은 남과 비교하지 않는 것이다. 둘째, 자신이 좋아하는 일을 하는 것이다. 셋째, 집과 채소밭을 갖는 것이다. 넷째, 내가 다른 사람에게 쓸모 있는 존재가 되는 것이다. 다섯째, 행복은 사물을 바라보는 방식에 달려 있다. 여섯째, 다른 사람의 행복에 관심을 갖는 것이다. 일곱째, 살아있음을 느끼는 것이다.

문득 지인이 내게 행복하냐고 물었을 때 순간적으로 나는 행복하다고 말했고, 그 이유를 묻는 말에 살아있음이 행복하다고 말했던 게 생각난다. 사실 법정 스님이 말씀하신 앞의 여섯 가지는 행복을 위해 우리가 노력해야 하는 부분이다. 러셀과 를로르도 말했고, 많은 현자들이 거론했던 내용일 것이다. 이성의 힘으로 행복으로 나아가는 길을 가르쳐준 것이다. 그러나 나는 살아있음의 기쁨을 느끼는 근원적인 행복이 가장 중요하다고 생각한다. 꾸뻬가 행복으로 가는 길을 찾기 위한 여행을 끝내고 약속했던 중국의 노승을 다시 만났을 때, 노승은 말하고 싶었던 것이 있었다. 진정한 행복은 먼 훗날에 이룰 목표가 아니라 지금 이 순간에 존재하는 것이라는.

이쯤에서 이외수 소설가의 짧은 글도 떠오른다. 먹고 싶을 때 먹을 수 있고 자고 싶을 때 잘 수 있으니 나는 정말로 행복하다. 그리고 이 행복은 바로 먹고 싶을 때 먹지 못하고 자고 싶을 때 자지 못했던 젊음에서 유래된 것이다.

내가 지금 느끼는 감사와 행복도 그런 유래가 있다. 삼십 대 어둠의 터널을 지나왔기에 체감할 수 있는 것이라고 생각한다. 만약 순탄한 삼십 대를 보냈더라면 나는 여전히 남을 이해하고 받아들이는 그릇이 작았을 테고, 많은 시간을 불행하게 지내고 있을는지도 모른다. 세상을 바라보는 시선이 바뀌지 않았을 것이기 때문이다. 지나고 나서 보면 그 고통의 시간이 바로 수행修行이었다. 그 수행으로부터 어떤 시선으로 세상을 바라볼지, 어떻게 행동할지 선택하는 힘을 기를 수 있었던 게 아니었을까. 이것은 이성의 힘으로만 얻을 수 있는 것이 아니다. 삶에서 배우며 건진 기쁨이라고 생각한다.

그러나 이 근원적인 행복이란 이미 말과 글로써 표현된 그것이 아니다. 엊그제 초사흗날에 본 초승달과 샛별의 풍경을 저것 봐, 하며 엄마와 아이들에게 보여주고, 그 아름다운 만남을 놓칠 수 없어서 일기를 쓰면서도 표현의 한계를 절감했다. 그래서 가슴 속에 이미지로 잘 담가두었다. 행복도 마찬가지인 것 같다. 행복이라는 화두는 살면서 끊임없이 던지는 질문일 수 있겠으나, 나는 더 이상 행복하려고 뛰어들지 않겠다. 행복이라고 하는 것이 애써 구한다고 해서 열리는 문은 더구나 아니라고 본다. 그래서 학자들이나 수행자들이 말하는 방법, 비법, 노력으로는 이성적으로 한 발짝 다가서는 도움말이 될 수 있겠지만, 진정한 행복에 이르는 길은 아니라고 말하고 싶다. 행복하고자 하는 욕망이나 추구를 잊어버리고, 살아있는 그 자체의 기쁨을 느끼는 것! 그것이 진정한 행복으로 가는 길로 보인다, 지금 내겐.

애벌레에게 배우다

산책로에 나온 애벌레를 그냥 지나치지 못하게 된 것은 얼마 전 부터의 일이었다. 운명의 바깥에 있다가 안으로 들어오는 예가 있는 것처럼, 그 날 이후 사람들이 다니는 길로 나온 애벌레가 내 눈에 잘 띄었고, 나는 그 애벌레들을 숲으로 보내주면서 길을 걷게 되었다.

둘레길을 걷다가 허리를 굽히는 내게, 또 있어요? 벗이 물었다. 길에 나오면 밟혀 죽게 된다고 대답하며 호수공원 산책하던 일을 들려주었다.

딸들을 등교시키고 올려다본 쪽빛 하늘이 나를 살짝 흔들어 놓던 날 아침, 냉큼 향한 곳이 호수공원이었다. 물빛 같은 햇살에 젖은 채 걷고 있는데, 산책로에 엄지손가락만한 애벌레가 꿈틀거렸다. 땅에 내려앉은 햇살의 치마폭 속에서 고요하게 움직이는 초록빛에 이끌려 잠시 앉아 지켜보기로 했다. 길 위에는 내가 사

314

는 시간과 다른 세계의 시간이 공존하고 있었다. 애벌레는 십오 초 한 방향으로 움직였다가 이어 십오 초 다시 돌아오고, 십오 초 다시 되돌아갔다가는 십오 초 또 돌아오는 일을 반복 또 반복하는 것이었다. 시간을 확인하며 다시 내려다본 애벌레의 움직임이 지리멸렬한 일상을 되풀이하고 있는 사람의 것과 다르지 않았다. 그러나 애벌레는 항상 십오 초에 머물러 있지는 않았다. 십 초이다가 이십 초이기도 하고 때로는 삼십 초까지 한 방향으로 움직이는 변화도 있었다. 그렇게 시간은 흘렀다.

초록색 바탕의 애벌레 등에는 두 갈래로 난 가느다란 갈색 줄이 선명했다. 유연하게 움직이는 몸통의 마디마디는 자세히 보면 부지런히 연동 운동을 하고 있었다. 만져보지 않아도 느껴지는 질감에 나는 자꾸만 내 엄지손가락과 집게손가락을 비벼댔다. 간혹 뒤집힌 배는 마디마디의 경계가 등보다 더욱 뚜렷하게 보였다. 그리고 발견한 작디작은 많은 오름들 같은 애벌레의 발들이 쉼 없이 움직였다. 곧 몸통을 쥐어짜듯 뒤틀며 되찾은 자세로 다시 꿈실거리며 나아가는 것이었다. 생명이란, 그렇게 끊임없이 꿈틀대는 것이다.

모르는 사람에게 관심을 갖는 것은 조심스럽기 마련이다. 어떤 오해를 살는지 모르기도 하고 애써 내 시간과 에너지를 들여 남의 일에 나선다는 게 선뜻 내키지 않는다. 한편 괜한 간섭을 하게 되는 것은 아닐까 싶은 마음도 있다. 그래서였을 것이다. 많은 사람들이 내 옆을 그저 스쳐 지나간 것은. 대부분의 사람들은 무관심했다. 하지만, 쭈그리고 앉아 있는 나에게 어디 아프냐고 묻는 사람도 있었다. 예순 대로 보이는 한 할아버지는 어디 불편하냐고 물었다가 애벌레를 보고 있는 내 곁에 잠깐 앉아 함께 지켜보다가 떠났다. 나이를 먹을수록 사람을 이해하고 들여다보는 여유가 생기기 때문일까. 초면의 내게 관심을 가져준 사람들은 모두 나이가 지긋한 세대였다. 뒤늦게 남녀 학생들이 몰려왔는데, 그 아이들은 서로 재잘거리느라 정신없었고, 젊은 아줌마들은 제 갈 길이 바빴다. 애벌레의 행보를 지켜보면서 생각했다. 똑같은 상황에서 나는 어떤 사람일까. 느리게 죽어가는 매미를 지켜봐주었다는 심보선 시인 같은 감수성에는 미치지 못하더라도 조금은 괜찮은 사람이라고 생각했던 자만이 있었던 모양이다. 나 또한 무심하게 지나쳤을 그 자리에서 뒤돌아서 안부를 물으며 다가온 할아버지의 빛나는 이마는 내가 어떤 사람이 되고 싶은지를 가르쳐주었다.

산책로를 벗어나 흙길에서도 고전 하고 있는 애벌레의 몸짓은 더욱 투쟁적으로 보였다. 싸우는 대상이 햇빛인지 흙인지 애벌레로 태어난 자신의 운명인지, 상대는 보이지 않고, 홀로 열연하는 판토마임을 보는 것 같았다. 돌연히 까치들 소리가 등 뒤에서 들렸다. 문득 애벌레가 까치의 밥이 될 수 있다는 걱정에 한동안 눈을 떼지 못하다가 일어서서 두 팔을 벌리고 몸을 움직였다. 나는 허수아비가 되었다. 애벌레를 지키는 살아있는 허수아비. 애벌레는 열심히 꿈틀거렸다. 그리하여 드디어 나무 울타리 있는 쪽까지 갔는데 무슨 계획에선지 유턴을 하고 돌아오는 것이다. 온몸을 부대끼며 애써 가서는 돌아오고 있다니 지켜보는 나로서는 허망하기 이를 데 없었다. 나는 애벌레를 집어 울타리 뒤쪽에 놓아주었다. 한 시간 가까이 지켜보는 동안 내가 직접 울타리 안에 데려다 줄 것인지 계속 지켜볼 것인지를 고민했다. 애벌레의 움직임 그것만으로도 감탄할 만한 구경거리로 충분했지만, 정작 내가 갈등했던 것은 애벌레의 삶에 내가 개입하는 것이 잘하는 것인지 확신이 서지 않았다. 할 수 있다면 나는 지켜주는 보호령 정도에 그치고 애벌레가 갈 길은 스스로 가도록 해주고 싶었다. 그러나 애벌레는 자기 세계의 시간으로 느리게 움직였고, 그 시간은 내게로 와 서너 시간으로 뻥튀기가 되는 것 같았다.

좋은 글감이 되겠다는 벗의 호응에 호수공원에서 지켜본 애벌레에 대한 생각이 머릿속에서 계속 꿈틀댔다. 만약 그대로 두었다면 어떻게 되었을까. 노파심대로 사람들에게 밟혀 죽었을 수도, 까치의 밥이 되었을지도, 아니면 누군가의 손길에 울타리로 옮겨졌을는지도 모른다. 심학산 저수지 쉼터를 지나 길을 잘못 들었다가 돌아와 제 길을 찾아 걸으면서 다시는 여기서 길을 잃진 않을 것이라고 확신했던 것처럼, 잘못 걸었던 길은 내가 가는 길이 아님을 알게 되고, 그 길은 다른 방향으로 가는 다른 누군가의 길이라는 것을 깨닫게 해준다. 이렇게 배우고 익히면서 가는 게 길이며, 인생이지 않을까. 땅바닥에 온몸을 쓸며 지나갔다가 돌아오기를 반복했던 애벌레에게 어떤 차원의 학습이 있는지 모르겠으나 땅을 몸으로 읽으며 스스로 배우고 익히는 기쁨이 있을 것 같다. 어쩌면 눈에 띄는 애벌레들을 숲으로 보내는 나의 행동이 애벌레의 길 찾기에 방해와 간섭이 될 수도 있을 거라는 조심스러운 추측도 하게 된다.

내게 배우고 익힘은 딸아이 첫걸음 떼던 것처럼 기쁜 일이다. 그러나 변태變態를 기다리며 세상을 만나는 애벌레의 그것 없이, 울타리 밖으로 나온 어린 새가 땅으로 곤두박질치는 가운데 날갯짓 하는 그것 없이, 자기부족에 대한 자각에서 출발하여 새로움과 만나는 나의 그것 없이도 건강하고 아름다운 삶을 살 수 있을까? 애벌레와 내가 끊임없이 꿈틀대는 이유가 바로 그것이 아닐는지.

공기인형

두려워요. 춤을 출 때마다 내가 미처 깨닫지 못한 어두운 심연
이 드러나는 것은 아닐까 하고. 그래서 격렬한 충동에 휩싸여 괴
물이 될지도 몰라요. 나는 도로 위의 샤먼이지요. 선택 받았어요.
그래서 신의 노예랍니다. 마땅히 가야 하는 운명이지요. 한 많은
삶이겠다고요? 하긴 하늘 땅 어디에도 내 집을 짓지 못하는 신세
지요. 춥고 배고파요. 외롭고 쓸쓸해요. 그러기 때문에 내가 사
람들과 통할 수 있는 거지요. 상처 받은 사람이 치유할 수 있다는
말도 있잖아요. 어쩌면 최고의 상담자가 될 수 있을 거예요. 그
런 점에서 주변에는 샤먼이 많아요. 저마다 신명나는 푸닥거리
를 하며 제 상처를 드러내고 치유하지요. 나는 매일 굿판이 벌어
지는 도로 위에서 춤을 춰요. '빨간 구두' 이야기에 나오는 소녀
처럼 발목을 자르기 전엔 멈출 수 없을 거예요. '나'는 없지요. 오
직 바람이 있을 뿐. 그렇지 않고서는 도시의 날 위에 설 수 없는
걸요. 손끝으로 허공을 끊어요. 물론 아무렇게나 그러는 게 아니

라, 음악에 맞춰 움직이는 거예요. 몸통을 접질려보기도 해요. 그럴 때마다 통나무처럼 단순해진 내 몸통이 다행스러워요. 복잡하면 몸이 느끼는 고통도 많을 테고 생각도 많아질 테니까요. 내 춤을 지켜보는 어떤 사람은 웃어요. 또 어떤 사람은 울어요. 그런데 웃는 사람도 나는 울고 있는 것처럼 느껴요. 울지 못해 웃는 사람도 있답니다. 춤은 때로 울컥, 솟구치게 만들지요. 신과 같은 바람이 내 속에 있기 때문이에요. 한때는 그 바람이 내 것인 줄 착각했어요. 바람이 일지 않고선 내 몸은 움직일 수 없지요. 그 바람을 스스로 만들어낸다고 생각했어요. 그런데 그 바람 속에 나만 있는 게 아니라면, 그건 뭘까요? 그들로 하여금 일어서고 움직이는 운명이 바로 저랍니다. 한때 나는 몸을 채워야 한다고 믿었어요. 그래야 모양을 갖추고 우뚝 설 수 있다고 여겼지요. 그러나 무엇이든 속을 채운 나는 무엇보다 춤을 출 수 없었어요. 그건 사람들과 통하지 않는다는 뜻이에요. 신이 찾아오지 않는다는 뜻이지요. 춤은 내게 아주 소중해요. 나는 춤이기 때문이지요. 그 후로 매일 속을 비워야 한다는 걸 깨달았어요. 그래야 바람이 지나가고 나는 춤을 출 수 있지요. 바람이 바라는 대로 온전히. 거리가 먼 하늘과 땅을 끌어당기며 몸부림 쳤지요. 그걸로 나는 춤을 췄어요. 너무 멀리 있는 신과 인간을 한 몸에 담으려니 나는 찢어져야 했지요. 그릇이 아닌 무엇이 되어야 가능한 일이었지요. 아니, 그 무엇도 되지 말아야 했어요. 그러나 그걸 몰랐어요. 그것을 알고 있는 지금도 때론 힘들어요. 알고 있기 때문이지요. 신과 인간에는 경계나 사이가 없다는 걸 알아요. 어떤 틈이나 구멍도 존재하지 않는다는 걸 알아요. 마치 내 안이 텅 빈 것처럼 아무것도 없지요. 오직 너머를 꿈꾸는 내가 있을 뿐. 그러나 아는 것으론 안돼요. 나를 버려야 하지요. 씻김굿을 하는 샤먼이 무아에 있고, 춤추는 내가 텅 비어 있듯이. 나는 오직 춤 출 뿐이지요. 신을 알고 있다고 하셨어요? 진단해 보셨어요? 정서의 차이나 뇌질환의 하나가 아닐까. 콤플렉스에 의한 착각이나 환상은 아닐까. 특별한 존재가 되고 싶은 허영이 아닐까. 상처를 치유하는 한 과정에 있는 건 아닐까. 수수께끼 같지요. 단지 꿈꿀 뿐이에요. 내 방황이 단순화 되어 원통형의 몸이 되었듯이 잊어버리세요. 진동이 느껴지나요? 나의 춤이 전달하는 파동을 느껴 보세요. 몸과 마음을 맡겨요. 생각 따윈 말아요. 생각이 지옥을 만들어요. 심연을 뱉어 봐요. 그 순간, 해방이랍니다. 그게 자유랍니다. 그만두고 싶지 않느냐고요? 멈출 수 없는 삶이잖아요. 당연하지요. 그게 바람이니까요. 그게 샤먼이에요. 바로 사람살이지요.

소설小雪의 매서운 바람이 옷깃을 비집고 들어서는 걸 막으면서 나는 공기인형 밑에서부터 한 걸음 한 걸음 멀어져가면서도 고개를 돌리지 못하였다.

당신은 이대로 충분합니다

핀란드는 매년 10월 13일을 '실패의 날'로 기념한다. 이 날은 사람들이 자신의 실패 경험을 공유하고 서로의 실패를 축하하는 날이라고 한다. 그 이유는 실패를 통해 배울 수 있는 점을 강조하고 실패를 두려워하지 않도록 하기 위해서이다. 핀란드에서 실패의 날이 시작된 배경에는 경제적 어려움과 변화가 있었다. 노키아의 몰락과 같은 큰 실패를 겪으면서 핀란드는 새로운 도전과 창업을 장려하기 위해 실패를 긍정적으로 받아들이는 문화를 만들고자 했다. 이를 통해 사람들은 실패를 두려워하지 않고 오히려 실패를 통해 성장하고 재도전할 수 있는 기회를 얻을 수 있게 되었다. 이 날에는 학생, 교수, 창업자들이 모여 자신의 실패 경험을 이야기하고 이를 통해 서로 배우고 격려하는 시간을 가진다고 한다. 이러한 문화는 핀란드가 창의적이고 혁신적인 사회로 발전하는데 큰 도움이 되고 있다.

그런데 우리나라 문화에서는 실패에 대한 불안이나 책임이 지나치게 가중되는 면이 있다. 실패는 해서는 안 되는 것이며 정상적인 궤도에서 이탈한 것으로 간주하고 그 당사자에 대한 채찍질이 냉혹하게 이뤄진다. 성공만이 목표가 되며 그 과정에서 있을 수 있는 실패에 대한 이해와 수용, 그리고 재기를 위한 기다림에 인색하다. 누구나 한 번 사는 인생이고 처음부터 전문적인 식견과 능력을 갖추고 시작하지 않음에도 불구하고 실패해서는 안 된다는 강박이 크다. 핀란드와 우리나라의 이러한 차이는 어디에서 비롯되는 것일까? 교육과 문화의 차이가 크기 때문이라는 것은 누구나 아는 사실이어서, 그 근본적인 원인에 대해 고민해 보았다.

우리나라는 가족과 친족, 민족을 중심으로 하는 '우리'라는 유대와 연대 의식이 강하다. 가장 대표적인 예가 얼마 전에 있었던 추석과 같은 명절일 텐데, 나의 경우 귀성에만 열 시간이 걸렸다. 이는 평소보다 절반의 시간이 더 걸린 셈인데, 명절마다 치르는 몸살이지만 우리에게는 당연히 치르는 불편쯤으로 받아들이게 된 것 같다. 앞으로 미래 세대에게는 명절이 어떤 그림으로 명맥을 유지할는지 또는 변화해 갈는지 모르겠지만, 명절에 온 가족 또는 친척들이 모이고 인사를 나누며 선물을 주고받는 풍습이 적어도 우리세대에는 사라지지 않을 모양이다. 이러한 명절을 치르는 중에 가족 구성원과 사회 구성원에게 가중되는 역할과 책임이 상당하다. 각자 위치해 있는 자리에 따라서 감당하는 역할과 비중이 저마다 다를 테니, 여기서 나는 누구의 역할이 더 중요하고 누구의 책임이 더 큰지를 거론하는 것을 제쳐두고, 이런 문화가 어디에서 비롯되었으며, 앞으로 어떻게 해야 할는지에 대해서 짚고 넘어가고 싶다.

올해 추석 명절은 태어나서 가장 더운 여름 추석이었다. 에어컨이 원활하게 나오는 작업환경이 아니라면 요리를 하는 상황이 만만치 않았을 만큼 더웠다. 그래서 시어머님의 동의를 구해서 동서와 내가 미리 상의한 요리 몇 가지를 해서 각자 가져가기로 했다. 상의한 대로 했음에도 불구하고 시댁에서 김밥을 말고 상을 차리며 탕국을 끓이는 것은 시댁 부엌에서 해야 하는 일이었다. 다른 식구들은 에어컨을 틀고 거실에 모두 모여 있었지만, 에어컨 냉기가 들어오지 않는 주방에서 나는 땀 흘리며 요리를 했다. 내가 해야 할 일을 하느라고 정작 나는 그 더위를 견디면서 일을 했는데, 부엌에서 일하며 잠시 앉지도 못하는 내 모습이 작은딸에게는 불만스러웠는지, 나중에 딸이 물었다. 엄마는 왜 본가에 그렇게 잘하려고 하는 거야? 솔직히 내가 아주 잘한다고 생각해보지도 않아서, 또 정말 내가 왜 그러지 하는 갑작스런 질문이 생기면서, 딸의 질문에 즉시 대답하지를 못했다. 며느리들이라면 대체로 착한 며느리나 좋은 며느리로서 인정받고 싶은 마음이 있을 것이다. 열 번 잘 하다가도 한 번 잘못 하면 책잡힌다는 말도 있고 보면, 뭐든 열심히 하는 사람에게는 명절 때 역할 담당이 대충 넘어갈 일이 아닐 것이다.

어떤 사회적인 역할과 책임, 기능 수행은 사회적 자아와 연결된다. 마치 무대 위에서 배우가 맡은 역할을 잘해내야 하는 임무와 책임이 따르는 것처럼. 그 수행력에 따라서 점수가 매겨지는 시험대에 오른다. 사회적 가면을 쓰고 얼마나 잘하는지에 따라서 평가되고 판단 당한다. 때로는 비난의 대상이 되고 매도되기도 한다. 하지만 반대로 칭찬받고 고맙다는 인사를 받을는지도 모른다. 지나친 성과 위주의 사회와 결과 중심의 문화 속에서는 이러한 평가와 판단의 잣대에 휘둘리지 않고 내가 하고 싶은 대로 하고 살기란 무척 어렵다. 그러려면 많은 것들을 포기해야 한다. 그 울타리에서 소외되고 배제되며 낙인찍히기를 바라는 사람이 어디 있을까. 그것은 곧 그 사회에서 실패한 것과 다르지 않아서 이번 무대에서의 실패는 곧 패배자가 되는 쓴맛을 보게 된다.

사회적 자아를 만드는 사회적 학습과 문화적 세습은 교육의 영향이 크다. 유교문화의 사고방식과 풍습을 세뇌하듯 가르쳐온 가정교육과 학교교육, 사회교육에서 자유롭기란 낙타가 바늘구멍 빠져나가는 것만큼 어려운 일이다. 사회적 역할 즉 사회적 자아는 주로 외부에서 주입된다.

명절을 보내는 동안 시댁에서 며느리의 역할을 하는 사회적 자아를 수행한다면, 친정 부모님이 나를 대하는 방식은 훨씬 존재에 가깝다. 가족으로서 서로에게 기대하거나 거기에 부응하려는 또 다른 사회적 자아가 작동되기도 하겠지만, 좀 더 단순화시켜서 살펴보자면 부모님은 보다 존재로서 나를 대하신다. 즉 내가 이렇게 해도 좋고 저렇게 해도 좋으며 어쩌하든지 지금의 나로서 충분하다는 쪽이다. 만약 이대로의 내가 아니라 어쩌어쩌한 모습이나 역할을 요구한다면 그 부모님은 안타깝게도 존재로서의 나가 아닌 사회적 역할로서의 나를 요구하는 셈이 된다. 존재와 존재이유의 차이라고나 할까.

　엄마가 있으니 맛있는 것도 해주고 빨래나 청소도 다 해주니 좋지?
　남편의 말이었다.
　아빠, 엄마가 뭘 해주어서 좋은 게 아니라, 그냥 엄마가 있는 것 자체로 좋은 거야.
　작은딸의 대답이었다.
　남편과 작은딸의 대화를 들으면서 새삼 나의 존재이유에 대해서 생각해보았다. 역할과 기능으로서 존재하는 나를 좋아하고 필요로 한다면, 그게 사랑일까. 사회적 자아를 잘 수행하는 사람이라면 사회에서 필요로 하고 환영받는 훌륭한 사람일 테지만, 그것으로 그 사람이 만족하며 행복한 것은 아닐 것 같다.
　지금의 나로 충분하고, 지금의 나로서 인정받고 사랑받는 존재. 존재로서 나를 바라봐 주는 곳이라면 의례적인 명절보다 훨씬 가족과 같을 것 같다. 모르긴 해도 존재 이유나 존재 가치로서 사람을 평가하고 판단하기보다 존재 그 자체로서 받아들이는 쪽이 진정한 사랑일 거라는 확신이 있다. 사랑이 이유나 가치를 따진다는 얘길 들어본 적이 없으므로.

따라서 우리가 아이들에게 전해주어야 할 것이 사회적 역할과 같은 조건적 존재를 가르칠 것이 아니라 존재 그 자체로 충분히 사랑받는 존재적 자존감이어야 한다는 것이 중요하다. 뭘 잘 해야만, 뭘 더 가져야만, 경쟁에서 이겨야만 괜찮은 존재가 아니라, 애초에 그런 게 있든 없든 상관없이 괜찮은 존재라는 것을 알게 해주어야 한다. 스스로 정직하고 스스로 당당하며 스스로 사랑하는 사람이라면, 성숙한 사회적 역할을 찾아가는데도 별 무리가 없을 것이다. 근본적으로 존재에 대한 자존감이 형성되어야 이차적으로 존재이유와 존재가치를 궁리하며 성숙한 사회적 가면을 선택하고 만족스러운 무대 역할을 수행하게 될 것이다. 평가의 잣대로부터 자유로운 사회와 문화가 만들어진다면, 우리 다음 세대는 핀란드처럼 실패를 두려워하지 않고 도전하는 용기 있는 세대가 되지 않을까. 어쩌면 작은딸의 질문과 생각에서 미루어 짐작할 수 있듯이 우리나라 미래 세대는 이러한 점에서 우리 세대와는 다를 것이라는 희망을 가져본다.

우리세대 며느리들의 명절 노릇은 우리 세대에서 끝날는지도 모른다. 작은딸이 물어온 것처럼 우리 아이들 세대에서는 명절에 희생하고 헌신하는 며느리의 모습이 부당하게 느껴질지 모를 일이다. 다음 세대에게 자연스럽지 않다면, 이런 문화와 세태의 수명은 머지않아 끝날 것이다. 우리아이들이 어른이 되는 미래에는 어떤 명절의 모습일지 문득 궁금하다. 그 세대가 공공연하게 받아들이는 방식대로 이뤄질 거라고 생각한다. 그때 나는 사라져가는 세대로서 라떼는 말이야, 하면서 옛날이야기를 하게 될 것이다. 그러면 지금 우리아이들의 아이가 자라면서 내 이야기를 듣고는 어쩌면 그런 일이 있을 수 있냐는 얼굴로 내 앞에 앉아 있을는지도 모를 일이다.

미래까지 갈 것 없이 내년 설날 명절부터 다른 그림이기를 바란다면 너무 조급한 바람일까? 며느리로서가 아니라 지금 이대로의 나로서 명절을 보내기란 요원해 보인다. 그렇다면 며느리로서 성숙한 가면을 쓰고 사회적 역할을 잘해낸 후 곧 자유롭고 해방된 나로 돌아가서 남은 명절을 만끽하는 방법을 선택하겠다고 하면, 역시 나는 명절 세대로서 한계를 벗어나지 못하는 꼴이 되는 것인가. 내 세대가 그 전환점의 과도기에 있는 시대라면 우리아이들 세대에는 존재 그대로 충분하며, 충분히 사랑받을 만하다는 정서적인 지지를 얻는 명절이기를 바란다. 덧붙여 딸들에게 꼭 전하고 싶은 말이 있다. 네가 어떡하든 지금 이대로의 너를 응원하고 사랑한단다. 너는 지금 이대로 충분하단다.

사랑이 넘치는, 다양한 삶의 편린들

−조수행의 작품 세계−

정수남(소설가)

1. 조수행 작가를 말한다.

수필은 다른 문학 장르와 달라서 작가 자신의 개인적 고백이 진솔하게 담긴 글이다. 따라서 그 글 속에는 작가가 어떤 세상을 어떤 생각을 가지고 어떻게 살았는지, 그 면면이 그대로 드러나게 마련이다. 수필이 개인의 역사를 담은 글이라고 부르는 이유도 거기에 기인하는 것이다.

가르칠 때도 이는 마찬가지이다. 오랜 시간, 여러 작품을 첨삭 지도하다 보면 작가는 물론이고 그 작가의 가정사까지도 소상히 꿰뚫게 된다. 조 작가와의 사이도 마찬가지이다. 그런 까닭에 이제는 두 집안의 대소사는 물론, 그의 남편도 스스럼없이 '최서방'이라고 부를 만큼 친숙해졌으며, 두 딸 진주와 은주 역시 남 같지 않은 사이가 되었다.

그런 의미에서 보면 조수행 작가는 천성적으로 수필을 쓸 수밖에 없는 필연적 요소를 가지고 태어났다고 볼 수 있다. 이렇게 말하면 수필을 쓸 수 있는 작가가 따로 있을까, 반문할 사람도 있을 터이지만 나는 그것 역시 다른 문학 장르와 달라서 분명히 존재한다고 본다. 왜냐하면 수필은 다른 문학 장르와 달리 작품 전반에 걸쳐 특히 따스한 인간미와 인간적인 정겨움, 또한 작가의 소박한 체취 같은 것들이 잔잔히 흘러야 하기 때문이다. 이것이 수필이 지닌 가치이며 특성이다. 그런 까닭에 수필을 가리켜 '보다 인간적인 문학', '정情의 문학'이라고 부르는 것 아니겠는가. 이제 조 작가가 구별되는 점을 구체적으로 살펴보자.

첫째 조 작가는 바보가 아닐까 싶을 정도로 선하고 눈물이 많다. 삶 자체가 사랑으로 뭉쳐 있다. 또 나이가 어언 오십 후반을 넘었는데도 아직 어린아이같이 천진하고 순수하다. 부모를 섬기는 것도, 주말부부로 몇십 년을 부산과 일산을 오가며 애틋한 사랑을 나누는 남편과도, 또 두 딸에 대한 사랑도 그는 늘 선하고 천진한 사랑에서 출발한다. 사람과의 관계에서도 마찬가지로 그것이 전제된다.

두 번째는 얼굴을 찡그리거나 불평을 늘어놓지 않는다는 점이다. 그만큼 그는 늘 긍정적이다. 그가 사회에서 감당해야 하는 역할이 결코 적다고는 할 수 없다. 그런데도 그는 그와 같은 긍정 마인드로 주변을 환하게 밝혀준다.

세 번째는 끈기와 뚝심이다. 웬만해서는 한 번 목표한 일을 중단하지 않는다. 다 이루지는 못하더라도 끈질기게 물고 최선을 다하는 그 과정을 보고 누가 그를 가냘픈 여자라고 부를 수 있겠는가. 10여 년 전 일행 몇 명이 속리산 문장대에 오른 적이 있었다. 안개가 끼고 비까지 부슬부슬 내리는 날이었는데, 리더가 길을 잘못 인도하는 바람에 7시간 이상을 헤매게 되었다. 그때도 투덜거리는 남자들보다 그는 몇 발 앞서 걸으며 묵묵히 완주했다.

　네 번째는 도전성신이다. 그의 도전정신은 정말 높이 살만하다. 40대부터 아이들에게 논술을 가르친 그는 앵무새를 비롯한 조류와 열대어 기르기에도 바쁠 터인데, 짬짬이 요양보호사 등, 여러 개의 자격증을 취득한 것은 물론이고, 몇 달 전에도 구청에 나가 아르바이트까지 했다. 형편이 궁색해서가 아니다. 다만 알고 싶어 하는 궁금증이 그를 그와 같은 도전 현장에 달려가게 하는 것이다.

　그 외로도 그가 행한 일은 얼마든지 있다. '휴식을 부탁해'란 유튜브를 만들어 현재도 꾸준히 활동하는 것, 또 어느 날엔 뜬금없이 한 달에 30만 보를 걷겠다고 선언하고는 정말 실행한 것, 또 그 틈에도 몽골을 다녀온 것 등등…….

　이는 엉뚱한 일이 아니고, 어처구니없는 일도 아니다. 적어도 수필을 쓰고자 하는 사람이라면 이와 같은 마음과 자세는 갖추어야 하는 것이다. 내가 조수행 작가를 두고 기술한 것은 그 같은 이유 때문이다. 왜냐하면 문학의 자양분은 결국 체험이고, 이는 스스로 도전하여 터득해야 하는 거니까.

　2. 조수행의 작품을 말한다.

　수필에서는 문장이 곧 그 사람이라고 한다. 이는 문장 한 구절로도 쉽게 작가를 읽을 수 있기 때문이다. 그만큼 인격적인 글이므로 그 글에는 작가의 품위가 따라야 하는 건 당연한 일이다.

그렇게 보면 5부 구성으로 펼쳐진 조수행 작가의 수필은 총체적으로 모두 여기에서 크게 벗어나지 않는다. 이는 5부로 나누어진 작품들의 면면이 작가의 성품과 조금도 어긋나지 않는다는 뜻이다. 또 하나의 특징은 서정성이다. 이는 작가의 장점이기도 한데, 수필은 산문이지만 감정 유입이 비교적 자유로운 글로 그만큼 작품과 화자의 밀착된 거리가 용납된다는 것을 알고 있다는 뜻이 된다.

그럼, 이제부터 각론으로 들어가 보자.

1부 – 온고지신의 의지

표제에서 '그 마디를 거쳐서야 한 편의 글이 완성되는 기쁨을 얻을 수 있었다……'고 밝힌 것처럼 작가는 1부에서 자신의 의지를 확실히 밝히고 있다. 즉, 나에게 남은 마흔이라는 시간을 유효적절하게 사용하여 향기 있고 조화로운 시간을 만들기 위해 열중하겠다는 것이다. 다시 말하면 오래된 책상, 오래된 도마, 반백 년 동안 신발에 갇혀 지낸 발 등을 통해 버리지 못하는 과거와 현재를 연결, 미래에 대한 의지를 나타내고 있다. 더구나 영화 '벤자민 버튼의 시간은 거꾸로 간다'를 통해 80살로 태어난 버튼이 0살에 죽는다는 것을 인용한 것은 작가가 문학을 향한 자신의 확

고한 의지와 자세를 간접적으로 드러낸 것이라고 할 수 있다. 그렇다. 우리에게 과거가 없다면 현재는 물론 미래도 존재하지 않을 것이고, 또한 이것에 대한 미련과 사랑과 애착이야말로 우리 글감의 곳간이 아니겠는가.

내가 지금까지 목격한 바에 의하면 작가는 그 누구보다도 진솔한 사람이다. 거짓말을 하거나, 거짓으로 꾸미거나, 거짓 행세하는 것을 본 적이 없다. 그런데도 갱년기를 넘긴 작가가 '가면'에서는 세상과의 싸움으로 변화할 수밖에 없는 불편한 내면을 보여주기도 한다. 그런데 이것 또한 수필이 지닌 미덕으로 읽히는 이유는 무엇 때문일까.

······역설적이게도 나의 변화를 성숙이라고 긍정적으로 평가하면서도 나는 나 자신을 잃고 싶지 않다는 고민에 빠져 있다. 종종 가면을 쓴 내가 낯설게 느껴지고, 어깨에 짐을 진 것처럼 부담스럽다. 외로울 때가 불쑥 생긴다. 무엇을 위한 가면일까. 누구를 위한 위장일까······.

('가면' 부분)

2부─사랑스러운 가족에 대한 따스한 눈길

사람은 누구나 가족 속에서 살아가게 마련이다. 가족 속에서 사랑을 주고받으며 성장하고, 성장시키는 게 사람이다. 조수행 작가도 여기에서 예외는 아니다. 그런데 특이한 것은 다른 사람들과 달라서 작가는 동물, 식물들까지도 가족으로 안고 있다는 사실이다. 강아지나 고양이, 혹은 곤충이나 식물 가운데 하나나 둘을 가족으로 여긴다는 이야기는 들어보았다. 그러나 그 가족이라는 개념과 작가가 가지고 있는 가족 개념은 의미가 다르다. 즉, 이는 너와 나라는 단수가 아니라 여럿이 하나라는 복수의 의미가 내포된 까닭이다. 그렇다면 이것 또한 조수행 작가가 수필을 쓸 수밖에 없는 이유 가운데 하나라고 할 수 있지 않겠는가. 왜냐하면 수필가의 심성이란 태생적으로 이처럼 따뜻해야 하니까…….

'엄마의 방'과 '아버지의 등', 그리고 '가시도 아프다'를 읽다 보면 작가가 어머니와 아버지를 향한 사랑이 얼마만큼 애틋한가를 짐작할 수 있게 된다. 또 '폭설'과 '작은딸의 작은 방'에서는 두 딸을 향한 어미의 자식 사랑도 가감 없이 드러내고 있다. 특히 주목할 작품은 '엄마의 향기'인데, 작가는 이 작품에서 어릴 때 일기를 쓰는 엄마를 보면서 향기를 느꼈던 기억을 떠올리면서 자신은 딸들에게 과연 어떤 향기를 지닌 엄마로 기억될까, 돌아본다. 미래지향적인 이 작품에서는 결국 대물림할 수밖에 없는 이 땅의 엄마들이 풍겨야 하는 향기란 게 무엇인지 깨닫게 해준다. 아마 그런 이유로 인해서 이 땅의 어머니들이 강한 것인지도 모를 일이다.

……사람들에게 향기란 그의 인품에서 풍겨 나오는 기운

이라고 했다. 일기 쓰는 엄마를 보면서 엄마의 향기를 기억하
는 나는 내 딸들에게 어떤 향기를 가진 엄마로 기억될까. 나
는 무엇으로 향기를 만들까.

('엄마의 향기' 끝부분)

그런가 하면 조 작가가 의인법으로 서술한 '숟가락'이란 작품
에서는 진정한 가족이란 어떤 관계이며, 어떤 사랑을 지녀야 하
는가에 대해 우리에게 원초적 방법을 통해 제시한다. 즉 그의 가
족관의 특징은 우리가 흔히 관례처럼 여기는 최소한의 개인적 소
유권마저 무시하는데, 이는 보편적 가족관을 지닌 우리에게 새로
운 모럴과 함께 경종을 울리고 있다.

……우리 집 숟가락은 사람을 가리지 않는다. 특별히 정을
준 식구가 따로 있는 것도 아니다. 지난번에 입에 들어갔던
사람만 고집하지도 않는다. 가족들 사이에도 네 것 내 것 가
리는 오늘날, 우리 집 숟가락은 너나가 없다. 어제는 이 사람
에게 들어갔다가 오늘은 다른 사람 손에 잡혀도 무관하다.

('숟가락' 부분)

그러나 조수행 작가의 가족 전모가 적나라하게 나타나는 작품
은 '그린 핑거'라고 할 수 있다. 제목을 가리켜 '식물을 잘 키우는
사람들'이라는 주석이 달린 이 작품에서 작가는 비로소 자신 가
족이 사람뿐만 아니라 조류와 식물, 물고기들까지 포함된다는 것

을 기술하고 있다. 그런데 그것이 한두 마리, 한두 그루에 그치는 게 아니다. 앵무새와 문조와 십자매. 거기에 수십 그루의 관엽식물과 관목 식물, 동양란과 서양란, 그리고 또 다육이까지, 그는 그것을 안고 산다. 그러나 작가는 거기에 그치지 않는다. 거실 한쪽을 차지하고 있는 수족관에서 알을 낳고 부화하며 노니는 열대어 수십 마리까지 가족이라는 것을 밝힌다. 물론 지금은 장성한 두 딸과 남편, 부모가 모두 지방 또는 외지에 떨어져 살고 있지만, 그래도 이쯤 되면 상당 부분이 벌써 그들의 차지가 되어 있어 불편할 것이다. 하지만 그는 이 문제에 대해서는 한 마디 불평도 늘어놓지 않는다. 오히려 그들을 위해 아침 일찍 일어나 스스로 치다꺼리해주는 것은 물론, 날마다 이어지는 이와 같은 돌봄을 즐거운 마음으로 행한다. 이것이야말로 그들을 진정한 가족으로 여기는 마음이 없다면 할 수 없는 일 아니겠는가.

가족은 가족끼리 사랑을 교감한다. 우리는 그러나 대개 동식물에게 일방적으로 사랑을 주지만 사랑받지 못하거나, 받는 것을 모르기 일쑤다. 그러나 작가는 그렇게 생각하지 않는다. 날마다 자신이 주는 사랑 이상으로 사랑받는다고 믿는다. 그리고 그것을 상호 교감한다. 그래서 그는 이미 죽은 가족까지도 그 기억에서 지우지 못한다. 이것이 우리와 다른 점이다.

이와 같은 가족에 관한 작품은 3부에 들어가면서 더 본격적으로 이어지는데, 수필이 인간의 내면을 그대로 투영시키는 자기고백의 문학이며, 작가 자신의 인격, 품성, 교양, 지성 등이 반영

되어 나타나는 문학이라고 간주한다면 조수행 작가는 이를 이미 인지하고 있다고 볼 수도 있다. 이는 또한 앞으로 이 제재 하나로도 그가 능히 많은 작품을 양산할 거라고 기대해도 될 특성임이 틀림없다.

3부—가족, 그리고 이웃에게 띄우는 사랑 이야기

3부에 들어오면 작가의 가족들이 더 구체화 된다. 그는 특히 가족인 이들 모두에게 일일이 이름을 붙여주고 있다. 앵무새 넷과 십자매와 문조 몇 마리, 또 수족관의 열대어에도 마찬가지이다. 이것은 물론 반려견이었던 '마리'가 죽기 전, 혹은 죽은 후에 가족이 된 것들이지만 작품을 따라가다 보면 이는 선대로부터 물려받은, 대물림이라는 것을 알게 된다. 특히 '약속'에서 무정란을 부화시키기 위해 안고 애쓰던 '설이'라는 백문조가 죽자 땅을 파서 무덤을 만들어주었다는 문장에 이르면 그의 가족 사랑이 얼마나 지극한 것인지 짐작할 수 있게 된다.

> 그녀를 묻었다. ……………선홍색 부리와 실낱같은 발조차 하얗게 변해 있는 그녀를, 그녀의 알과 함께, 조심스럽게 그러쥔 채 나는 무덤 자리를 팠다. 설아, 이젠 자유롭게 날아. 꽃망울 단 채 떨어진 무궁화처럼 설이가 잠들었다. 낙화를 끝으로 그녀의 생이 약속을 다 하고 저 너머로 날아갔다.
>
> ('약속' 부분)

이외로도 3부에는 여러 가지 주제가 자유롭게 나타난다. 대부분 숫기 없는 작가가 가족과 함께 사람을 통해서 수필의 길을 알아간다는 내용이다. 그러니까 작가는 비록 늦깎이로 등단했으나 이미 오래전부터 그 길을 올곧게 걸어왔다는 것을 알게 된다.

4부 – 길을 떠나면 만나게 된다.

4부에 실린 작품은 작가가 직접 여행을 다니면서 보고, 듣고, 느낀 것들을 형상화 시킨 것이 대부분이다. 여행을 통해서 세상을 탐색하는 것은 특히 문학을 하는 사람들이라면 꼭 필요한 행위라고 할 수 있다. 왜냐하면 문학의 자양분이 체험이기 때문이다. 그런 의미에서 보면 조수행 작가 역시 새로운 세계를 찾아 끊임없이 걸음을 옮겼다고 볼 수 있다. 다른 점은 작가가 일반적인 여행 기록에 그치지 않고, 거기에다 자신의 심경을 자신의 색깔로 진솔하게 토로했다는 점이다. 이에 대한 설명은 '목요일에는 길을 떠난다'에 충분히 나타나 있다.

길을 떠날 일이다. 나의 세계를 벗어나서 새로운 세계를 만나는 순례와 같은 길 위에서 자유를 얻고 싶다면. 길을 떠나면 만나게 된다. 수많은 사물을, 나와 다른 사람들을, 무한히 확장하는 사유들을…….

('목요일에는 길을 떠난다' 끝부분)

여행하면서 작가는 때로 옛고향 집을 떠올리면서 어린 시절을 회상하는데, 거기에 같이 살았던 부모님과 형제, 이웃들이 그의 눈과 손을 거쳐 다시 작품 속에서 살아난다.

그런가 하면 작가는 또한 캄보디아에서 겪은 체험을 작품화한 '원 달러를 외치는 아이들'과 '그녀와 새만금'에서 친환경과 아울러 진정한 행복이란 게 무엇인가를 사색하며 돌아보기도 한다.

특히 조 작가가 자주 찾는 곳은 산이다. 그렇다고 꼭 유명한 산만 찾는 것은 아니다. 야트막한 동네 산도 작가는 마다하지 않는다. 산에 올라 지금까지 고정화된 낡은 관념을 버리고 새로운 세계를 향한 사색과 명상을 즐기는 것이다.

……둘러본다. 영원을 부러워하지 않는 찰나의 황홀이란 이를 두고 하는 말이리라. 온통 불타고 있는 산. 땅에서는 낙엽 냄새가 옅은 향내를 풍기며 올라온다. 북한산이 자아내는 빨강, 주황, 노랑, 갈색 향연에 취해 발길이 좀체 떨어지지 않는다. 나그네는 활짝 열린 가을을 걸으며 발견한 시적인 것들에 탄성을 지르며 그 비밀을 상상한다.

('시적인 것에 대하여' 부분)

5부 – 행복으로 가는 길은 가깝다.

작가는 배움을 일컬어 '행복으로 가는 길'이라고 여긴다. 이는 그만큼 작가가 지닌 마인드가 능동적이며 긍정적이라는 것을 뜻

한다. 하긴, 모르는 것을 깨닫는 것만큼 행복한 게 또 어디 있겠
는가. 그래서 그럴까. 작가는 장맛비에도 변함없이 의연한 연꽃
을 보면서, 또 주말농장에서 채소를 기르면서, 구제역을 통해서
도, 일본의 지진을 보면서도, 때로는 미물에 불과한 애벌레에게
서도 배운다. 그런데 여기에서 주목할 점은 그의 뛰어난 관찰력
이다. 이것이야말로 작가라면 응당 지녀야 할 덕목이긴 하지만,
그의 시선은 연, 애벌레, 공기인형, 달의 변화에 이르기까지 닿지
않는 데가 없다는 점이다. 그뿐만이 아니다. 그는 산사에서 전시
된 미술작품을 감상하면서도 한 수 배운다. 그렇게 보면 그에게
는 모든 사물이 관찰의 대상이 되고, 배움의 존재가 된다는 의미
가 된다.

그런데 그가 행복을 찾는 방법은 의외로 간단하다. 일테면 마
음부터 먼저 갖춰야 한다는 것인데, 거기에 대하여 그는 '힘든 가
운데서도 감사와 행복을 느낄 수 있다는 생각은 어떤 허영심에서
거저 나오는 것이 아니'라는 것이다.

　……나는 이미 힘든 일이라는 게 내 삶 전체를 채우고 있지
않다는 것을 알 나이이다. 힘든 순간이 왔을 때 얼마 지나지
않아 괜찮아질 거야, 이건 끝이 아니잖아, 이게 다가 아니야,
하며 내게 말을 건다. 그리고 다른 일을 한다. 그래도 힘들면
산을 찾아 물을 찾아 길을 떠나거나 이야기 속에 빠져본다.
어딘가에 나를 맡길 때는 내 힘으로 어쩌지 못하는 경우이긴

하지만, 사실 많은 우울은 내가 통제하고 해결할 수 있을 때가 대부분이다. 예전처럼 한 가지 일 때문에 삶을 포기하려 들고 나를 외면하는 어리석음을 되풀이하지는 않는다.

('행복으로 가는 길' 부분)

그런가 하면 작가는 또한 실천을 통해 스스로 배움을 터득하기도 한다. 이는 그가 몇 년 전 구제역 사태 이후 몇 개월간 채식주의를 고수한 적이 있는데, 주위 사람들로부터 유별나다는 오해까지 받으면서 이를 지킨 것은 살처분 당하는 가축들을 목격하고 즉흥적으로 결행한 것이다. 그러나 그는 몇 달 후 그 결행을 마감한다. 이유는 간단하다. 비빔밥, 자장면 등에 부재료로 들어 있는 고기 맛의 유혹을 뿌리칠 수 없었기 때문이다. 결국 그는 스스로 자신이 애매한 육식 반대론자였으며, 어정쩡한 동물 학대 금지론자에 지나지 않았다는 것을 성찰하며 고백하기에 이른다. 이성과 감성의 힘. 그런데 따지고 보면 이것 역시 배움의 길을 가는 또 다른 방법이라고 할 수 있지 않겠는가.

3. 다시 조수행 작가를 말한다.

수필의 기본은 나와 나를 둘러싸고 있는 세계에 대한 해석에서 출발한다. 여기의 세계란 사물뿐만 아니라 우주 만물과 사람, 사건까지 포함한 개념을 뜻한다. 좀 더 쉽게 풀이하자면 글을 쓴다는 것은 세계라고 하는 텍스트를 어떤 시선으로 바라보느냐 하는 데에서 시작된다는 것이다. 그런데 조수행 작가는 오랜 숙련 기간을 통해 이미 이를 나름대로 해석하고, 그 해석한 내용이 어느덧 구체적 형체를 갖추기 시작했다. 각각 독립성을 가지고 있는 50편의 짧은 글마다 완결성과 아울러 일관성이 있었고, 중언부언하지 않는 경제성까지 지녔다는 게 이를 증명해주는 총론이다. 다만 중심적 심상이 다소 떨어지는 것은 아닌가 하는 우려 섞인 소리가 있을 수는 있다. 하지만 이는 작품 전체에 깔린 일관된 주제성을 보면 크게 걱정할 것이 되지 못한다고 본다.

그렇다면 15년 만에 첫 작품집을 출간하는 이 작가가 앞으로는 어떤 모습으로 우리 앞에 나타날까, 자못 궁금하지 않을 수 없다. 그것은 누구도 알 수 없는 부분이기 때문에 더욱 그렇다. 그러나 분명한 것은 이 작가가 이 작품집에서 나타낸 것처럼 앞으로도 호기심 어린 시선으로 세상을 끊임없이 관찰하고 탐색하리라는 확신이다. 그렇다면 더욱더 인간적인, 사람 냄새 물씬 풍기는 작품을 계속 양산할 거라는 기대쯤은 해도 되지 않을까.

다시 한번 작가의 첫 작품집 『어쩌면 아름다운 마디』의 출간을 축하하며, 계속 정진하기를 바란다.

어쩌면 아름다운 마디

초판 1쇄 인쇄 2024년 12월 20일
초판 1쇄 발행 2024년 12월 23일
저   자 조수행
발행인 박지연
발행처 도서출판 도화
등   록 2013년 11월 19일 제2013-000124호
주   소 서울시 송파구 중대로34길 9-3
전   화 02) 3012-1030
팩   스 02) 3012-1031
전자우편 dohwa1030@daum.net
인   쇄 유진보라
ISBN 979-11-92828-72-5 *03810
정가 15,000원

도화道化, fool는
고정적인 질서에 대한 익살맞은 비판자,
고정화된 사고의 틀을 해체한다는 뜻입니다.